못다 그린 건축가

김원 金洹

1943년 서울 출생으로, 서울대 건축공학과를 졸업하고 '김수근 건축연구소'에서 수업했으며 네덜란드 바우센트룸 국제대학원에서 '주거 문제' 과정을 수료했다. 현재 '건축환경연구소 광장' 및 '도서출판 광장' 대표로 있다. 저서로 『우리 시대의 거울』, 『한국현대건축의 이해』, 『빛과 그리고 그림자』, 『우리 시대 건축 이야기』, 『새 세기의 환경 이야기』, 『행복을 그리는 건축가』, 『건축은 예술인가』, 『우리는 별―부산사범부속국민학교 6년의 기록』, 『꿈을 그리는 건축가』 등이 있으며, 역서로 『건축예찬』, 『건축가 없는 건축』, 『마천루』 등이 있다.

못다 그린 건축가

김원의 '삶과 사람들' 세 번째 이야기

초판 1쇄 발행 2023년 5월 25일
지은이 | 김원
펴낸곳 | '주식회사 태학사', '도서출판 광장' 공동 발행

주식회사 태학사
발행인 | 김연우
등록 | 제406-2020-000008호 　　　주소 | 경기도 파주시 광인사길 217
전화 | 031-955-7580 　　　　　　　전송 | 031-955-0910
전자우편 | thspub@daum.net 　　　홈페이지 | www.thaehaksa.com

도서출판 광장
발행인 | 김원
등록 | (가)1-476호 　　　　　　　　주소 | 서울특별시 종로구 대학로12길 53
전화 | 02-744-8225 　　　　　　　　전송 | 02-742-5394
전자우편 | master@kimwonarch.com 　　홈페이지 | www.kimwonarch.com

ⓒ 김원, 2023. Printed in Korea.

값 28,000원
ISBN 979-11-6810-117-3 (03810)

책임편집 | 조윤형
표지디자인 | 이영아
본문디자인 | 임경선

못다 그린 건축가

김원의 '삶과 사람들' 세 번째 이야기

태학사 | 도서출판 광장

『못다 그린 건축가』를 내며

소생이 처음으로『행복을 그리는 건축가』라는 수필집을 냈을 때 나이가 60살이었습니다.

그때까지 나는 정말로 내가 사람들의 행복을 위해 집을 그리는 일을 하고 있다고 믿었습니다. 그러다 두 번째 수필집『꿈을 그리는 건축가』가 나왔던 2019년까지만 해도 내가 사람들의 꿈을 조금이나마 현실화시켜 주는 일을 해 왔고, 하고 있다고 믿었습니다.

2023년에 나이 80을 맞으면서 세 번째 수필집을 만들고 출판사와 책 제목을 논의하던 중 "『못다 그린 건축가』라고 하면 어떨까?"라고 했더니 반응들이 조금은 어둡고 부정적인 것 같다고 했습니다. 행복을 그리고, 꿈을 그리던 때의 제법 긍정적이고 밝고 적극적이었던 분위기가 시들어 버린 느낌이라는 것입니다.

요즘 나는 지금까지 그리려던 것을 다 그리지 못한 아쉬움에 빠져 있습니다. 뭔가 정말 하고 싶은 것을 못 하고 다른 일에 빠져 시간을 낭비한 것 같은 느낌. 그림을 그리다 그리다, 그래도 다 그리지 못한 아쉬움 같은 것입니다.

수필이라는 것이 아무리 붓 가는 대로 쓴 글이라고는 해도, 또 아무리 그것을 멋진 말로 '산문집'이라고 포장을 해도, 어쩔 수 없이 산문散文은 '산만한 글'입니다.

나는 때로 건축과의 후배들이 논리정연한 논설을 쓰는 것을 보며 '참 후련하고 딱 부러지게 자기 생각을 잘 정리하는구나!'라고 혼자 감탄을 합니다.

이제 와 고백하지만 80 평생을 많이 흔들리며 살아왔습니다.

나의 산문은 잡문입니다. 모든 책의 머리말에 나오는 상투적인 부탁, "강호제현江湖諸賢의 질정質正을 바랍니다!"

2023년 3월

김원

4부 때마다 생각나는 사람들

김홍도, 〈까치〉, 국립중앙박물관.

그러고 난 다음 며칠 동안 부부는 바쁘게 나뭇가지를 물어다 날랐고, 둥지는 모양을 갖추어 가기 시작했다. 집을 짓는다면서 도면 한 장도 없이, 구조계산서도 없이, 나뭇가지들을 물어다가 사이사이에 끼워 넣어 예쁘고 단단한 구조체를 완성해 가는 모습이 대견하다 못해 신비로워 보였다.

그런데 그저께, 바로 '까치 까치 설날'이라는 그날, 내가 옥탑방에 있다 보니 까치들의 울음소리가 요란하게 시끄러웠다. 옥상 밖으로 나와서 보니, '한전韓電'이라고 써 붙인 거대한 바가지 차가 전주 아래 서 있고 헬멧을 쓴 아저씨가 바가지를 타고 올라와서 그 까치 부부의 신혼집을 부수어 쓰레기통에 주워 담고 있었다. 그리고 그 주변에서 낯익은 까치 두 마리가 울부짖고 있었다.

나는 깜짝 놀라서 고만하라고 소리를 지르고 싶었으나 이미 늦은 것을 알았다. 한전에서는 메뉴얼대로 전기 합선을 우려하여 전주에 짓는 까치집은 눈에 띄는 대로 철거하도록 되어 있는 것 같았다. 더구나 여기는 청와대를 지키는 군부대의 인왕산 초소까지 올라가는 초고압 전선이라는 노란색 표지가 붙어 있는, 애들 팔뚝만 한 굵기의 전선들이 무시무시하게 지나가는 길목이다. '누가 감히 건축허가도 없이, 신고도 없이 여기다 집을 짓다니!'

나는 하늘을 우러러보며 까치 부부에게 부끄러웠다. 뒤로는 북악산을 주산主山으로, 앞으로는 남산을 안산案山으로 자리도 잘 잡았다. 그런데 하필이면, 하필이면, 설날에….

젊은 아내는 울면서 남편에게 헤어지자고 했을까? 젊은 신랑은 필생의 집짓기를 망쳤으니 자살이라도 생각했을까? 하여튼 둘이는 어디론가 가 버리고 다시 나타나지 않는다. 저희들이 집 짓는 모습을 훔쳐보고 사라진 나쁜 인간을 떠올리며 저주를 퍼부었을 것이다.

'어디 두고 보자, 니가 한전에 신고했지? 나쁜놈!'

흥부는 제비 다리를 고쳐 주고 팔자를 고쳤다는데, 나는 불쌍한 까치 집을 신고하여 부수게 했다는 오해를 받았으니….

2022. 2. 4.

서촌 이야기

1967년 내가 정릉 꼭대기에 신혼집을 짓고 살다가 "딸내미 고생시킨다."는 장인어른의 걱정을 무시할 수 없어서 고집을 꺾고 신촌로터리 부근 노고산동에 내려온 것(下山)은 나로서는 일생일대 생각의 전환이었다.

처가살이까지는 아니더라도 계속해서 서울로 진학해 오는 처남, 처제들을 아내가 돌보아 주는 대가로 우리는 거의 생활비 걱정도 없이 커다란 집에 식모를 두고 하숙집 주인 노릇을 해야 했다. 그게 꼭 지겨워서는 아니더라도 '우리 식구끼리만' 살고 싶다는 욕망을 채울 수 있는 방법은 별로 없었다.

대체로 막내 처제가 대학을 졸업할 때쯤 해서야 '의무 복무 기간도 끝났으니 우리 집을 갖자.'는 생각을 했다. 그러나 늘 그렇듯이 '돈이 문제'였다.

억지로 무리를 해서 장만할 수 있었던 게 동부이촌동의 22평짜리

'민영民營 아파트'였다. 실평수는 열댓 평밖에 안 되었지만 외동딸과 우리 세 식구에게는 행복의 궁궐 같았다.

그러다가 또 나는 '아파트 탈출'을 꿈꾸었다. 내가 설계한 집에 살고 싶었다.

그래서 꾀를 낸 것이 효창동의 '미니주택조합'이었다. '세 사람이 돈을 합쳐 90평의 땅을 사고 똑같은 모양으로 세 채를 지으면 공사비도 절감된다.' 그리고 거기서 몇 년은 정말로 행복했다.

딸아이는 가까운 신광국민학교를 걸어서 다녔다. 그런데 이 아이가 중학교를 좋은 데 가려 하니 '학군學群'이 문제가 되었다.

최선의 선택은 반포에 있던 명문 '세화여중'이었다. 그래 또다시 아파트살이가 시작되었다. 23평짜리 (구)반포아파트였다.

그리고 또다시 '아빠'는 아파트 탈출을 꿈꾸며 몇 년을 살았다. 3년의 복무 기간이 끝나자 드디어 '광복의 날'이 왔다. 기특하게도 딸내미가 '강북'의, 그것도 평창동의 서울예고를 가게 된 것이다. 나는 딸을 핑계 대고 집을 보러 다닌다며 내가 중고등학교를 다니던 북악산 밑, 인왕산 밑 동네를 신나게 싸돌아다녔다.

그리고 인왕산 밑의 낡은 집 하나를 발견했다. 산자락이 내려와 평지와 만나는, 그러나 평지치고는 꽤 높은, 멋진 터였다.

가까운 복덕방에 들러서 그 집을 사고 싶다고 했더니,

"내놓지도 않은 집을 어떻게 삽니까?"

라며 나를 다시 쳐다보았다. 나는 이렇게 말했다.

"시세보다 한 20프로 더 드릴게요."

부동산이란 시세보다 더 주겠다면 생각이 달라질 수 있는 것이다. 꼭 그 집이어야 할 특별한 사정이 아니라면 시세대로 받아 비슷한 데로 옮

정선, 〈수성동水聲洞〉, 간송미술관.

기면 더 받은 돈은 공짜 수입이니까.

내가 그때 그렇게까지 영악한 계산을 했는지는 모르지만, 어쨌든 두 달 후에 내 생각대로 "팔겠다."는 연락을 받았다.

그러나 우리 집 식구들은 전원이 '반대!'였다. 동네가 오래되고 어둡고 침침하다는 것이다. 청와대 부근이라는 이유로 오랫동안 철저히 개발에 제한을 받은 것이 그 이유였다. 나는 그것이야말로 강남의 '무개념 개발'에서 결코 누릴 수 없는 '기존 질서의 아름다움'이라고 우겼다. 아무도 내 말에 동의하지는 않았지만.

그것이 오늘날까지 40년을 정착해 살게 된 서촌과 옥인동이다. 실로 반평생이다.

나는 '서촌 지킴이'를 자처했다. 이상李箱의 집을 사서 '제비다방'을 만들었고, '윤동주 문학관' 건립을 주도했고, '사직단' 복원에 앞장을 섰다.

이명박 시장이 내수동부터 청운동까지를 네 토막을 내어 '재개발'하려는 걸, 강연회를 하고 아줌마 부대와 싸우며 무산시켰다. 10년을 싸워서 '옥인동 재개발'을 막아냈다.

박원순 시장이 내 편을 들어준 게 결정적이었다. 서울시가 예산 600억 원을 들여 13동의 시민아파트를 철거하고 오늘날 겸재謙齋의 '수성계곡水聲谿谷'을 복원한 다음에는 서촌이 서울 구도심에서 가장 아름답고 유명한 핫플레이스가 되었다.

나는 지금도 서촌 이야기가 나오면 공연히 행복하다.

2020. 9. 8.

물고기 그림

함세웅 신부님이 붓글씨 쓰기를 시작했다고 하셨다. 그 말을 듣고 나는 '참 잘 생각하셨다.'고 생각했다. 그러고 얼마 지나서 전시회를 한다는 초대장이 왔다. 세종문화회관의 개막식에 달려갔더니 손님들이 아주 많았다.

나는 인사로 작품 한 점을 살 생각으로 한참을 둘러보다가 이 물고기 그림을 골랐다.

다른 어떤 글씨보다도 의미심장한 그림이자 글씨이다. 사고 보니 전시장에 나온 수십 개 작품 중 가장 비싼 것이라고 했다. 나는 집에 가져와서 피아노 위에 올려놓고 여러 날을 잘 감상했다.

그러던 어느 날 갑자기 이 그림을 나 혼자 보기에는 너무 아깝다는 생각이 들었다. 그래서 생각해 낸 것이 명동의 샬트르 성바오로 수녀원이다.

'매년 성탄절에는 특별히 우리 식구만 초청을 하여 아름다운 미사에

명동 샬트르 성바오로 수녀원에 걸려 있는 함세웅 신부님의
물고기 그림.

참여할 수 있게 해 주셨는데 이것을 선물로 갖다 드려야겠다.'

내가 설계한 수녀원 식당에라도 걸어 두면 많은 수녀님들이 식사 때마다 보게 될 테니 좋을 것 같았다. 더군다나 나는 수녀원에 무얼 하나해 드리고 싶었는데 그러지를 못한 채 시간이 많이 흘렀다.

성탄미사가 있던 날 관구장 수녀님께 그림을 전달하니 당연히 엄청기쁘게 받으셨다. 서정렬 마리레몽 수녀님이 그 일을 연락하고 주선해주셨는데, 내가 함세웅 신부님에게는 말을 하지 말아 달라고 부탁을 했었다. 그런데 수녀님이 "입이 간지러워서" 참지를 못하고 그 이야기를신부님께 다 일러바친 모양이다. 며칠 후에 신부님이 그와 똑같은 물고기 그림 글씨를 새로 그려서 보내오셨다.

　결국 나는 그림은 그림대로 가진 채, 착한 일 했다는 칭찬만 받은 셈이 되었다.

2021. 1. 19.

무릎 담요를 덮을 때마다

아침저녁으로 거의 매일 소설가 조정래 작가를 생각하게 되는 것은 상당히 생뚱맞다.

나는 아침저녁 거의 매일 두 번씩 옥상에 올라가 인왕산을 바라보고 참배하고 명상하고 감탄하고 반성한다. 의자에 앉아 짧은 시간을 보내기도 하고, 간이침대를 펴 놓고 누워서 긴 시간을 보내기도 한다. 마당보다 네 개 층이 높은 곳이니 공기가 맑고, 늘 바람이 부는 것이 좋다.

그런데 대체로 한여름 아니고는 좀 춥다고 느낀다. 그래서 간이침대에다 작은 담요 한 장을 갖다 놓았는데 그것이 조정래 작가를 생각나게 하는 것이다.

몇 해 전 어느 날 『태백산맥』 몇십 주년이라던가, 조정래 노벨문학상 '출정식'이라던가, 하여간 벌교에서 그런 행사가 있었다. 추운 날 밖에서 열린 행사여서 맨 앞줄에 앉은 VIP들에게 무릎을 덮으라고 작은 담요 한 장씩이 나누어졌다. 아주 따뜻하게 무릎을 덮고 행사가 잘 끝나고 일어나면서 행사 요원에게 담요를 가져가도 좋으냐고 물었더니 그러시라고 해서 가져온 것이다. 아주 부드럽고 따뜻하고 색깔과 모양이 좋았는데, 내 체온이 남아 있어서 그 자리에 두고 오기가 좀 망설여졌기 때문이다.

그러던 그 담요를 무릎만 덮고 누워서 인왕산을 보면 매일 조정래 작가와 그날의 야외 행사가 생각나는 것이다. 그것도 거의 매일 아침저녁으로. 담요를 덮을 때마다 소설가가 생각나는 것은 좀 안 어울리는 듯하지만, 세상 모든 일이 꼭 무슨 표면적인 사연이 연결되어서만 의미가 있는 건 아닌가 보다.

물론 여기서 '생각난다'는 말은 새록새록 생각이 나고 보고 싶고 그런 건 아니고, 그냥 문득문득 떠오른달까, 지나간달까, 그런 수준의 '생각'이지만, 이런 종류의 '생각'을 '기억'이라고 해야 하나, '추억'이라고 해야 하나, '회상'이라고 해야 하나, '회고'라고 해야 하나, '회억'이라고 해야 하나, 따뜻한 기억을 되새겨 '회춘'이라고 해야 하나.

인왕산에 봄이 무르익어 바야흐로 연두색이 초록색으로 물들어 가는데, 아직은 이 따뜻한 담요의 촉감이 부드러워서 좋다.

조정래 작가는 평소 부드럽고 따뜻한 인상은 아니지만 담요와 연결되면서 부드러운 기억으로 하루 두 번씩 지나간다.

2021. 4. 29.

소설가 김훈의
담배 끊은 이야기

소설가 김훈은 자전거를 좋아했다. 자전거로 전국을 누비고 다녔다. 『자전거 여행』이라는 책도 냈다. 자전거는 취미로서도 좋은 물건이지만, 소설가처럼 매일 들어앉아 일하는 직업상 자전거는 가장 손쉽고 좋은 신체 운동의 도구였을 것이다.

어느 날 김훈이 서울에서 전남 순천의 어느 절까지 자전거로 갔다. 국보급의 오랜 절이고, 그 절이 있는 산은 유명하고 아름다운 산으로, 말사末寺와 암자가 50여 개나 있는 유서 깊은 곳이다.

김훈은 그 절을 지나 더 깊이, 더 위에 있는 조그만 암자에 도착했다. 절 마당 입구에 자전거를 세워 놓고 땀을 닦고 나서 담배 한 개비를 꺼내어 막 불을 붙여 한 모금을 깊숙이 빨아들이는 순간, 저 건너 암자 쪽에서 노스님 한 분이 지나가다가 그 모습을 보고 이리로 오라고 손짓을 했다.

그런데 그 손짓이 좀 기분 나쁜 손짓이었다. 손등을 위로 해서 사람을 부르는 일반적인 손짓이 아니라, 손등을 아래로 한 채 검지손가락만을 까딱까딱하는, 마치 경찰관이 범법자를 부르는 것 같은 손짓이었다. 김훈은 그걸 보고 순간적으로 '갈까 말까' 잠시 망설였다. 거리가 꽤 멀어서 그냥 무시하고 가 버려도 노인네가 쫓아올 것 같지도 않았으니.

그런데, 그래도 노인이, 스님이 부르는 것이니 '혹시 무슨 할 말이라도 있는 걸까?' 하고 천천히 가까이 갔는데, 마주 서서 무슨 일로 그러시냐는 듯 쳐다보는 순간, 스님의 입에서 불호령이 떨어졌다.

"이놈아! 담배를 꺼라!"

순간 '아차!' 싶었다.

'사찰 경내이니 담배를 피우면 안 되는 거지….'

금방 불붙인 담배를 얼른 땅바닥에 떨어뜨려 발로 밟았다, 약간 미안한 표정을 지으며.

그랬더니 다음 순간, 다짜고짜로 또 고함이 떨어졌다.

"이놈아! 그걸 주워라!"

'아차! 여기 바닥에 꽁초를 버리면 안 되지….'

엉거주춤 꺼벙하게, 뻘쭘한 자세로 허리를 굽혀 땅바닥의 꽁초를 집어 들었다. 그리고 허리를 펴서 일어서자마자 한 번 더 호령이 떨어졌다.

"이놈아! 담배를 끊어라!"

도대체 이 잠시, 짧은 순간에 벌어진 일이, 변명도 항변도 할 수 없는 너무도 웃긴 상황이어서 아무 소리를 못 하고 일방적으로 당하고만 있다가, 그 마지막 말씀, "담배를 끊어라!"는 말에는 항변을 안 할 수가 없었다.

'지가 뭔데 담배를 끊어라 말아라 하는데? 내가 이래 봬도 한국의 최

일급 소설가 김훈인데….'

그때서야 약간 제정신이 들면서 이 이상한 상황에 정말로 화가 났다. 그래서 두 눈을 부릅뜨고 노스님을 노려보면서 달려들 듯한 자세로 한마디를 뱉었다.

"도대체 스님이 담배를 끊어 봤어요?"

그러자 스님이 지금까지와는 달리 조용히 말했다.

"이놈아, 안 피우면 되는 게야."

그러면서 스님이 물었다.

"그런데 여긴 왜 온 게야?"

말이 훨씬 부드러워졌다.

그러나 김훈은 '아, 빌어먹을 기분도 나쁜데…'라고 생각하며,

"절 구경하러 왔지요!"

라고 쏘아붙였다. 그랬더니 그 스님 왈,

"이놈아, 절은 구경하러 오는 데가 아니야!"

하는 것이다. 김훈은 기가 막혔고, 더 이상 말하기도 싫어서 그냥 돌아섰다.

'아, 오늘은 재수가 없구나….'

잠시 잠깐 사이에 "이놈아"라는 천하 비칭卑稱을 다섯 번이나 듣고 그 대거리를 그냥 받아들이기에는 너무도 억울하고 속상했지만, 같은 대거리를 하는 것조차 짜증이 나서 암말 않고 돌아섰다.

자전거를 세워 두었던 곳으로 돌아와 올라타고 서울로 오는 동안에는 별로 담배를 피우고 싶은 마음이 없었다. 잠시 쉬는 사이에 습관적으로 한 대 피울까 하다가도 "안 피우면 되는 게야."라는 소리가 귓전을 맴돌았다.

그리고 그날부터 이상하게도 '안 피우면 되는 게야'가 습관처럼 되어서 피우고 싶을 때마다 '안 피우게' 되었다.

그렇게 사나흘이 지났을까? 마침내 생리적인 금단현상이 일어나기 시작했다. 머리가 지끈지끈 아프고, 어지러운 듯도 하고, 공연히 목이 마르며, 속도 울렁거리고, 숨쉬기도 불편한 것 같고, 도무지 안절부절 안정이 안 되고, 일이 손에 안 잡히고 불안감에 휩싸였다.

왜 그럴까 생각해 보니 습관적으로 빼어 물던 담배의 니코틴 공급이 끊어지자 습관적으로 반응하던 신체 각 기관이 '왜 공급이 끊어졌냐'고 항의 데모를 시작하고 있었던 것이다.

나흘째 되던 날은 정말로 한 대만이라도 피우고 싶어서 밤에 아파트 앞 놀이터로 내려갔다. 두 손으로 셔츠 앞 단추를 잡아 뜯으며 "담배 피우고 싶어!"라고 크게 소리를 질러 보았다. 그랬더니 조금 시원해지는 것 같았다.

그렇게 일주일, 열흘, 한 달… 천하 골초 김훈은 "담배를 끊었다!"고 여러 사람 만날 때마다 자신 있게 말을 할 수 있게 되었다.

나는 이 이야기를 듣고 너무도 재미있어서 '김훈의 담배 끊은 이야기'를 단편소설로 써 주겠다고 큰소리로 약속을 하고 말았다.

2022. 2. 14.

'삼청 복집' 소사 小史

이수영李秀泳 군은 나의 고등학교 친구다. 원래 나보다 한 학년 위였는데 언제 낙제를 했는지, 유급留級을 했는지, 나와 같은 57회 졸업생이 되었다. 고등학교 때의 기억은 엄청난 장난꾸러기, 개구쟁이로 이름을 떨쳤다. 대학은 한양공대 건축과를 다녔다던가?

김문호, 김상호 등 주로 키 큰 애들하고 친하게 지내다가, 문호가 명동에서 복사 가게를 할 때 마치 직원이나 동업자처럼 매일 출근해서 같이 시간을 보내곤 했다. 동창들 연락사무소처럼 되어서, 거기서 점심도 해결하고 용돈도 얻어 쓰고 하는 것 같았다.

내 사무실이 사간동에 있던 시절의 어느 날, 이 백수건달 같던 친구가 당시 국산 차로서는 가장 크고 비싼 '현대 포드 20M'이라는 차를 타고 찾아왔다. 기사까지 대기하고 있었는데, 나를 만나 하는 첫 마디가 이랬다.

"아, 나 이제 돈 빌려 달라는 소리 안 할게!"

이야기인즉슨, 한국은행 총재를 지낸 어르신의 따님과 결혼하게 되어, 이제 부잣집 사위로 팔자를 고치고 변신을 했다는 것이다.

얼마 후에는 평창동 대로변의 큰 땅에 가건물 비슷한 집을 지어서 '버드나무 집'이라는 간판을 내걸고 갈비와 냉면을 파는 식당을 차렸다. 거기가 또 동창들의 아지트가 되었다.

이 친구, 웬일인지 나에게 그렇게 잘할 수가 없었다. 우리 집 마당에 한옥을 옮겨 지을 때도 상량식을 주도하는 집사 노릇을 주인처럼 나서서 해 주었다.

이후, 나하고는 워낙 술을 함께 많이 마셔서 다음 날 점심에 해장으로 복지리(맑은 복국)까지 함께 먹어야 끝나는 사이가 되었다.

우리는 술을 많이 마신 다음 날, 속이 안 좋으면 평창동의 알파문구 뒷골목에 있는 작은 복집에 가곤 했다. 아침에 커피 한 잔도 못 마실 정도였던 날도 점심에 뜨거운 복국을 먹으면 속이 좀 풀리는 것 같았고, 그대로 대여섯 시까지의 일과가 끝나면 어느 정도 원상이 회복되어 다시 전날처럼 또 마실 수가 있게 되는 '신비의 국물'이었다.

어느 날 이 친구가 새로운 집을 하나 발견했다며, 사간동 내 사무실에서 삼청공원 쪽으로 올라가, 현 금융연수원이 있는 맞은편 쪽 반지하의 조그만 식당으로 날 데려갔다. 도무지 이름도 간판도 없이 테이블이 달랑 네 개밖에 없는, 정말 눈곱만한 집이었다. 키 작은 할아버지와 그보다는 크고 당당해 보이는 할머니가 복국을 끓여 주었는데, 이것은 매운탕도 아닌 것이, 지리 같은 하얀 국물이 매콤하고 칼칼한 맛을 내는, 속풀이[解腸]에는 최고의 복국이었다.

그 후 나는 이수영이 안 오는 날에도 혼자서 그 집을 거의 매일 드나들게 되었다. 그런데 문제는, 가게가 너무 좁아서 점심시간에는 도저히 자리가 나지를 않는 것이다. 나는 하는 수 없이 인근 청와대 경호실의 술꾼들이 다 식사를 끝내는, 오후 1시가 훨씬 넘은 시간에 가는 수밖에 도리가 없었다. 그러고 보니, 차라리 나처럼 자유 직업의 혼밥족은 조금 늦게 가는 쪽이 오히려 조용하고 좋았다.

그런데 그 시간이면 그 할머니, 할아버지도 점심을 먹을 시간이 되어서, 의도치 않게 옆자리에 앉아 두 분과 대화를 나누며 식사하게 되는 횟수가 많아졌다.

요리는 주로 할아버지가 하고 할머니는 홀 서빙을 나누어 맡았는데, 늦은 점심을 두 분이 마주 앉아 먹는 모습이 보기에도 좋았다.

할아버지는 평소 말이 없는 편이었는데, 나를 보면 늘 넥타이가 멋지다거나 점퍼가 색깔이 좋다면서, 어딜 가면 그런 걸 살 수 있냐고 묻곤 했다. 그러면 할머니는 늘 할아버지에게 핀잔을 주면서 왜 그런 걸 묻냐며 윽박지르곤 했다. 그러면 할아버지는 매번 머쓱한 표정으로 입을 다물었다.

한번은 내가 오래전부터 궁금했던 걸 물어보았다. 그 작은 식당 한쪽 벽에 그 벽 크기만큼 커다란 유화 그림이 한 장 걸려 있었는데, 서명에 "이마동李馬銅"이라고 되어 있었다. 이마동이라면 유명한 서양 화가로, 내가 대학 다닐 때 홍익대 미대 교수를 지낸 분이다.

"아저씨, 저 그림 저렇게 두면 못쓰게 돼요. 유명한 분의 좋은 그림인데…."

그랬더니 이 아저씨 시큰둥하게,

"우리 형님이야. 걸 데가 없어 가지구…."

그러는 것이다.

'아니, 이분이 이마동 선생의 동생? 설마….'

그다음 날 점심때 이 아저씨, 나를 붙들고 옛날이야기를 풀어 놓았다.

이마동 씨는 자기 집안의 제일 큰 형님이시고 자기는 막내였다고 한다. 엄청난 부잣집이어서 그 막내아들은 못된 친구들과 어울려 주색잡기에 열을 올렸단다. 소위 서울 장안에 이름난 '팔난봉 칠깍쟁이'의 우두머리였다는 것이다.

정말로 장안의 소문난 여자들을 다 건드리고 놀아 보았는데, 그때 어울렸던 못된 친구들이 나중에는 도쿄에 가서 일본 여자들하고 한번 놀아 보자고 했다. 그래 아버지에게 일본에 '공부하러' 보내 달라고 했더니 아버지 왈,

"내가 네 행실을 아는데 공부라니, 말도 안 된다."

하셨다. 그래서 그날부터 방문을 걸어 잠그고 단식투쟁을 시작했다.

"형님은 일본에 보내 주면서, 아버지가 나를 저렇게 보시니 내가 살아서 무엇 하나. 차라리 굶어 죽겠다."

라면서.

며칠이 지나자, 자식 이기는 부모 없다고 아버지가,

"도쿄 보내 줄 테니 문을 열어라."

라고 했다. 그때 아버지 연세가 많았던지,

"아마도 네가 일본으로 가면 내 살아생전에는 널 못 볼 것 같다. 네 몫의 재산을 상속해 줄 테니 제발 돈 아껴 쓰고, 정신 차리고, 공부 열심히 해라. 이제 가면 나를 다시는 못 볼 것이다."

라고 하셨다.

그 엄청난 돈을 갖고 일본에 가서 술 마시고 놀며 계집을 얻고 집을 사서 들어앉히고 하다 보니, 그 많은 돈이 3년 만에 바닥이 나고 거지 신세가 되었다. 정말로 거지가 되어 주변 사람들에게 구걸하며 먹고사는 신세가 되었는데, 사람들 말이,

"구걸을 하려면 오사카에 가라. 도쿄 사람들은 구두쇠여서 구걸이 안 된다. 오사카에 가면 조선 사람들이 많으니 거기가 나을 것이다."

라고 했다. 그래 오사카에 가서 걸인 생활을 하는데 어느 식당에서 일을 하면 돈을 주겠다고 해서 그 집 '하코비'(막일꾼)로 들어갔고, 거기서 13년을 일해서 주방장까지 되었다. 그 집이 바로 복 요릿집이었다.

그러던 어느 날 길거리에서 옛날에 자기와 사귀다 헤어진 조선 여인을 만났다. 그녀는 당시 '동경東京 키네마'라는 영화사에서 배우를 시켜준다고 해서 일본에 왔는데, 몸만 버리고 갈 데 없는 신세였다.

둘은 꺼안고,

"아이고, 영감이 어찌 이리 되었소?"

"아이고, 그 예쁘던 네가 어찌 이리 되었느냐?"

하며 한참을 울다가,

"우리 서울에 돌아가 복 요리 가게를 차려서 함께 먹고살자."

하고 합의가 되어 함께 돌아왔다.

그것이 '삼청三淸 복집'이라는 그 복 요릿집이었다.

이 할머니는 워낙 멋 부리기를 좋아하는 그 할배의 바람둥이 기질을 너무나 잘 알기 때문에,

"돈도 필요 없으니, 점심 장사만 해서 작은 수입으로 둘이서 알콩달콩 먹고살면 된다. 밤 장사는 안 한다."

하는 소신으로 점심만 팔고 오후 2시에는 문을 닫았다.

그런데 그 할머니의 옛 친구라며 늙은 여배우 황정순 씨가 가끔 점심 먹으러 오곤 했는데, 그러다 보니 도금봉 등 다른 옛날 배우들도 함께 따라오곤 했다.

나는 그때 거의 매일 술을 마셨고, 그러니 거의 매일 점심에는 복국을 먹어야 저녁에 또 술을 마실 수 있었다.

그런데 그 집 할머니가 며칠 안 보였다. 몸져누워 있다고 했는데, 얼마 안 되어 그만 돌아가셨다고 했다.

그리고 어느 날 갔더니, 아니 글쎄, 가끔 나타나던 도금봉 씨가 그 집 여주인 행세를 하고 있는 것이었다. 나는 깜짝 놀랐지만 대충 눈치를 챘다. 그사이 이 영감이 도금봉에게 눈독을 들였고, 도금봉 역시 퇴물 배우로서 이 영감의 요리 솜씨를 활용해 노후를 잘 지낼 수 있겠다 싶었겠다는….

그날부터 밤에도 복 요리를 안주로 술을 팔고, 가게도 2층 건물로 옮기고, 강남에 분점을 내고. '삼청복집'은 '도금봉복집'으로 소문이 나면서 대성황을 이루었다.

하지만 손님이 많고 가게가 번성하는 것이 할배에게는 도움이 되지 않았다. 오히려 일만 많아져서 힘들어지고, 돈은 도 여사가 다 챙겼을 테니까.

어느 날 내가 주방에 있는 할배와 눈이 마주치자, 말도 없이 서글픈 표정으로 '힘들어서 죽겠다.'라고 하는 것 같았다. 정말로 늙고 병든 영감탱이의 모습이었다.

그리고 아니나 다를까, 어느 날 가 보니 영감이 세상을 떠났다고 했다. 나더러 "건축을 한다니, 내 무덤을 한번 근사하게 설계해 주시오."
하던 멋쟁이 영감이었는데.

할배가 세상을 떠나니 가게가 오래갈 수 없었다. 아무도 그런 복 지
리탕을 끓일 수 없었으니까.

그런데 얼마 뒤에 그 집에서 홀 서빙을 하던 아가씨가 새로 "복집을
차렸다."며 연락이 왔다. 할배가 도금봉 눈치를 보아 가면서 틈날 때마
다 아가씨에게 복 지리탕 끓이는 비법을 전수해 주었다는 것이다.(일본
에는 복 매운탕이 없는데, 오사카의 한국인들은 고춧가루 대신 마늘, 생강을 넣고
'매운 지리탕'을 개발했던 것이다.)

지금 통인동 골목 안에 있는 '태진복집'은 '삼청복집'의 그 아가씨가
할배의 '매운 지리탕'을 전수받아 조그만 한옥에서 시작한 집으로, 지금
은 2층짜리 빌딩을 짓고, '이재용 삼성 부회장의 단골집'이라고 소문까
지 나서 아주 장사를 잘하고 있다.

나는 요즘도 이 복집에 갈 때마다 죽은 친구가 생각난다. 이수영은
몇 해 전에 암으로 세상을 떠났다.

말년에 처가 식구들과 그 땅 문제로 소송이 걸려서 고민하는 걸 보았
는데, 그 때문에 스트레스를 크게 받은 때문인 것 같았다.

2020. 12. 21.

진감선사眞鑑禪師 부도비浮屠碑

오래전에 박영돈 선생과 이야기를 하면서 고운孤雲 최치원崔致遠의 글과 글씨들을 탁본으로나마 구경할 기회가 있었는데, 그중 기억에 남은 것이 그의 친필로 된 사산비四山碑 중에서도 지리산 쌍계사雙磎寺의 진감선사眞鑑禪師 부도비浮屠碑로, 그 내용과 글씨가 좋았다. 그러고 나서 얼마 후에 쌍계사에 가게 되었는데 거기서 실물 부도비를 보고 대단히 감탄을 했다. 1500년 전에 돌에 새겨진 신라 명필의 글씨가 그대로 살아 있는 듯했기 때문.

그런데 돌의 바깥에서부터 마모되고 변성되어 글씨가 잘 안 보일 정도가 되어 가는 것이었다. 글씨의 획을 잘 살리기 위해서 선택한 돌이 화강석이 아니고 수성암 계통이라, 1500년 풍상을 견디다 못해 최근 갑작스럽게 나빠진 대기질과 산성비 탓에 썩어들어 가는 중이었다. 수성암은 칼슘과 이산화탄소와 쉽게 반응하여, 한마디로 글씨들이 삭아 없어지는 것이다.

주지 스님을 만나서,

"저 비석은 실내로 옮기든가 비라도 안 맞게 하지 않으면 머지않아 글자를 못 읽게 될 것입니다."

라고 건방진 제안을 했다. 그랬더니 스님 왈,

"문화재는 국가 책임이니, 우리는 돈도 없고 어쩔 수 없소."

하는 것이었다. '에라이 중×들! 진감선사는 당신네 절을 세우신 분인데…'

나는 서울에 와서 문화관광부에다 그 이야기를 했다. 그랬더니,

"아니, 그 절이 얼마나 돈이 많은 절인데… 우리가 전국의 절들을 다 챙길 수는 없어요."

라고 한다. '에라이 공무원 ××들!'

진감선사비 탑본첩의 첫 두 면. 국립중앙박물관.

나는 그날부터 박영돈 씨와 모금 운동을 시작했다. 그 비석의 비문을 모사해서 새로 만드는 데 약 3억 정도가 필요했다. 나 또한 10프로는 냈다.

박 선생의 수고로 새 비석이 완성되어 옛 비석을 실내로 옮기고 새것을 갖다 놓던 날, 그 중들이 작업하는 광경을 내다보면서 말했다.

"우리 절이 워낙 마당이 좁으니 기왕이면 한가운데 놓지 말고 저쪽 구석으로 놓아 주시오."

'에라이 중×들!'

나는 반갑게도 그 비문에서 내 이름자를 찾아내어 집자한 명함을 만들어 쓰고 있다. 누구든지 내 명함을 받으면 "아, 글씨가 좋군요. 직접 쓰셨나요?" 하고 묻는다. 그러면 나는 지금도 그 비석 새로 만든 이야기를 신이 나서 늘어놓는다.

2021. 1. 9.

강화도에서

나는 사라진 옛 절의 폐허에서 슬픈 아름다움을 느낀다.

강화도 선원사禪源寺는 몽골의 침입을 피하기 위해 수도를 강화도로 옮긴 최우崔瑀(고려 말의 무신武臣 최충헌崔忠獻의 아들)가 창건했다고 알려져 있고, 전쟁 중에 팔만대장경을 이 절에서 판각板刻한 것으로 전해져 있으나, 발굴 조사 후 이의를 제기한 학자들도 있다고 들었다.

그러나 역사적 사실이 어찌 되었건, 어떤 이야기라도 폐허의 미학을 아름답게 서술할 뿐이다.

창건 당시와 한창 때에는 순천의 송광사松廣寺와 더불어 고려 불교의 대표적인 사찰이라고 알려져 있었으니 그 크기에 있어서도 폐허의 공허함을 배가시킨다.

전쟁 후 조정이 개경開京으로 환도한 후 분명히 버려지다시피 했을 터이고, 조선 초기에 폐사廢寺 지경에 이른 것으로 보인다 하니 더욱 비감하다.

강화도 선원사禪源寺의 옛터로 알려진 폐사지廢寺址에서. (사진 문화재청, 2015년)

강화도는 우리 역사의 성지聖地이며 보고寶庫이다.

단군왕검이 첫발을 디뎠다는 마니산摩尼山의 신화를 시작으로, 이 나라가 가장 쇠약하였던 조선 말기에 신미양요辛未洋擾와 병인양요丙寅洋擾를 겪으며 프랑스 함대가 육전대陸戰隊를 상륙시켜 섬 전체를 모조리 불태우고 외규장각에 보관되었던 실록들을 훔쳐간 이야기도 참 슬프다.

그때 프랑스 함대의 육전대장(해병상륙부대장)의 회고록을 눈물겹게 읽은 적이 있다. 그들은 마을과 궁궐과 사찰들을 불 지르면서 모든 여염집들에 책들이 쌓여 있는 것을 보고 놀랐다고 적고 있다. 아마도 천자문이나 명리학命理學 책이나 지가서地家書들이었겠지만.

조선과 같은 먼 극동의 나라에서 우리가 경탄하지 않을 수 없는 것은 아주 가난한 사람들의 집에도 책이 있다는 사실이며, 이것은 선진국이라고 자부하는 우리의 자존심마저 겸연쩍게 만든다.

— 신병주, 『조선 최고의 명저들』, 휴머니스트, 2006.

프랑스 해군 견습사관으로 1866년 병인양요에 참여한 쥐베르H. Zuber 가 7년 뒤 『세계일주Le tour du Monde』(1886)라는 여행잡지에 쓴 글이다.

우리는 또한 국가의 고문서고古文書庫를 발견했는데, 조선의 역사, 전설, 문학에 관해 많은 신비를 설명할 수 있는 대단히 신기한 책들을 확인했습니다. … 이 신기한 수집을 각하에게 보낼 생각인데 각하는 물론 국립도서관에 전달할, 유익한 것으로 판단하실 것입니다.

— 위의 책.

이는 병인양요에서 강화도 침공을 지휘한 로즈 제독(해군 소장)이 해군성 장관에게 보낸 보고서로, 강화읍의 외규장각에서 귀한 문서를 강탈했으니 공을 인정해 달라는 내용이다.

강화도의 또 하나 명품은 한옥으로 지은 성공회 성당이다. 한국에 처음 온 당시의 성공회 선교사들은 조선 사람들에게 이질감을 주지 않으려고 한옥 성당을 지었다.

조선에 천주교를 처음 전한 파리 외방선교회 신부들이 서울의 가장 높은 언덕에 하늘을 찌르는 고딕 성당을 짓고 궁궐이 내려다보인다고

한옥으로 지어진 대한성공회 강화성당. (사진 문화재청, 2015년)

비난을 받던 건축 양태와 비교되는 장면이다. 그 접근 방식의 차이로 인해 천주교는 엄청난 박해를 받고 엄청난 순교자가 발생한 반면, 성공회는 단 한 사람도 순교라는 희생을 치르지 않았다.

그와 같은 건축관은 정동의 성공회 성당을 지은 트롤로프 주교와 건축가 아서 딕슨 사이의 편지에도 잘 나타나 있다. 조선 사람들에게 거부감을 주지 않을 건축양식을 주교가 물었을 때, 건축가는 "로마네스크 양식이 좋겠다."고 답한다. 영국 성공회가 처음부터 서울에 오지 않고 강화도에서 시작한 것 역시 프랑스 외방선교회가 처음부터 서울의 명동 한복판에서 시작한 것과 그 자세에서 큰 차이가 있다.

그것은 이탈리아의 예수회 수사修士였던 마테오리치Matteo Ricci (1552~1610)와 비교된다. 그는 처음부터 북경에 가지 않고 7년 동안이나 광동성의 조경肇慶과 소주韶州, 강서성의 남창南昌, 그리고 강소성의 남경南京 등지에 머물면서 중국옷을 입고 이름도 중국식으로 이마두利瑪竇라고 고쳐 쓰면서 세계지도를 만들고 수학을 가르치는 등 서양의 최신 과학 문물을 소개했고, 이에 덧붙여 천주교를 전파함으로써 오히려 자명종自鳴鐘 시계를 한번 보고 싶다는 북경 황제의 부름을 받고 가서 북경 동서남북 네 군데에 천주당天主堂(성당) 짓기를 허가받는 고도의 겸손 수법을 썼다.

선원사에서 고려인들이 전쟁 중에 대장경을 목판에 새기고 있었다고 역사 시간에 처음 배웠을 때 나는 정말 한심한 사람들이라고 생각했다. 전쟁이 났는데 나가 싸울 생각은 안 하고 강화도로 도망가서 경판사업을 벌인 것은 일견 무책임하고 터무니없어 보였다.

그러나 그것은 결과적으로 '고려인들 최후의 승리'였다.

몽골 기병이 진흙 갯벌에서는 그야말로 '사족四足'을 못 쓴다는 이유만으로 강화 천도가 40년을 버틴 것은 아니었을 것이다. 그들은 싸우지 않고 버티면서 국제 외교전을 펼쳤고, 비록 전 국토가 몽골군의 말발굽에 짓밟혀 온 국민이 도탄에 빠져, 죽은 자와 끌려간 자가 헤아릴 수 없는 비극을 겪었지만 궁극적으로 살아남아 국권을 되찾았다는 사실은 한마디로 감동이다.

그래서 확실해진 것은, 임금이 섬으로 도망가서 대장경이나 새기고 있기는 했으나 백성들은 임금이 어딘가에 살아 있는 한 우리는 고려인이라는 자부심으로 끝까지 변발辮髮의 몽골인이 되지 않았고, 왕이 항복한 후에도 삼별초三別抄가 남아서 강화도로, 진도로, 제주도로, 나아가 오키나와까지 옮겨 가며 항전하다가 전멸했다는 슬픈 이야기에 더 마음이 아프다.

2020. 12. 8.

1964년 진해,
그리고 러시아 민요

1964년 12월, 겨울방학을 맞아 부산 집에 가는 길에 진해에 들렀다.

졸업을 두 달 앞두고 이후 무엇을 할지 아무것도 결정 못 하고 끙끙 앓고만 있던 중이었다. 건축과의 단짝 친구들 다섯 명 중 네 명은 미국 유학을 가기로 결정되어 있었다. 하버드, MIT, 컬럼비아….

나는 미국에 가면 무얼 배울까? 그걸 알 수가 없었다.

우리보다 잘살고, 땅은 넓고, 인구는 적은, 그런 곳의 건축을 배워 와 보았자 한국에선 써먹을 데가 없을 테니 말이다.

졸업생의 대부분은 미국 유학 아니면 대학원을 간다고 했다. 나머지는 해군 또는 공군의 시설장교 복무를 지원해서 어려운 시험도 치렀다.

나는 결국 '대학원', '미국 유학', '장교 시험', 이 세 개를 놓고 고민하던 중이었기에 평소 해군 장교 시험을 권하던 두 선배가 있는 진해에 들러 상황 파악을 하고 자문이나 도움을 청할까 생각한 것이다.

이동李棟, 임충신任忠伸 두 분은 경기고, 서울대의 두 해 선배이다. 미리 연락하고 갔기 때문에 두 선배는 바쁜 중에도 내가 온다고 잔뜩 기다리고 있었다. 무언가를 보여 주겠다고 그랬는지. 해군 시설장교로 친한 후배가 들어온다는 것을 반갑게 환영할 만큼 그분들은 그 자리에 자부심을 갖고 있었다.

진해 해군 본부 안에 있는 BOQ(독신 장교 숙소)는 당시로 보면 깔끔하고 꽤나 고급하게 지어진 건물이었다. 아마도 시설장교들이 스스로 설계하고 지었을 것이다.

이, 임 두 선배가 2인 1실 한 방을 쓰고 있었는데, 나더러도 거기 들어와 자고 가라고 했다. 가 보니 복도 건너편에 빈방이 하나 있었다. 장석웅 중위의 방인데 휴가를 가서 잠시 빈 것이다. 그러니 소위는 2인실, 중위부터는 독방이 배정되는 것 같았다.

나는 군대라는 걸 아주 딱딱하게 생각했었는데 가서 보니 우리 공과대학 기숙사만큼이나 자유로운 분위기였다.

나는 2박 3일 동안 융숭한 대접을 받았다. 독방을 차지해 잘 자고, 아침 식사 같이하고, 두 분의 출근길에 따라 나가서 해군 본부 시설창 시설과 설계실을 구경하고, 이 사람 저 사람 인사하고…. 모두들 마치 신입사원이 들어온 것같이 대해 주었다.

둘째 날은 시설과에 소방훈련이 있다고 해서 소방 시범을 참관했다. 운동장에 불을 질러 놓고 불을 끄는 훈련인데, 자못 진지한 '불장난' 같아서 재미있게 보았다.

퇴근 후에는 해군 장교들이 다니는 식당과 술집들을 차례로 순례했다. 어딜 가나 외상, 해군 장교 옷만 입었으면 모두 외상으로 먹는 것 같았다. '흑장미 다방'이었던가 늦게 간 그곳에서는 취한 술꾼들에게 희

2021년 어느 날 불시에 그때 진해가 생각나서 임충신 선배에게 전화했다. "혹시 그때 사진이 있으시냐?"고. 그랬더니 이 사진 두 장을 보내 주셨다. 내가 그때 한번 입어 보고 싶었던 멋진 군복의 사나이들이다. 거의 60년 전 일을 지금 돌이켜 생각하니, 장석웅, 이동 두 선배도 돌아가시고, 세월의 무상함이 새삼스럽다.

망곡을 받아서 들려주었는데, 우리는 〈코사크 기병대〉와 소비에트 아미 코러스Soviet Army Chorus의 '러시아 민요'를 청해 들었다.

그때 처음 들은 러시아 민요의 인상이 너무도 강렬해서, 그 후 나는 거기에 깊이 심취했다. 그러나 그 음악들은 다시 찾아 들을 기회 없이 그 잔향만 오랫동안 귓가에 맴돌 뿐이었다.

1969년에 오사카 세계박람회 한국관 설계로 일본에 넉 달 머무를 동안 드디어 기회가 다시 왔다. 그때가 일본에서는 전자제품의 전성기였는데, 아키하바라秋葉原의 전자상가에 가면 놀라운 음향기기들이 넘쳐났다. 특히 동료 김원석 씨가 관심이 많아서 소니Sony의 거창한 릴 테이프 데크Reel Tape Deck를 함께 샀는데, 거기 딸려 온 데모 테이프Demonstration Tape에 '레드 아미 코러스Red Army Chorus'가 있었다. 〈볼가강의 뱃노래〉, 〈스텐카라친〉 그리고 〈갈색 눈동자〉가 특히 좋았다.

한참 후에, 페레스트로이카와 함께 소련 영공이 개방되어 유럽 가는 비행기들이 25시간 걸리는 남방항로를 버리고 북극권을 지나는 북방항로로 13시간 만에 가게 되었다. 그때 나는 파리에서 돌아오던 길에 모스

'레드 아미 코러스'의 2012년 리마스터링 베스트 음반(왼쪽).
표트니츠키 국립 아카데미 러시아 민속 합창단 음반(오른쪽). 나에게 남은 유일한 러시아 민요
음반이다.

크바 공항을 경유하며 한 시간을 쉬는 동안 공항 면세점에서 '러시아 민요 전집'을 발견하고 신나게 사 들고 왔다.

그러나 불행하게도 김포공항 세관 검색대에서 모두 빼앗겼다. 음반의 자켓 사진부터가 붉은 광장에서 군대 사열하는 장면이었으니, 당시의 반공주의 국가에서 그 음반을 순순히 들으라고 내줄 리가 없었다.

다음번에는 꾀를 냈다. 파리에서 또다시 러시아 민요 판 두 장을 구했는데, 그걸 감추려고 일부러 벼룩시장에 가서 비틀스 판 두 장을 사서 내용물은 버리고 거기다 넣어 온 것이다. 그랬더니 비틀스 판인 줄로 알고 통관, 그렇게 적성국가의 레코드판을 들여오리라고는 세관에서도 생각 못 했을 것이다.

그러나 지금 내게 남은 러시아 민요 판은 '표트니츠키 국립 아카데미 러시아 민속 합창단'이라는 한 장뿐이다.

2021. 1. 8.

제주도의 첫 경험

돌이켜 보면 내가 제주도를 처음 알게 된 것은 지금으로부터 대략 60년 전쯤, 고등학교 1학년 때였다.

새 학기 들어 다시 반 편성이 되어 새로 내 짝이 된 친구는 나보다 나이가 적어도 서너 살은 많아 보이는 '영감'이었다. 사실 나는 반 애들보다 한 살 아래였고, 이 친구는 그보다 두세 살이 위였다. 게다가 그는 제주도에서 막 올라온 '촌놈'이었다. 나는 이 녀석이 하는 말을 거의 한마디도 알아들을 수가 없었다.

"무사 경 고람수카?"

이런 말들을 어떻게 알아들을 수 있겠는가. 그 애 또한 서울말을 잘못 알아들었다.

나는 3년 전에 처음으로 서울 와서 이 학교에 들어왔을 때 내가 당했던 일들을 떠올리면서 이 친구를 불쌍하게 여겼다. 나도 그때 부산 사투리를 고치지 못해서, 옆의 것들로부터 이런 말을 들었다.

"애, 너 시골서 왔구나?"

그러면 나는 화를 내며,

"부산이 와 시골이고?"

하며 대들곤 했다.

그래서 마치 지체가 부자유스런 아이를 돌보는 것처럼 이 친구를 도와주고 싶었다.

1학년 첫해 여름방학이 다가오자 이 친구가 방학에 제주도 저희 집에 같이 가자고 초청을 했다. 그때만 해도 제주도라면 무슨 외국의 외딴 섬처럼 느껴져서 나도 한동안을 망설였다.

나는 방학이 시작되면 제일 먼저 부산 집으로 달려가는 것으로 되어 있었기에 상당히 망설이다가, 이 친구가 여러 가지 감언이설을 섞어 가며 하도 조르는 바람에 그 유혹을 떨치지 못하고 집에 가는 걸 일주일만 늦춰서 먼저 제주도에 들렀다가 부산에 가기로 하고, 나의 방학을 기다리는 어머니에게 편지로 허락을 얻었다.

제주까지는 목포항에서 여객선(일제 때 만들어진 목선)을 타고 17시간을 가야 했다. 초저녁에 떠나서 밤새도록 거친 바다를 건너서 다음 날 점심때가 지나서 제주항에 도착했다.

친구의 집은 제주 시내 한복판(이도1동이라던가) 관덕정觀德亭이라는 조선시대 제주목사의 관아 건물 옆에 있었다. 친구의 아버님은 당시 집권당인 자유당의 제주도 당위원장으로 아주 높은 분이셨다. 제주도지사를 갈아치울 수 있는 세도가라고 했다.

예쁜 여동생들이 셋 있었는데, 역시 대화가 힘들 정도로 사투리가 심했다. 사흘이 지나서야 "밥 먹으러 오라."는 말을 알아들었을 정도이니 말이다.

고등학교 1학년짜리 어린 손님을 이 댁 식구들 모두는 마치 국빈國賓 대접하듯이 따뜻하고 정중하게 대해 주었다. 금쪽같은 장남의 친구일 뿐 아니라, 아들이 힘든 객지의 학교생활에서 큰 도움을 받고 있다 하니 그게 그렇게 고맙다고들 하셨다.

제주 출신의 고등학교 친구 고영훈高永薰. 그의 일본식 제주도 집에서.

친구의 아버님은 자신의 기사 딸린 관용차를 우리 둘에게 내주시면서 마음대로 구경 다니라고 했다.

제주도는 모든 것이 신기했는데, 마당 한구석에 개방형으로 되어 있는 화장실이 가장 희한했다. '일'을 보려면 우선 막대기를 하나 챙겨 들고 돼지우리 위로 올라간다. 그러면 돼지들이 몰려온다. 위에서 떨어지는 '먹이'를 받아먹으려고 달려드는 것이다. 돼지는 높이 뛰지를 못하지만 무서우니까 막대기를 휘둘러 우선 녀석들을 쫓아야 했다.

나를 위해서 그 돼지 중 한 마리를 잡았는데, 대문의 문설주에 밧줄을 매어 올가미 매듭을 만들고 거기다가 돼지 목을 집어넣어 반대쪽에서 잡아당기는 교수형을 시켰다. 돼지가 공중에 매달려 소리소리 지르며 펄펄 뛰다가 숨이 멎으면, 그 아래에서 불 붙인 볏짚으로 온몸을 그을려 털과 가죽을 태운다. 육지에서처럼 식칼을 갈아 뜨거운 물로 면도하듯이 하는 것보다 이렇게 하는 것이 훨씬 힘도 덜 들고, 털이 깨끗하고 완전히 제거된다는 것이다. 뿐만 아니라 가죽이 털이랑 불에 탔기 때문에 고기 맛이 좋다고 했다. 물론 고기 맛이 좋은 것은 "좋은 먹이를 먹였기 때문"이라고도 했다.

그해 여름방학에 우리 학교, 우리 학년 아이들이 제주도에 대거 몰려왔다. 마침 그때가 전국의 고등학생들이 소위 '무전여행無錢旅行'이라는 것을 유행처럼 생각하던 때였다. 김정환, 황용현, 이규목 등 키 큰 패거리들도 왔고, 김준일, 손훈, 남신우 등 나와 가까운 패들도 많이 내려왔다. 그들이 모두 고영훈의 집에 몰려들었다.

고영훈의 아버님은 아예 트럭을 한 대 세내어 이 일행들을 위해 제주도 일주 투어를 시켜 주셨다. 도무지 무슨 공영公營의 내륙 교통편이 없던 시절이라, 우리는 그 트럭의 짐칸에 모두 올라앉아서 이국의 풍광을 즐기며 덜컹거리는 비포장 해안도로와 산복도로를 가고 싶은 대로 누비면서 여러 날을 다녔다.

우리가 제주에 돌아오고 서울 패들이 서울로 떠나려던 때쯤 태풍이 몰려와 목포행, 부산행 배편이 모두 끊겼다. 그래서 그로부터 5일 동안을 더 제주에 머물러야 했다.

고영훈이 제주의 자기 친구들을 소개해 주어 남는 시간을 함께 놀게 했다. 그중 김규종金圭鍾, 양영훈梁英薰 두 사람은 나를 너무 좋아해서

서울에서 온 친구들의 등산 채비(왼쪽).
김녕해수욕장에서(오른쪽).

사진관에 가서 기념사진을 찍고, "영원한 우정을 변치 말자."는 쪽지를 보내곤 했다. 양영훈은 나중에 『중앙일보』 사진기자가 되어 서울에서도 만나 한동안 가까이 지냈다.

당시 우정을 기념하여 찍은 사진. 왼쪽부터 김원, 김규종, 고영훈.

또 신성여고에 다니는 동네 여학생들이 모인 자리에 초대받기도 했다. 어두운 밤에 삼성혈三聖穴 옆의 음침한 숲에서 만남이 이루어졌는데, 나는 좀 무섭고 두려웠다. 그러나 열 명 가까운 여학생들은 오히려 서울 애들보다도 더 활발하고 사교적이었다. 그 후에도 오래 연락이 있었던 여학생이 나중에 유명해진 성우聲優 고○○이었다.

2021. 12. 10.

타인의 시선

사람들이 글을 쓰는 이유는 대개 자기 생각을 남에게 전달하기 위한 것이다. 사람들은 자신이 바라보고 생각하는 자신의 '얼굴'과 그 '내용물'을 자기 식으로 본다. 그러나 그건 참 의미가 없다. 자기 생각일 뿐이다. 그 알량한 혼자만의 생각을 가지고 자기를 형상화한다.

중요한 것은 타인의 시선이다. '다른 많은 사람이 나를 어떻게 보고 평가하는가'가 실은 나를 사회적으로, 역사적으로 정의하는 합의된 결론이다. 소위 중론衆論이라는 것이다. 즉 타인이 나를 규정하고 평가하고 정의하는 것이다. 그것이 나다.

그러므로 타인의 시선은 중요하다. 내가 나를 무어라고 생각하건 그것은 거울을 보고 내가 이렇다고 생각하는 것일 뿐, 나를 종합적으로 정의하지는 못한다. 거울은 뒷면을 보여 주지 않는다.

내가 나를 정의하는데 틀릴 수 있다니, 그것참 최대의 아이러니다. 인간은 대개 듣고 싶은 것만 듣고 믿고 싶은 것만 믿기 때문일 것이다.

인간은 생각하는 존재다. 동시에 인간은 생각의 대상이 되는 존재다. 자신에게도 생각의 대상이며, 타인에게도 생각의 대상이 된다. 어떤 사람이 어디에 사느냐, 무슨 옷을 입느냐, 무엇을 즐겨 먹느냐 하는 것은 그 사람의 생활방식이자 철학이다. 강남 사는 사람과 강북 사는 사람은 생활과 철학이 다르다. 항상 정장正裝하는 사람은 그것이 그의 정무적政務的 판단이기 때문이다.

무엇을 즐겨 먹느냐도 실은 정치적인 행위다. 채식하는 사람은 먹는 걸 본능이 아니라 신념으로 하는 경우가 많아서 존경스러운 것이다.

백선엽은 일본 제국주의가 세운 만주국 간도특설대에서 1943년부터 1945년 광복이 될 때까지 장교로 복무했다. 『친일인명사전』은 일본군에 복무했던 이들 가운데 소좌 이상만 등재했지만, 간도특설대만은 사병을 포함해 전원 등재했다. 독립군 토벌로 이름을 떨친 부대였기 때문이다. 정부의 친일진상규명위원회도 백선엽을 '친일 군인'으로 규정했다.

주의 주장이 다르다 해도 한국인이 독립을 위해 싸우고 있던 한국인을 토벌한 것이었기에 이이제이以夷制夷를 내세운 일본의 책략에 완전히 빠져든 형국이었다. 그러나 우리가 전력을 다해 토벌했기 때문에 한국의 독립이 늦어진 것도 아닐 것이고, 우리가 배반하고 오히려 게릴라가 되어 싸웠다 하더라도 독립이 빨라졌으리라고 생각되지 않는다. (…) 주의 주장이야 어찌 되었든 간에 민중을 위해 한시라도 평화로운 생활을 하도록 해 주는 것이 칼을 쥐고 있는 자(군인)의 사명이라고 생각할 수밖에 없었다. 간도특설대에서는 대원 한 사람 한 사람이 그런 마음으로 토벌에 임하였다.

이 글은 백선엽의 회고록 『군과 나』 일본어판에만 있고 한국어판에는 없는 내용이다. 왜 한국어판에 없는 내용을 일본어판에는 실었을까?

나는 한때 초대 공군참모총장과 국무총리를 지낸 김정렬金貞烈 장군의 따님을 알고 지낸 적이 있었는데, 그녀는 미국에 살면서 자주 한국에 와서 자기 작은아버지의 명예를 되찾는 일을 하고 있었다. 그녀의 작은아버지 김영환金英煥은 1920년생으로, 1931년 경기중학을 졸업하고 연희전문을 거쳐 간사이대학關西大學 재학 중 징집되어 일본 육군 소위가되었다가 광복 후 공군 창설을 주도한 인물인데, 한국전쟁 중인 1951년해인사를 폭격하라는 명령을 거부하여 팔만대장경을 멸실 위기에서 구해 낸 사람이다. 1953년에 공군 준장으로 승진하여 제1전투훈련비행단장이 되었으나 이듬해 F-51(무스방) 전투기로 사천을 떠나 강릉 기지로가던 중 기상 악화로 실종되었다.

그런데 그의 부하였고 후임자였던 장 모 씨가 해인사를 구한 공로를자기 것으로 돌리는 회고록을 썼고 그 역사적 사실을 바로잡기 위해 그조카딸이 수고를 했던 것이다. 그녀가 아니었으면 그 가짜 회고록의 내용이 사실인 것으로 후세에 남겨졌을 것이다.

공군 창설의 주역, 김영환 공군 준장.

나는 우리 역사상 가장 혼란스러웠던 시기에 일어난 위의 두 사건에서 소위 '회고록'이라는 것이 얼마나 위험할 수 있는 것인가를 알게 되었다.

모든 사람은 나르시스적인 면이 있고, 자기가 한 일을 정당화 또는 미화시키는 경향이 강하고, 심지어는 회고록에서조차 자기 미화를 넘어 남의 공을 가로채기도 한다. 처음에는 그것이 거짓말인 줄을 알기 때문에 스스로도 약간은 쑥스럽게 생각하지만, 같은 이야기가 반복되고 시간이 지나고 나면 자기도 모르게 그것을 사실로 믿게 된다.

이럴 때마다 나는 김중업 선생이 르 코르뷔지에의 사무실에 가게 된 이야기가 생각난다.

원래 김 선생은 부산 피란 시절 코르뷔지에의 사무실에 가려고 파리에서 열리는 국제 펜PEN 대회의 한국 대표단에 끼어서 파리에 갔고, 그 사무실에 찾아가서 일하고 싶어 왔다며 무턱대고 기다렸다고 했다. 그러다가 코르뷔지에 선생의 눈에 띄어 "그럼 들어와 일해 봐라."까지 되었다고 했다. 그것이 내가 김 선생에게서 들은 두 분의 첫 만남 장면이다.

그런데 김 선생은 그 만남의 이야기를 조금씩 조금씩 아전인수격으로 미화해 나가더니, 마지막에 내가 들은 이야기는 코르뷔지에가 김 선생에게 편지를 보내어 "당신과 함께 일하고 싶다."고 '초청을 했다'라고 발전되었다. 그 이야기는 누가 들어도 믿기 어려운 상황이었는데, 김 선생 자신은 자주 그 이야기를 하다 보니 말년에는 당신도 그걸 그대로 믿는 것 같았다.

우리 속담인지, 그냥 유행어였는지, "남이 부자라면 부자다."라는 말이 있다. 나는 어렸을 적에 그게 무슨 말인지 알 수가 없었다. 그런데 철이 들면서 여러 가지 종합해서 판단하게 되자 그게 참 옳은 말임을 인식하게 되었다. 그 사람 소유의 부동산가 액이 얼마인지, 그 사람 통장에 잔고가 얼마인지 상관없이 남에게 부자처럼 보였다면 그는 그만한 실력을 보여 준 것이고, 그랬다면 그는 실질적인 부자로 인정받아야 옳다는 말이다.

사실 나는 자서전이나 회고록 같은 걸 쓸 위인이 못 된다. 세상에서 누가 나 정도의 사람이 살아온 과거사 기록을 그리 재미있고 가치 있게 읽어 줄 것인가?

그런데 실은 내가 살아온, 그리고 사회생활을 해 온 1970년부터 2020년까지의 50년 반세기는 우리나라 역사로 보아 엄청난 일들이 끊임없이 벌어진 시대였다. 그 시대에 내가 보고 겪은 여러 가지 일들은 기록으로 남길 가치가 있는 것들이 많다. 때로 그 증언들에는 다른 사람들이 겪어 보지 못한 흔치 않은 경험도 담겨 있다.

안네 프랭크라는 어린 소녀가 지붕 및 골방에 숨어서 혼자 기록한 개인적인 느낌과 경험이 훗날 우리에게 준 교훈은 그 당시 독일과 네덜란드의 상황뿐 아니라, 거대한 세계 전쟁의 교훈까지 생생하게 전달하고 있어서 가치가 있는 것이다.

2021. 2. 20.

브라질 아저씨와 믹스 커피

김수근 선생님은 커피의 맛과 향을 자주 이야기하셨고, 공간사에는 아예 1층에 커피숍을 만들어 손님들에게 좋은 커피를 팔고 직원들에게 무료 쿠폰을 나누어 주기도 하셨다. 건축가는 멋쟁이여야 한다.

그때는 TV 연속극에 건축가가 등장하면 으레 버버리 코트의 깃을 올려 입고 우수에 잠긴 표정으로 무언가를 스케치하는 모습으로 묘사되곤 했다.

나는 커피를 아주 좋아하지는 않지만, 시대와 풍속이 그러해서 그런지 하루에 두세 잔은 꼭 마시게 된다. 커피를 마시면 잠이 안 온다고 해서 될 수 있으면 오후 늦게는 안 마시려 하는데도, 이제 나이가 들어서 그런지 가끔 밤에 잠이 안 오면 '커피 때문인가?' 하며 누운 채 반성을 하게 된다.

하지만 조금은 안심이 되는 것은 커피 중독 증세가 있는 것도 아니고, 아주 진하게 마시지도 않는다는 것인데, 사실 나는 커피를 즐기는 편이 아니다. 그저 습관적으로, 식사 후에 디저트와 과일 먹듯이 자연히 커피가 따라 나오게 되니 생각 없이 마시게 되는 것이다.

그래서 사실 커피 맛이 어떻고, 향이 어떻고, 온도가 어떻고, 어디 제품이 어떻고 하는 것을 따져 본 적이 없다. 그런 나를 좀 의아하게 보는 사람들도 있다. 보기보다 덜 까다롭고, 아니, 나아가 좀 둔한 것 아닌가 하는 말을 하기도 한다.

그러다 보니 나에게 가장 손쉬운 것은 봉지에 넣어 파는 소위 '믹스 커피'이다. 사실 설탕이 많이 든 것 같아서 조금 꺼림직하지만 맛은 그게 더 좋다. 시쳇말로 '다방 커피'라는 것인데, 뭘 마시겠냐고 물을 때 내가 "다방 커피요!"라고 이야기하면 약간 의외라는 듯이 다시 한번 묻기도 한다.

나는 이제 와서 깨닫게 되었다.

'아하, 내가 무슨 특정한 커피를 좋아하는 게 아니라, 그저 늘 먹다 보니 입에 맞는 것을 그냥 거부감 없이 마시는, 아니 그저 친근한 맛에 마시는 것이구나.'

그냥 그렇게 알고 편히 지낸다.

그런데 해외에 갈 일이 있을 때는 현지의 커피가 아무리 맛이 있다 해도 좀 거북하고 입맛에 안 맞는 경우가 많아서, 그때도 역시 편하게 봉지에 든 '믹스 커피'를 몇 개씩 싸 가곤 한다. 대개 호텔에서 아침 뷔페를 먹게 되는데, 식사가 끝나면 뜨거운 물을 달라고 해서 봉지를 뜯고 물에 타서 그냥 저으면 되니, 그게 나에게는 낯선 호텔의 낯선 커피보다 그 맛에서 안심이 된다.

2012년 6월 브라질 리우데자네이루에서 '리우 환경회의 20주년' 국제회의가 열릴 때 나도 한국 대표단에 끼어서 갔는데, 아침마다 식당에서 만나는 브라질 대표가 있었다. 덩치가 엄청나게 커서 금방 눈에 띄는

사람이었는데, 처음 본 날 내가 봉지 커피를 물에 타 먹는 걸 가만히 보고 있더니,

"그거 커피지요? 한 입만 맛 좀 볼 수 있을까요?"

하고 정중하게 묻는다.

나는 반갑게, 기쁘게 새로 한 봉지를 따서 물에 타 주었다. 이 신사가 눈을 지그시 감고 냄새 맡고, 마시고, 또 킁킁 냄새 맡고 몇 번을 하더니 희색이 만연한 얼굴로 묻는다.

"이게 한국제입니까?"

"한국제예요. 맛있어요?"

나는 너무 달다고 할 줄 알고 조금 미안했는데, 이 사람 아주 행복한 표정으로,

"정말 맛있어요. 정말 감사해요."

한다. 그러면서 덧붙이기를,

"이 커피는 우리 농장에서 수출한 커피예요. 우리가 한국에 원두를 수출하고 있지요."

라고 웃으며 말한다.

그렇게 이야기가 시작되어 자기소개를 하는데, 이 아저씨의 농장은 환산해 보니 경상남도 크기 정도 되는 어마 무지하게 큰 농장이었다. 그 농장 전체에서 소가 몇 마리, 말이 몇 마리, 양이 몇 마리, 커피나무가 몇 그루인지 도저히 셀 수 없어서, 항공측량으로 밀도를 계산해서 대강 얼마쯤 되는지 추산만 한다고 했다.

매일 아침 마주 앉아 함께 식사를 끝내고 일어설 때마다 그 아저씨는 한국산 믹스 커피가 최고라며 엄지손가락을 추켜올렸다.

2021. 9. 16.

톤즈에서

나는 오랫동안 아프리카의 남수단에 가서 선교하고 의료봉사하다가 일찍 세상을 떠나신 이태석(요한) 신부님을 존경했고 그 이야기를 사랑했다. 그분은 남수단의 도시 톤즈Tonj에 학교와 병원을 짓고 10년간 한센인들을 돌보다가 과로로 병을 얻어 귀국 후 치료의 효험을 못 보고 요절하셨는데, 그곳 사람들, 특히 젊은이들이 신부님을 그리워하며 눈물을 흘리는 KBS의 다큐멘터리가 감동적이었다.

마침 2015년에 그곳에 망고나무를 심어 주고 자족자립을 돕는 단체로부터 나에게도 도와 달라는 부탁이 왔다. 내 생각에도 어떤 방법이든 건축가로서 도울 수 있는 일이 있겠다 생각하고 무작정 따라나섰다. 베이루트에서 아디스아바바를 거쳐, 4인승 단발기로 두 시간을 갔는데, 서울에서 도합 25시간이 걸리는 거리였다.

현지에서는 한국의 건축가가 온다고 하여 부족의 축제가 벌어졌고, 천 명 이상이 모이는 환영 행사에서 나를 명예추장으로 모시는 세리머

톤즈의 환영 행사에서 나를 명예추장으로 모시는 세리머니도 열렸다(왼쪽).
이태석 신부님이 시무하던 톤즈 성당 앞에서 주일 미사를 마치고(오른쪽).

니까지 열렸다. 내가 보름 동안 묵을 집을 새로 지어 놓고 가구와 집기,
샤워장까지 ― 물이 귀한 곳이라 이것은 특권이다 ― 게다가 내가 모기를
싫어한다고 모기장을 이중으로 치고 모기향을 피우고, 어떻든 자기들이
생각할 수 있는 모든 정성을 다 해 준 것이 눈에 보였다.

　이 나라의 가장 큰 문제는, 이 사람들이 수천 년 동안 여러 갈래의 부
족사회를 이루고 살아오면서 서로 싸우고 경쟁하며 살았기 때문에 근대
적인 국가 개념은커녕, 남을 돕거나 서로 힘을 합쳐서 무슨 일을 이룬다
는 '개념'이 없었다는 점이다. 수단이라는 나라를 세우고도 남수단과 북
수단으로 갈라져 오래 전쟁을 했는데, 정말로 명분 없는 전쟁이었다. 그
런데 현실적인 문제는, 유엔의 중재로 전쟁이 끝나고도 무기가 회수되
지 않아서 아무나 총기를 둘러메고 길거리에 다닌다는 사실이었다. 홧
김에 무슨 짓을 할지 모르는 상황인 것이다.

　세상에서 가장 가난한 나라. 카르툼을 수도로 하는 북수단이 조금 더

잘산다고 하지만 남북 모두 먹을 것이 없어서 온 국민이 끼니를 걱정하는 나라이다.

지구상에 가장 새까맣고 가장 키가 큰 인종, 2미터 넘는 키의 여성들이 젖가슴을 내놓고 다니며 남녀평등이라고—왜 남자는 벗고 다니냐고—우기는 착한 사람들, 이태석 신부 이야기만 나오면 그저 눈물을 줄줄 흘리는 젊은이들.

그때 나는 이들에게 아무것도 해 준 것이 없었지만, 아직도 깊은 연민을 갖고 있다.

2020. 9. 8.

2부

무슨 무슨 위원회라는 것

50년 논쟁, '새 수도' 지상공청

도시공학적 관점에서

임시 행정수도 건설에 관하여 몇 가지 의문이 제기될 수 있다. 그중 가장 중요한 것 한 가지는 '그것이 꼭 필요한 일인가', 그리고 그렇다면 반드시 그런 방법이어야 하는가, 다음에 과연 기대하였던 목적이 달성될 수 있는 것인가 하는 점이다.

만일 이 문제가 단순히 서울의 인구 문제 해결을 위한 방안만으로 제시된 것이라면 그 결과는 우선 회의적이다.

현재 서울의 연간 인구증가만 35만 명으로, 30만 내지 50만 인구의 도시를 신설하고 그 인구를 그것으로 국한하기로 한다면 이동인구의 숫자는 기존 도시 인구에 대하여 1년쯤의 억제 효과를 갖는 셈이므로 항구적인 대응책이 되지 못한다.

안보의 측면을 보더라도 행정부만이 옮겨졌을 때, 더구나 일단 유사시에는 다시 서울로 복귀하여 사태에 대처한다는 대통령 발표를 감안하면, 어떤 안보상의 이점이 있는가를 되묻게 된다.

한 가지 분명한 사실은 서울 인구의 자연증가율 이외에 인구유입을 유도하는 가장 중요한 인자가 되어 왔던 행정기능을 분산시킨다는 사실만으로도 수도권의 흡인동기는 크게 줄어들 것이라는 점이다.

서울이 600년 동안 지켜 왔던 복합기능이 중앙집권적인 행정체계를 원인으로 하였던 사실을 고려하면 그 본질적 요소인 행정기능이 옮겨짐으로써 인구 분산이나 억제에 직접적인 효과는 없더라도 파급효과는 클 것으로 보인다.

다만 이것은 지방자치에 의한 지방분권 또는 권한의 대폭 이양이 전제될 때이며, 같은 방식으로 복합기능 속에서 중요한 위치를 차지하는 단일기능들이 옮겨지는 작업이 앞으로도 계속된다는 전제하에서이다.

다른 하나의 우려는 인구와 공해라는 도시 문제들을 떠나는 듯이 보이는 소극성이다.

서울은 이미 어마어마한 기존 투자가 되어 있는 도시이다. 그러므로 그것을 연속적으로 가치 있는 것이 되게 하기 위해 기존 도시와 신도시는 모도시母都市와 자도시子都市의 관계로 남아 있어야 한다.

그렇다면 그것은 동일한 생활권으로 존속함을 의미한다. 기존 도시를 배후지로 갖지 않는 단일기능의 신도시는 지속적인 생명력을 갖지 못한다. 그러므로 통근 거리 이내에 입지해서는 안 되리라는 이론에 모순이 생긴다.

더구나 시속 200킬로미터의 고속전철이 우리나라에서도 실용화할 때, 통근 거리라는 개념은 지금의 두 배 이상으로 연장된다. 만일 허만 칸의 예언대로 서기 2000년에 서울-부산을 연결하는 거대도시Megalopolis가 형성될 것에 공감한다면 신수도는 그 대상 도시에서 어떤 위계를 갖게 될 것인가가 미리 설정되어야 한다. 이미 우리는 서울-인천, 그리고 서울-수원 고속도로를 따라 상당히 발달된 형태의 대상도시帶狀都市(Linear City)를 체험하고 있기 때문이다. 그러므로 발달된 통신수단으로 연결된 아늑한 분지의 이상도시는 실제로 없는 것일지도 모른다.

'임시수도'라는 설정에도 걱정되는 것이 있다.

임시의 도시라는 발상은 아키그램Archigram(영국의 도시계획 그룹)이 제안한 바 있으나 그들이 말하는 인스턴트 시티Instant City와 우리의 경우가 전혀 비교될 수 없는 것이므로 도시가 과연 '임시'일 수 있는가, 그 막대한 투자도 '임시'일 수 있는가, 또는 임시수도로서의 기능이 끝났으 때 다른 기능으로 사용 가능한가가 논의될 수 있다.

참으로 '임시'라는 설정이 필요한 것이라면 새로 만들어지는 도시의 하부구조는 일반적인 완벽성보다는 더욱 융통성 있고 포용력 있는 것이어야 하고, 나아가서는 피터 쿡Peter Cook(영국의 도시계획가)이 말하는 플러그 인 시티Plug in City처럼 전기 플러그에 전기 용품을 찾아 작동시키듯이 도시 하부구조infrastructure에 어떤 상부구조라도 세워질 수 있는 방식이 고려될 수 있을 것이다.

흔히 현대도시를 인류 최고의 발명이라고 말한다. 그리고 동시에 문명사文明史 최대의 필요악이라고도 한다. 전자는 도시 생활의 능률과 쾌적성을, 후자는 도시 문제와 그 병폐들을 극단적으로 표현하고 있다. 우리나라는 그 고도성장의 추세로 보아서 과거와 향후 20년 간격으로 20%에서 40%로, 40%에서 80%로 도시화할 것으로 짐작되고 있다.

'도시화urbanization'라는 것은 그러므로 인간 정주定住 사회의 성장에 따른 필연이며, 한마디로 자연발생적인 현상인 셈이다.

‘임시행정수도안’과 관련하여 많이 언급되고 있는 브라질리아가 있다. 그러나 많은 도시이론에서 그것은 실패한 도시로 지적되고 있으며, ‘계획된 도시’에 관한 전반적인 회의까지를 말하는 예가 되고 있다. 우리는 하나의 도시가 10년 동안에 인공적으로 만들어진다는 물리적인 환상을 가져서는 안 된다.

그리스 건축가 독시아디스C. A. Doxiadis의『엔들리스 시티Endless City』에 의하면 인간은 머지않은 장래에 도시만을 통과하여 지구를 한 바퀴 돌 수 있게 된다. 곧 대륙의 해안선을 따라 거대한 대상도시가 형성되며, 그것들이 성장함에 따라 대상帶狀이 끝없이 연결되리라는 생각이다.

고대도시와 달리 현대도시의 생성과 성장의 패턴이 대부분이 아메바적으로 가까운 도시들을 연결하는 축을 따라 발전하고 종국에는 두 도시가 하나로 되어 버리는 현상을 상기하면 간단하다.

그러므로 우리의 수도권이 선형線型의 도심(Linear CBD) 형태로 발전하게 될 것은 의심의 여지가 없다. 문제는 우리가 그런 발전을 어떤 위계질서로, 얼마나 효율적인 것으로 정리해 나가는가에 열쇠는 있다. 그것은 국토 재편이라는 관점에서 첫 번째 설정일 수 있으며, 한 건물 안에 10만 명을 수용할 수 있는 지금 시대에 있어서 이 국토에 이 인구를 가장 잘 배분할 수 있는 효율적인 방편이 될 것이기 때문이다.

먼저 국토나 수도권의 분명한 마스터플랜이 선행해야 하고, 벌써부터 수도의 물리적인 형태를 고전적인 도시 개념에 의거하여 입지조건으로부터 파생하는 필연적 요구가 무시된 채, 아무 곳이나 평지에 세워질 수 있는 어떤 프로토타입을 제안하는 등의 관념적이고 보수적인 도시관이 좀 미래적인 것으로 변화되기 위해서는 미래도시에 관한 예언적인 이론들에 적극적으로 귀 기울일 필요가 있다.

까마득한 것처럼 보이는 '서기 2000년'은 앞으로 20년 후이다. 도시의 장구한 역사로 보면 20년은 긴 시간이 아니다. 그리고 사회 발전과 도시화의 속도는, 그리고 현대도시의 생활 변화는, 앞으로일수록 급격할 것이 확실하다.

사족으로 첨언해야 할 것은 우리 기존 도시계획에서 가장 난점이 되어 왔던 계획 지구의 토지 수용에서 생기는 불편한 문제를 영구히 없애기 위해 지역 내의 모든 토지를 국유가 되도록 매수함으로써 개발이익이 다른 방면에 재투자되는 북유럽 국가들의 사례가 검토되어야 하며, 이 기회가 지방 중소도시에 사회간접투자가 분산되어 도시 간의 쾌적성 amenity에 균형이 이루어짐으로써 서울로의 인구 유입 인자를 줄이는 계기가 되어야겠다는 점이다.

성급한 기대는 도시 문제에 관한 한 금물이다. 도시가 형성하는 시간과 역사의 장구함에서뿐만 아니라 궁국에 도시는 인간 생활의 집적이며, 그 껍데기이기 때문에, 도시가 그 본질 속에 갖는 갈등들이 완벽하게 배제된다는 일은 어느 경우에도 있을 수 없을 것이다.

『조선일보』,1977. 2. 19.

사족

거의 반세기 전에 쓴 글이라 지금 보면 좀 현실감이 떨어져 보이는 글인데, 30대 청년의 발설로서는 꽤나 톤이 높고 아는 체를 하고 있다.

다만 북유럽 국가의 '토지공개념'을 꺼내면 지금도 사회주의 냄새를 의심하는 우리 주변에도 불구하고 그때 『조선일보』에 이런 글을 썼다는 일이 용감해 보이기도 한다.

1972~1973년에 네덜란드에 가 공부하면서 수도 헤이그와 로테르담과 암스테르담이라는 세 도시가 비슷한 크기로 가까운 거리에 공존하면서 인

구를 분산시키고 역사와 기능에서 서로가 각각의 도시적 특징을 보전하는 것을 보고 부럽기도 했던 터라 어렵사리, 그러나 과감하게 목소리를 높여 보았던 것 같다.

오늘날 서울특별시에 집중되었던 국가 행정 기능의 많은 부분을 세종시에 옮겨 놓고 보니 고위 공무원들은 두 집 살림을 하고, 그러면서도 서울의 '정치적 색깔'이 중화되거나 퇴색되는 느낌은 전혀 없는 것을 보면 '정치'와 '행정'은 다른 것이로구나 하는 순진한 깨달음을 늦게 얻는다.

또한 그 당시 내가 갖고 있던 군사정부의 비민주적인 — 민의를 무시하는 — 행태에 대한 순진한 반감도 가미되어 있었다고 보인다.

진짜 섬,
제주가 소중하다

젊은 시절, 근대화부터 겪어 온 대한민국의 건축가, 도시계획가로서 지난 시간 과다한 개발이 어떤 결과를 가져오는지 가까이에서 절감하며 지내 왔다. 그 개발들은 모두 시기적으로 그 나름의 정치적 이해와 경제적 성과라는 명분을 앞세웠지만, 지나고 나서는 회복되지도 않고 되돌릴 수도 없는 무참한 결과만 반복되었다. 그 엄청난 책임은 지금까지 그 누구도 짊어지지 않았다. 더욱 비감한 것은 선진국의 문턱에 다다른 지금 시대에도 이런 사례가 여전하다는 사실이다.

　대지의 사용과 기능적 필요를 절충해야 하는 직업적 특성 때문에 '적정한 개발이란 무엇인가'에 대한 고민은 어쩌면 벗어나지 못할 평생의 화두라 할 수 있다. 완전한 답과 해결을 단정하기 어렵지만, 결국 삶과 환경에 대한 사회적 태도가 어떠한지, 필요와 타당성에 대한 지나칠 정도의 엄밀함이 얼마나 중요한지는 새삼 반복하고 강조해도 지나치지 않다. 그런 점에서, 지난 4대강 사업이 우리를 얼마나 부끄럽게 했는가를 잊지 말아야 한다. 지금 제주에서 진행 중인 제2공항 건설 논란도 그런 위험에서 벗어나 있지 않다.

제주와 첫 인연을 맺은 고등학교 시절, 제주가 고향인 친구 덕분에 섬에 첫발을 내디디며 '대한민국에 제주가 없었으면 어찌했을까.'라고 느낀 감동이 아직 선연하다. 그 처음의 기분과 감정을 50여 년이 지난 지금도 잊지 못한다. 척박하지만 따뜻한 대지, 거세지만 삶을 품은 아름다운 바다, 지치지 않는 바람과 끝없는 푸른 하늘, 그 독특한 사투리와 음식 속에 묻은 질박한 정서와 문화, 시간이 지나 알게 된 4·3의 역사적 아픔까지, 이 모든 것들이 제주라는 하나의 특별한 세계를 구성하고 있었다. 제주는 그 자체로서 넘치는 가치를 갖고 있다. 그러나 최근 경험하는 제주는 원래의 고유색보다 도시화된 '서울색'을 흉내 내며 혼란을 겪는 듯해 안타까움이 크다. 사투리도 옛날처럼 심하지 않다.

지금도, 앞으로도 제주를 진심으로 사랑하는 한 사람으로서, 마침 지인을 통해 이 지면에서 제2공항에 대한 의견을 전할 수 있게 된 만큼 짧지만 간곡한 청을 드리고자 한다.

제주는 한정된 공간 환경이다. 공간이 한정될수록 시설의 규모보다 시간 운영과 관리 효율을 점검하고 고민해야 하는 것이 첫 번째 해결 방안이다. ADPi(파리공항공단엔지니어링)에서도 신축보다는 기존 공항의 관제 시스템을 개선하라고 권고했다고 들었다.

이와 같이 점진적으로 개선 방법을 검토하는 것이 당연히 상식적이다. 작은 섬에 두 개의 공항을 만들겠다는 생각은 누구나 의문을 가질 만큼 비합리적이라 하지 않을 수 없다. 더구나 이를 위해 아름다운 '오

삼방산이 바라다보이는 제주 풍경. (2018년 조인채 촬영, 한국저작권위원회)

름'(기생화산) 여러 개를 손쉽게 깎아내고 섬 안에 어마어마한 토지를 한 가지 용도로 고정한다는 생각은 환경에 대한 무지를 드러낸, 단연코 폭력적인 자연 훼손이다.

두 번째는 현대기술의 진전을 통해 가능한 여러 대안을 충분히 검토해도 늦지 않는다는 사실이다.

오랫동안 네덜란드 등에서 연구가 축적된 플로팅 에어포트Floating Airport 기술을 소규모로 적용해 보는 혁신적 시도에다가, 현재 우리가 보유한 세계 제일의 수중 용접 기술을 접합하는 시도는 실현 가능성이 충분히 있다고 본다.

더 나아가 향후 비행기술의 진보를 예측하고 참작하는 지혜도 필요하다.

또 물류를 포함하여 인구의 이동 역시 해상교통을 통해 증진하고 다

변화시키는 노력이 요구된다.

특히나 이런 대규모 사회간접자본SOC의 투자 사업에서 단순 증가를 당연시하는 수요예측은 부실과 과장일 가능성이 크다. 또한 기술 변수를 의도적으로 무시하고 누락한 것은 누군가의 이익을 전횡코자 하는 기존의 단순한 토건적 사고에 기반했을 가능성도 배제할 수 없다. 이런 이해관계 속에서 저질러지는 무책임한 결과는 그 부채를 미래 세대에게 떠넘기는 또 하나의 폭력이다.

마지막으로, 제주는 섬의 정체성을 지키면서 질적으로 성장해야 한다. 공간과 환경에 있어 밀도는 아주 중요한 문제다. 이것이야말로 궁극적인 경쟁력이다. 개인적인 생각이지만 근래 항공기의 잦은 지연으로 제주를 오가는 불편함이 커진 것도 사실이다. 하지만 몇 년 전 관광객이 연간 1,500만 명을 넘었다는 소식에 가장 먼저 떠오른 생각은 '제주라는 섬이 그 숫자를 감당할 수 있을까?' 하는 우려였다. 역시나 쓰레기와 하수, 심지어 지하수 고갈을 우려하는 보도가 이어졌다. 무분별한 개발로 인한 호텔들의 운영난과 도산도 짧은 시간 반복된 것으로 안다.

제2공항의 건설에 대한 장밋빛 전망은 이런 전철을 반복하는 문제로 보인다. 더구나 코로나 이후 관광산업은 과거 방식으로 돌아가지도, 돌아갈 수도 없을 것이다.

근본적으로 섬의 정체성을 지켜내지 못한다면 이제 그 누구도 제주를 찾지 않을 수 있다. 숫자에 대한 환상에서 벗어나자. 자연에 대한 경외감과 거주민의 삶과 행복, 문화적 자산을 통해 '보는 제주'가 아니라 '체험하는 제주'가 되었으면 한다. 대규모 개발은 지양해야 한다. 쾌적함과 풍부함이 있는 밀도의 조절이 제주를 진짜 제주답게 할 것이다. 근본적인 발상의 전환이 필요한 시점이다.

대한민국은 섬이 3,300여 개로, 세계에서 네 번째로 섬이 많은 나라다. 이는 대한민국의 어마어마한 미래 자산이다. 섬에서 한 평의 땅은 육지의 한 평과는 비교할 수 없는 가치를 지닌다.

대한민국의 헌법 조문은 "대한민국의 영토는 한반도와 그 부속 도서로 한다."라고 규정한다. 개인적으론 "대한민국의 영토는 그 경계를 이루는 섬들과 바다와 한반도로 한다."로 개정하여 영해와 영공을 좀 더 중요한 개념으로 확장할 필요가 있어 보인다.

제주도는 이 모든 섬들의 모母섬이자 대한민국의 보물섬이다. 제2공항 찬반 논쟁은 '제주를 어떤 가치로 보는가'라는 우리 삶의 태도에 대한 물음일 것이다.

사랑하는 제주인들에게 깊은 고민을 요청한다.

2021. 2. 16.

문화재위원회의 추억

제주도 흑돼지

내가 문화재위원(천연기념물분과)을 하던 동안 재미있는 일이 많았는데, 그중 기억에 남는 것이 제주도의 토종 흑돼지를 천연기념물로 지정한 일이었다. 꼬리가 짧고 귀가 쫑긋하고 키와 몸체가 작고 단단한 특징이 있다는 등 문화재청 천연기념물과장의 설명을 들으며 위원들 모두가 재미있어 했다. 그래서 제주 흑돼지는 진돗개처럼 순종 DNA가 보호를 받고 있고 제주도 바깥으로 반출이 금지되며, 따라서 사육 농가들이 자부심을 갖게 되고 높은 부가가치로 제값을 받게 되었으며, 무엇보다도 그동안 천덕꾸러기였던 제주도 흑돼지들이 호강을 하게 되었다.

고등학교 시절 처음 제주도 고영훈의 집에 갔다가 노천 화장실에서 똥돼지를 방목하는 것을 보고 놀랐던 그때 그놈들이다. 그때는 누구든지 '뒤'를 보려면 마당 구석에 있는 노천 화장실에 가서 높이 올라앉아

천연기념물로 지정된 제주 흑돼지. (사진 제주축산진흥원)

'싱싱한' 인분을 먹으려 달려드는 돼지들을 긴 막대기로 쫓아내야 했다. 사람들은 제주도 흑돼지가 그래서 맛있다고들 했다.

사진으로 보기에는 언뜻 귀여운(?) 멧돼지 같다. 다부져 보이지만 살이 많이 찌지 않은 데다가 머리가 작고 민첩하다. 본디 재래돼지는 멧돼지 혈통이 강하다고 한다. 야성이 살아 있는 듯하다. 그리고 검은 털이 고르고 윤기가 난다.

우리 국민이 토종 흑돼지라고 생각하는 고기는 대부분 검은색 수입 돼지인 버크셔에 백색계 돼지의 혼합종일 확률이 99.9프로다. 토종 흑돼지 피가 조금 섞여 있을 가능성이 있는 정도.

재래 흑돼지는 시장에서 거의 사라졌고, 정부 기관에서 일부 천연기념물로 보존하기 위해 기르거나, 30여 년 전에 재래돼지를 수집해 보존해 온 경북 포항의 '송학농장' 외에는 자치단체 같은 곳에서 보급을 위해 소량 기르는 단계다. 종 보존에 대한 인식이 없었고, 살찌는 속도가 느린 재래돼지는 자연스레 시장에서 쫓겨났다.

그러니 한국인치고 재래돼지에 대한 궁금증이 없을 사람이 없다. 옛 기록을 보면, 조선총독부 산하기관의 이런 평가들이 있었다.

> 조선 돼지는 체질이 강하나 체격이 왜소하다. 살이 잘 안 찌고 늦게 자란 다. 경제가치 돈 중 최열등하다.
>
> — 농촌진흥청 전신 '권업모범장' 평가

> 특히 육미는 조선 사람 입맛에 맞는다.
>
> —『조선농업편람』

구 서울시청사 보존 문제

서울시와 문화재위원회의 힘겨루기도 빼놓지 못할 이야기이다. 박정희가 문화재위원회를 만들 당시에는 대한민국의 '위원회'들 중에서 가장 센 곳이 금융통화위원회와 문화재위원회라고 했다. 그러나 서울시의 개발 정책과 부딪힐 때는 거의 대부분의 경우 서울시의 판정승으로 끝이 났다. 고가 차도를 만드느라고 독립문의 위치를 옮긴 사례가 대표적인 경우였다.

내가 문화재위원회에 관여를 하면서 뼈저리게 느낀 점이 아직도 문화재에 관한 인식이 미약하다는 것이다.

구 서울시청 건물의 보존 문제가 회자되었을 때 많은 사람들이 서울시청을 일제시대의 상징이라며 때려 부숴야 한다고 주장했다. 왜놈들이 총독 관저와 중앙청과 시청을 '대일본大日本'이라는 세 글자로 짜 맞추었다는 주장도 있었다. 경무대景武臺를 '큰 대大' 자로 짓고, 중앙청을 '날 일日' 자로 짓고, 시청을 '근본 본本' 자로 지었다는 것이다.

하여튼 시청 건물은 내가 주장을 해서 문화재 지정이 되었는데, 오세훈 시장이 반대했다. 시장은 그것을 부수고 새로 짓고 싶어 했다.

우리가 '지정'을 발표하던 날 아침에 건물을 부수기 시작했다는 소식을 듣고 현장에 모두 같이 갔더니 이미 뒷부분은 모두 철거가 '자행'되고 있었다. 겨우 새로 타협을 본 것이 광장에 면한 파사드만은 남기겠다는 것. 그래서 지금 그 전면 벽만 남아 있다.

더군다나 그 바람에 세상에서 가장 우스꽝스런 건물이 들어서서 쓰나미가 덮쳐 오듯 그 옛 건물을 노려보고 있다.

서울시청사. (사진 한국관광공사, 2015년)

사찰 음식 체험관

박근혜의 지시에 따라 전국의 사찰을 관광자원화하여 관광 수입을 올리고 일자리를 창출하자는 '전국 사찰 관광지화 사업'이 벌어졌다. 전국 유명 사찰의 '템플 스테이' 사업에 이어서 가장 먼저 나하고 부딪힌 것이 해인사海印寺의 장경각藏經閣 바로 아래에 '사찰 음식 체험관'을 짓겠다는 사업인데, 당연히 내가 또 나서서 해인사 스님의 설명도 채 끝나기 전에 "안 됩니다!"를 부르짖었다.

문화체육관광부에서 직접 국고로 50억 원을 내려보냈다는 것이다. 나는 "그 절이 얼마나 부자인데, 국고 지원까지 하면서 800년 동안 보존한 팔만대장경을 망치려 하느냐?"고 일갈을 했고, 다행히 그 사업이 취소되었다.

그 이후 불교 조계종에서는 "문화재위원 중에 악질 위원이 한 명 있어서 불교 사업은 모두 반대를 한다. 차라리 2년 후 그자가 자리에서 물러난 뒤에 사업을 다시 하자."고까지 했다고 한다. 더군다나, "그자는 가톨릭 신자여서 불교를 미워한다더라."고까지 소문이 돌았다니 놀라운 일이었다.

박근혜는 결국 전국의 주요 사찰에 '사찰 음식 체험관'을 만들었고, 그다음으로 사찰의 중요한 문화재 중 미술품들의 보존 관리가 허술하다며 또 전국 사찰에 '성보박물관聖宝博物館' 짓는 사업을 벌였다. 그게 모두 옛 절들의 고즈넉한 분위기를 깨뜨리는 사업들이었다.

인왕산 정상에 설치된 안테나

박근혜가 청와대 경호실장을 장관급으로 격상시킨 지 얼마 후에 인왕산 성곽에 걸쳐 청와대 방공망을 구축한다는 경호실의 제안을 심의한 일이 있었다. 청와대가 북한의 소형 무인기無人機 기습 공격에 대비하여 인왕산 정상에 대형 안테나를 설치하려는데 성곽이 문화재이니 현상 변경을 허락해 달라는 경호실 차장의 제안을 내가 나서서 극구 반대했다.

부결시킨 다음 달 그 안건이 다시 상정되었는데, 이번에는 육군 준장 정복의 가슴에 훈장을 주렁주렁 달고 와서 지휘봉을 흔들며 아주 고압적인 자세로 브리핑을 했다. 위기의식을 강조하는 태도라고나 할까, '반대하면 비애국자'라는 태도랄까. 나는 이렇게 말했다.

"컨테이너를 네 개씩이나 성곽 위에 걸쳐 놓는 것은 절대 안 됩니다."

그랬더니 안테나만 올려놓고 나머지는 모니터와 감시병 초소이므로 아래에다 내려놓는 것으로 타협이 되었다.

지금은 어떻게 되었는지 모르겠다. 아마도 이 사진에 보이는 안테나(원 안)가 그것일 터이다.

정상에 안테나가 설치된 인왕산의 모습.

이 일이 있은 후 나는 지금까지 '인왕산 제 모습 찾기' 운동을 벌이고 있다.

인왕산의 군사작전 도로

1968년 1월 21일 김일성의 명령으로 박정희를 죽이라는 '참수작전'에 따라 21명의 북한 무장공비가 청와대 뒷산까지 내려와 시가전을 벌이고, 출동한 경찰과의 전투로 종로경찰서장 최규식 경무관이 죽는 사건이 발생했다.(자하문 고개 언덕에는 최규식 동상이 있다.)

그때 유일하게 살아남아 생포된 김신조金新朝의 이름을 따서 이것을 '김신조 사건'이라고 부르는데, 박정희는 그때 너무 놀란 나머지 인왕산에 도로가 없어서 군대 투입이 늦어졌다며 인왕산 자락을 가로질러 군사작전 도로를 만들었다. 사직단과 황학정 뒤에서 시작하여 인왕산의 작은 계곡과 능선들을 면도칼로 자르듯 망가트리며 윤동주 언덕을 지나 팔각정과 정릉까지를 잇는 '인왕스카이웨이'가 그것이다.

그때 모든 군인들의 제대가 무기 연기되고 나의 건축과 동창들 중 ROTC 장교들도 근무가 연장되어 그 도로 공사에 투입되었다. 그 도로는 처음에는 곳곳에 지하 벙커와 LMG(light machine gun, 경기관총) 총좌 銃座가 설치되었다는 이야기를 그 친구들로부터 들었다.

그렇게 급히 공사를 하다 보니 지형과 지세를 돌아볼 여지도 없이 거의 직선 도로처럼 뚫었고, 그러다 보니 그 많은 산줄기가 깎여 그 많던 작은 계곡들이 메워졌고, 그 바람에 거기 그렇게 많았던 물 좋은 약수터들이 모두 한 방에 날아갔다.

인왕산 기자바위(위)와 기자바위 앞에서 제를 지내는 모습(아래).
인왕산의 중턱에 서 있는 한 쌍의 선바위立巖로, 일명 불암佛岩이라고도 하는 기자바위이다. 위 사진
바위 오른쪽의 작은 사당은 칠성을 제사 지내는 칠성각이다. (1928년 송석하 촬영, 국립민속박물관)

옛날에 내가 어렸을 적에는 그 많던 약수터마다 치성 드리는 기도처가 있었고, 구정 전후부터 음력 정월대보름까지는 새해의 운수대통을 비는 기원제祈願祭가 곳곳에서 열려 밤새도록 무당들의 굿판이 벌어졌다.

나는 지금 그것들을 되살려야 한다고 주장하고 있다. 어느 신문에 기고된 어떤 글에서는 그 무당들의 굿판이 사라진 것을 아쉬워하며 이렇게 쓴 것을 보았다.

> 만일 영국에서 그런 식으로 켈틱 신앙(영국의 고대 민속신앙)의 자취를 없애는 일을 누가 했다가는 국적國賊으로 몰려 처벌을 받을 것이다.

어쨌든 그 이후로 그 무당들은 모두 산 아래로 흩어져서 점집과 사주, 궁합 보는 영업집으로 변했다. 비교적 집값이 저렴한 홍은동 쪽으로 많이 옮겨 갔으나, 사실은 서촌이 소위 '미신'의 본거지였다. 유명한 관상가 백운학, 작명가 김봉수가 서촌에서 오래 이름을 떨친 것은 인왕산의 영기靈氣가 이곳에 서려 있다는 전설 같은 소문 때문이었다.

나는 이제 '이 길을 없애서 산의 원형과 계곡과 약수터들을 복원하자.'고 하고 있다. 박정희의 군사작전 도로는 눈이 안 와도 제설제를 뿌린다. 그 때문에 약수터들이 말라들었다. 이제 쓸모가 없어진 이 길에는 자동차도 별로 다니지 않는다. 연결 도로도 없고, 경치 좋은 드라이브 길scenic drive way로도 매력이 없다. 곳곳에 경찰 검문소가 있기 때문이고, 중간에 주차, 정차도 못 한다. 그저 제철 만난 폭주족들이 즐기는 코스가 되었다.

우선 교통량 조사를 해서 쓸모없는 도로라는 걸 증명하고, 다음으로 아스팔트를 걷어내고 제설제를 못 뿌리게 하고, 다음으로 도로를 폐쇄해야 한다. 그다음 할 일은 청와대 경호실의 영구 막사들을 철거해야 한다. 오폐수 처리 시설도 없이 계곡으로 그냥 오폐수를 흘려보내고 있다.

훈련도감 터

2008년 동대문에서 조선시대 훈련도감 터가 발견되었다. '훈련도감'이라는 이름만으로도 일제의 미움을 사기에 충분했으리라 짐작은 가지만, 일제가 '경성운동장'을 만든다고 깡그리 헐어버린 터에 그래도 여러 유적들이 남아 있었다. 우리가 현장에 갔을 때 가장 반가웠던 것은 이간수문二間水門의 밑둥과 치성雉城 일부가 발견되고, 훈련도감의 무기를 제작하던 하도감下都監과 염초청焰硝廳이라는 화약공장 터가 발굴되던 일이었다.

나는 그 터를 다 보전해야 한다고 주장했으나, 어느 날 그 유물들은 전부 다른 곳으로 옮겼다고 했다. '이전 복원'이란 말은 잘 납득이 안 가는 말이다. 나로서는 처음 보는 기왓장 보도블록이랄까, 암키와로 포장된 작업 도로와 집수 시설 주변지 화훼 장식은 그 자리에 그대로 보전했어야 했다. 종로2가 공평동의 주거 유적 보전 방식처럼 유리로 덮어 그 아래를 볼 수 있게 현장 보존을 했어야 한다는 뜻이다.

이는 오세훈 시장이 동대문디자인플라자(DDP)를 급히 짓느라 문화재위원회를 무시하고 저지른 일이다. 그가 저지른 세 가지 멍청한 짓은, 첫째가 동대문디자인플라자, 둘째가 서울시청 신청사, 셋째가 한강 '세빛둥둥섬'이다.

오늘날 우스꽝스런 DDP가 들어선 그 부근에서 발견된 이간수문二間水門.
지금 이곳은 '동대문역사문화공원'이라는, 전혀 인위적인 모습으로 자리
매김되어 있다.

DDP를 위해서 훈련도감을 흔적조차 없앤 것은 일제가 했던 짓보
다도 더 무지하고 난폭한 역사의 흔적 지우기라 할 만하다.

더군다나 DDP는 애초에 실력 없는 자하 하디드가 설계를 했는데,
나는 정말로 그 여자의 터무니없는 건축관이 용서할 수 없는 지경이라
고 믿는다. 지금 DDP라는 곳에 가 보면 도무지 건물의 진입로가 어딘
지, 내부에서는 전혀 오리엔테이션을 파악할 수 없는 조악한 '아이디어'
이다. 바로 건축학개론의 ABC조차 무시하고 괴상한 모습으로 보는 이
를 현혹시키는 사이비이자 건강하지 못한 구조물이다. 만일 여기서 화
재라도 난다면 전기가 나가고 깜깜한 속에서 아무도 방향을 찾을 수 없
이 대형 참사로 이어질 것이다.

지금 이름은 잊었지만 그때 당시 어느 유명 지식인이 신문에 기고하
기를 "우리도 이제는 그런 건물 하나쯤 가질 때가 되었다."고 했다. 우
리나라 지식인의 문화 수준이 이런 정도에 있다는 사실에 나는 그때 가
슴을 쳤다.

두 개의 홍예문으로 된 이간수문은, 일제강점기에 경성운동장을 만들면서 땅속으로 자취를 감추었던 한양도성 성곽 일부와 조선시대 건물이 있었던 곳에 있다. 이곳에서 10여 곳의 건물 터와 집수 시설, 우물 등이 함께 발견되었다. 이 중 건물터 여섯 곳과 집수 시설 두 곳, 우물 세 개를 이전 복원했다. 우물은 깊이가 170센티미터다. 집수 시설은 작은 연못 같다. 둘레를 돌로 쌓았다. 발굴 당시 모습 그대로 이전 복원했다. 건물터와 집수 시설, 배수 시설 등과 함께 철을 녹이고 두들겨 무기를 생산했던 것으로 보이는 유적 등도 확인되었다.

반구대 암각화

반구대盤龜臺의 암벽에 새겨진 바위 그림[岩刻畫]은 일종의 역사적 환상이다. 나는 오래전부터 그 그림을 좋아해서 관련 논문과 서적들을 많이 구해서 읽었다. 고대 사냥의 그림은 오늘날 영일만 부근에 서식하는 고래들의 종류와 특징까지 잘 그려 놓았다.

가장 재미나는 역사적 가설은 반구대와 같은 강가의 평평한 암반과 암벽이 함께 있는 곳에 그림을 그린 비슷한 형식의 고대인 그림들과 그 이동경로를 추적한 논문이었다. 바이칼호에서 시작해서 남쪽으로 이동한 궤적이 뚜렷한 것은 따뜻한 곳을 찾아 옮겨진 경로일 것이다.

문화재위원 시절, 울산 지역에 식수가 모자라서 댐을 만들어야겠는데, 댐을 만들어 물을 가두면 반구대 암각화가 물속에 잠긴다는 게 위원회에서 문제가 되었다. 나는 댐 건설을 반대했다.

"문화재위원회가 댐을 지어라 말아라 할 입장은 아니지만, 암각화가 훼

반구대 암각화 전경(위, 사진 문화재청, 2015년)
과 세부 그림(아래).

손되는 것은 막아야 한다. 물 부족 문제는 다른 방법으로 해결해야 한다."

나는 항상 직설적으로 "그건 안 됩니다."라고 말을 해서 사람들을 놀라게 했다. 다른 분들은 모두 "좀 더 신중한 검토가 필요합니다."라고 하는데, 그런 표현이 '반대'라는 뜻을 돌려서 말하는 점잖은 방법이었다.

종묘와 창경궁의 연결

서울시가 창경궁과 종묘 사이를 끊고 지나간 율곡로를 지하화하고 왕복 6차선으로 넓히면서 상부를 덮어 창경궁—종묘를 다시 하나의 정원

종묘(왼쪽)와 창경궁(오른쪽)이 연결되어 복원된 모습. (사진 서울시)

으로 만드는 결정을 했을 때, 이번에는 문화재위원회에―문화재 현상 변경 대신에―문화재 원상 복구 신청을 낸 것이 중요한 일로 기억에 남아 있다.

일제가 왕가王家의 지기地氣를 끊었다고 소문난 길이었기 때문에 원래대로 종묘와 창경궁이 다시 연결된다는 일은 반가운 소식이었다. 우리는 기쁜 마음으로 한영우 위원장을 모시고 현장을 답사했다.

2009년에 시작된 이 공사는 2019년 12월 30일에 끝났으니, 10년 만에 완공이 된 셈이었다. 원래 400억 예산으로 시작했으나 배로 늘어나 800억이 들었고, 5년 만에 끝내려던 것이 10년이 걸렸다고 했다.

지하화한 도로 상부에 흙을 덮고 〈동궐도東闕圖〉를 참고하여 식생植

生까지도 원래 모습 가깝게 복원되었으니, 문화재청(정재숙 청장)의 심사숙고와 결심이 잘 결실 맺어진 것이어서 기쁜 마음이다.

낙산공원 조성

내가 문화재위원회의 위력을 실감한 일이 있었다. 2000년엔가 성북구청장의 요청으로 혜화문 옆 성곽이 끊어진 혜화로에서 성벽을 따라 낙산에 올라가서, 성곽 보호를 위해 20미터 이내의 모든 나무를 베어 내고 모든 건물을 철거하여 문화재로서의 위상을 살려야 한다고 결정하던 때였다.

안내를 맡은 성북구청장은 대단히 의욕적이었고, 진심으로 위원회의 도움을 받아 이곳을 정비하고 탐방로를 만들고 싶어 했다.

"혜화문 옆 도성이 잘린 곳에서 탐방이 시작되니 여기에 주차장이나 무슨 공터라도 있어야 여기 모여서 탐방을 시작할 것 아닙니까?"

내가 물었더니 구청장은 즉석에서,

"길가에 400평 정도의 공터를 확보하겠습니다."

라고 약속을 했다.

아름다운 도심이 내려다보이는 서쪽 풍광은 물론이고, 성벽의 동쪽 옆에 다닥다닥 붙은 판자촌도 모두 20미터 밖으로 밀어내서, 지금은 성곽 안팎으로 아름다운 산책로가 조성되었다. 그때 낙산 정상에는 수방사首都防衛司令部의 대공포대對空砲臺가 우리의 접근을 불허하고 용감하게 서 있었는데, 지금은 어떻게 되었는지 모르겠다.

1970년까지 낙산은 산이라고 부르기 민망할 정도로 판자촌이 형성

일제강점기 혜화문의 모습. 국립중앙박물관.

되어 있었으며, 김현옥 시장 시절인 1950~60년대에 시민아파트 촌으로 조성되었다. 1996년 13개 동의 시민아파트를 철거하고 2002년 낙산공원 1단계 공사를 준공했으며, 2008년에는 삼선동 일부 주택을 헐어 2단계 공사를, 2010년에는 3단계 공사를 완료했다. 3단계 공사는 낙산 정상-혜화문 구간의 한양도성 동측에 탐방로를 만드는 것이었다.

낙산아파트가 모두 헐리고 공원 조성 사업이 시작된 지 12년이 지났는데, 최근에 백건우, 윤정희 부부와 산책을 해 보니 정말로 아름답게 자연이 회복되어 있었다. 백건우 씨는, "이렇게 도심에서 가까운 곳에 이렇게 아름다운 산과 공원이 있다니 놀랍다."고 여러 번 말을 했다. 과연 이성계와 정도전은 그 점에서 멋진 사람들이었다.

나는 지금도 혜화로를 지날 때마다 뜬금없이 높이 솟은 혜화문을 바라보면서 로마 시내의 로마 시대 성벽을 뚫고 그 아래로 신작로들이 지나가던 광경을 생각하고, 여기 서울에서도 성곽이 도로 위에서 연결되어 옛 모습을 볼 수 있게 되기를 바라고 있다.

환구단 정문

또 어느 해인가 정릉 버스 종점 어느 요정 건물을 철거하는데 옛날 환구단(사적 제157호)의 정문이었다고 확인된 대문이 발견되어, 이를 원위치인 남별궁南別宮(현재의 소공동)에 옮겨 놓는 것이 어떠냐는 안건이 상정되었다.

나는 다른 때와 달리 즉각적으로 대단히 반갑고 좋은 생각이라며 찬성표를 던졌다. 나는 그것이 아주 중요한 의미를 갖는다고 믿었다.

환구단은 고종 황제가 1897년 대한제국을 선포한 유서 깊은 시설로, 일제가 그것을 가만두었을 리가 없다. 다른 여러 곳들처럼 철저히 망가트리고 토막을 내어 산지사방 흩어져서 흔적도 못 찾도록 머리를 굴린 결과, 그 자리에 '경성철도호텔'을 지었다(1913년). 그리고 1970년 박정희 시절 지금의 조선호텔 건물이 들어섰다.

원구단圓丘壇이라고도 불리는 환구단은 천자天子가 천원지방天圓地方의 원리에 따라 하늘에 제사 지내는 둥근 단이다. 농경문화의 유습으로 환구단에서 풍년기원제를 드렸다는 기록이 고려사에 남은 것을 보면(983, 고려 성종 2년) 이미 그 이전부터 행해진 의식이었음을 알 수 있는데, 『동국여지승람』에는 그런 기록이 없는 것으로 보아 조선조에 중

(韓18) The Nanbetsu Temple of Söul. (場式位卽)宮 別 南 城 京 (所名國韓)

일제강점기의 환구단 전경이 담긴 사진 엽서. 국립민속박물관.

1950~60년대 소공동 조선호텔 입구. 1967년 웨스틴조선호텔이 새로 건립되기 전까지 환구단 정문은 이 자리에 있었다. (사진 서울역사박물관)

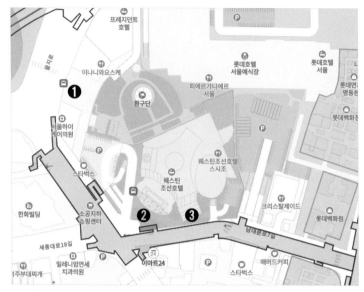

환구단 주변 지도. 환구단 정문의 현 위치는 ①, 복원하려던 자리는 ②, 원위치는 ③이다.

국의 눈치를 보느라고(천자 아닌 제후국으로서) 천제天祭를 폐지하고 제천단을 폐한 것이 아니었나 생각한다.

　고종이 환구단을 복구한 것은 그러므로 '조선의 독립국임'을 선언한 것인데, 일제가 그것을 인정할 리가 없었던 것이다. 물론 지금 환구단은 남아 있지 않고, 제례악을 상징하는 석고石鼓(돌북) 세 개가 남아 있고 그 부속 건물이었던 황궁우皇穹宇만 온전한 건물로 서 있다. 태조를 고황제高皇帝로 하여 그 신위를 모신 곳이다.

　위 지도에서 환구단의 정문 위치를 추정하건대 현 조선호텔의 주 출입구쯤 될 것이다.(③) 그래서 나는 조선호텔을 위해서도 환구단 정문이 제 위치를 찾는 것은 좋은 일이라고 생각했는데, 막상 조선호텔 측은 반대가 심했다. 대형 차량 출입에 걸리적거린다는 것이다. 내가 조선

호텔 부사장을 만났을 때는 이미 호텔 측이 문화재청과 서울시에 로비를 끝내고 지금 위치(①)에 보내는 것으로 결론이 나 있었다. 나는 후일 후손들의 교육을 위해서라도 제자리에 갖다 놓아야 한다고 우겼지만 통하지를 않았다. 지금 그 정문은 '후문' 자리에 서 있다.

제주도 강정마을의 해군기지 건설

난데없이, 그것도 노무현 시절 갑자기 해군기지를 만든다 하니 전국의 여론이 들끓었다. 아름다운 평화의 섬을 미국 해군의 중국 견제용으로 내놓으면 '평화의 섬'이 아니라는 논쟁이었다.

결국 '민군복합형 관광미항'이라는 이상한 이름으로 15만톤 크루즈선도 입항할 수 있게 한다는 '민간용'이라는 간판을 내걸었다. 지금 생각해도 참 어설프고, 마치 애들 장난 같은 해프닝과 논쟁이 벌어졌다.

이 문제가 문화재위원회에 넘어온 것은 부근의 문섬, 범섬 일대가 천연보호구역으로 지정되어 있고, 보기 드문 연산호 군락지가 넓게 자리 잡고 있기 때문이었다.

150미터 폭에 길이가 1.2킬로미터에 달하는 거대한 용암의 단일 너럭바위인 구럼비 바위를 폭파시킬 때 논쟁이 절정에 달했다.

특히 천주교 측의 반대가 심해서 해군기지 반대 미사를 드렸는데, 이를 막는 경찰과 충돌하여 신부와 수녀를 연행하는 과정에서 성체가 땅바닥에 쏟아져 성체 모독 논쟁이 불거지기도 했다. 한 늙은 수녀는 뒤에서 껴안은 경찰의 팔을 입으로 물어뜯어 상처를 입혔다고 공무집행방해와 상해죄로 기소되어 400만 원의 벌금형을 선고받기도 했다.

또 세월호 참사의 원인이었던 과적過積 문제가 강정기지 건설에 쓰일 철근을 과도하게 적재한 사실이었다는 지적도 있었으나, 아직도 사실관계조차 규명이 안 되고 있다.

그때 문화재위원회에서는 크루즈 터미널의 건축 규모와 형태를 두고 건축 전공인 나에게 판단을 위임하였는데, 나는 터미널 빌딩의 규모가 너무 크기 때문에 자연경관에 영향을 준다고 하여 입출항 터미널을 분리하여 규모를 줄이자는 결론을 내려 준 바 있다. 연산호 군락지에 관해서는 "공사현장에서 1.5킬로미터 이상 떨어져 있으니 직접 영향은 없으나 콘크리트, 시멘트 등으로 인한 해수 오염 방지에 만전을 기할 것"이라고 써 주었다.

풍납토성

풍납토성風納土城은 한마디로 '환상'이다. 둘레 4킬로미터로 우리나라 최대 규모의 거대한 평지성平地城인데, 도대체 서기 475년, 그러니까 지금으로부터 1500년 전에 융성했던 '한성 백제'의 왕경 터[王京址]라고 하니 현 상태로 보아서는 상상하기 힘든 이야기지만, 고구려의 장수왕이 백제를 침범하여 도성을 불태우고 개로왕을 살해하자 도읍을 웅진熊津으로 옮겼다는 바로 그런 비극적 사실史實들이 고고학 하시는 분들의 꿈이자 공부하는 가치일 것이다.

1925년의 을축년乙丑年 홍수 때 성의 일부가 강물에 쓸려 허물어지면서 흔적도 없이 사라질 뻔했던 토성이, 그 일부가 발굴에 의해 판축기법板築技法(안팎으로 판대기를 세우고 그 사이에 돌을 평평히 깔고 그 위에 흙을 다지는 방법으로 겹겹이 쌓는 축성 기술인데, 2000년이 지난 지금의 현대 건축에서도 쓰이는 소위 슬라이딩 폼Sliding Form 공법이나 같은 것이다)이 증명되어 복원되었다. 제사에 쓰는 제기와 김해식 토기, 신라식 토기, 그 물추, 기와 등도 출토되어, 백제의 초기 왕경으로 축조되어 웅진으로 천도할 때까지 200년 동안 한 나라의 수도로 사용되었다는 것이 정설이 되었다.

그러나 이 중요한 역사 유적은 오랜 시간 방치되어 대부분 무너지고, 그 내부는 마구잡이로 개발되어 아파트 단지가 들어서고, 심지어는 서울시와 송파구청이 민원에 못 이겨 도시계획을 수립해야 하는 단계에까지 이르러서 문화재위원회에 판단을 요구하게 되었다.

물론 이미 1963년에 사적 제11호로 지정된 바 있지만, 성곽만이 사적이었고 그 성안의 왕경은 몰랐던 것. 세상에 유례없이 문화재 지구 위에 주거 지구가 형성되어 아파트 군락을 이룬 지가 수십 년이 지났으며, 발굴 조사에는 민간 소유의 토지까지 동의와 승인을 받아야 하는 지경이라, 문화재위원회, 서울시, 송파구청, 그리고 사적 지정을 반대하는 주민 대표가 모여서 어디까지 개발을 제한하고 낡은 아파트의 재건축사업을 어디까지 허용해야 하는지 협의하는 지경이 되었다.

이미 수천 세대의 주민이 살고 있고 대부분의 땅이 사유지화하여 주거 지구로 개발되어 있어서, 그 모든 땅을 보상해 주고 이주시키는 일은 문화재청 예산으로는 턱도 없는 일이었다. 그래서 어떻든 현 상태 이상으로 개발되어 망가지는 것만이라도 막는 방법을 찾자고 했다.

한 가지 기억나는 재미있는 일은 주택이건 아파트건 건축허가를 내주되 지하 1미터 이상은 건드리지 않을 것과 굴착 시에는 신고하에 발굴 조사를 받도록 하는 등 최소한의 규제를 두고 50년, 100년 후 여건이 허용할 때까지는 지하 유물을 건드리지 않는 방법을 논의한 것이다. 그러니까 저 아파트촌의 밑바닥에는 1500년 전 찬란했던 백제문화와 그것을 만든 임금이 살았던 궁성의 흔적이 묻혀 있는 것이다.

나는 다행히 발굴 당시 책임을 맡았던 선문대학의 이형구李亨九 교수와 같은 사적분과에서 알게 되어, 그 '환상'을 이야기하는 단짝이 되어 오래 현장을 답사하고, 많이 배우고, 하나의 주장을 세울 수 있었다. 이형구 교수는 이병도·김재원 등 기라성 같은 고고학자들의 "하남 위례성이라니 말도 안 된다."는 겁박을 무릅쓰고 혼자서 싸우면서 발굴 조사를 감행하고, 현대건설이 짓는 아파트 지하 공사장에 잠입하여 유물들을 찾아내고, 올림픽대교를 지을 때 토성 일부가 잘려 나가는 것을 막아 도로선형을 바꾸게 한 '싸움꾼'이다. 정말로 그이가 아니었으면 2000년 전의 백제 왕경은 알려지지 못하고 다시 땅속에 묻혔거나 모두 파헤쳐져서 영원히 없어졌을 것이다.

한마디로, 풍납토성은 한성 백제의 왕경이었고, 그 증거로 몽촌토성과 아차산성과 주변 여러 유적을 함께 묶어서 왕경을 호위하기 위해 벌였던 광역 계획을 염두에 두고 그 관계를 연구하는 장기적이고 종합적인 발굴이 되어야 한다는 것이다. 백제는 여기서 300년 동안 한강을 내려가 황해 건너 중국 요서 지방을 경략하고, 일본, 오키나와뿐 아니라 동남아와 교역했을 것이다.

그래서 2019년에 EBS 방송이 만든 〈바람이 불어오는 곳〉 시리즈에 발굴 이야기를 소개하기도 했다.

그 환상적인 이야기가 백제 역사의 바람이 불어오는 곳처럼 느껴졌기 때문이다. 『삼국사기』에 나오는 하남河南 위례성尉禮城이 이곳이었다니, 기원전 18년부터 475년까지 493년에다가 1500년을 더해 한성은 2000년의 역사 도시였다. 백제 왕국의 화려하고 슬픈 역사를 되새기게 된다. 『삼국사기』에 이 성을 쌓은 온조왕이 "검이불루 화이불치儉而不陋 華而不侈"를 지시했다. "검소하되 누추하지 않고, 화려하되 사치스럽지 않게". 이것이 2000년 전 백제의 문화와 문명을, 특히 건축과 축성(도시 계획)을 한마디로 표현한 것인데, 오늘날 건축과 도시에 그대로 적용되

풍납토성 지역의 항공사진. 이 사진을 보면 성곽의 흔적이 그려진다. 왼쪽 흰색 선이 올림픽대교 건설 당시 이형구 교수의 주장에 따라 설계 변경된 도로선형이다.

어도 보태고 뺄 것 없이 정확한 지침이라 할 것이다. 바라건대 언젠가 궁전과 도시가 복원되기를 꿈꾸어 본다.

독도

독도가 천연기념물 보호구역이어서였던가, 문화재위원회에 '현상 변경 신청'이 올라온 것이 서너 번쯤 되었던 것으로 기억된다.

독도수비대를 사작으로 독도경비대의 경찰 병력이 주둔하고 있는 고로, 그 인원의 증가에 따라 막사와 숙박 시설들이 가파른 산록에 무질서하게 들어선 결과 참으로 보기 흉한 모습을 하고 있었다.

나는 아직 독도에 가 본 적이 없고 언젠가는 꼭 한번 가 보아야겠다고 생각만 하고 있는데, 그 중요하고 아름다운 섬이 아무런 장기 계획도 없이, 심사숙고하지 않고 필요에 따라 판잣집 짓듯이 마구잡이로 들어서는 것을 보고 분노를 금할 수가 없었다. 나는 그때마다 그 무지함에 흥분해서 화를 내곤 했다.

지금도 관할 지자체가 어딘지는 모르겠지만(경상북도인가? 울릉도인가?) "장기 계획으로 마스터플랜을 세우고, 조금 더 질이 좋은 건축과 설계를 집행하라!"고 부르짖곤 했으나 전혀 먹혀들지가 않았다.

독도를 아름답게 가꾸는 것은 국가주권이 미치는 동쪽 끝 독도에서 서쪽 끝 굴업도까지 국토 전체를 빈틈없이 세심하게 배려해야 하는 통치행위의 한 자락 시작이다.

독도는 말로만 '실효적實效的 지배'를 부르짖을 일이 아니라 모든 국민들로부터 사랑받고 그래서 자주 찾게 되는, 진짜 우리 땅이 되어야

독도의 서도 전경. (2011년 권오철 촬영, 한국저작권위원회)

하는 것이다.

나도 그때 문화재위원회에서 독도의 장기 마스터플랜을 주장하면서 한 번 가 보지도 못한 것이 부끄럽다. 그런데 수십 년이 지난 지금도 아직 못 가 보고 있다.

경주 월정교

문화재위원으로 있던 동안 도저히 내 힘으로 막아내지 못한 우스운 일들이 여러 번 있었다. 그중 하나가 경주 월정교月淨橋 복원 사업이다. 원효대사가 술에 취한 척 부러 이 다리에서 실족하여 요석공주의 침소에

실려 가 하룻밤을 잤고, 거기서 설총薛聰이 태어났다는 이야기가 전해
지는 유명 교량이다.

이 다리는 교각의 가장 낮은 기초 부분과 그 위에 조금 남아 있는
(문화재로 지정된) 6각형의 교각 밑부분 일부가 눈에 보이는 전부였는데,
경주시에서 그 다리를 '원형'으로 복원하겠다고 설계도서를 갖고 왔다.

회의에서 내가,

"그 다리의 원형을 어떻게 추정했습니까?"

하고 물었더니 대답하기를,

"당시에는 당나라의 영향을 많이 받았을 거라고 유추해서 당나라
의 교량 가운데 지금 중국에 남아 있는 것들을 모아서 그림을 그렸습
니다."

라고 했다. 그렇게 '복원'된 것이 지금의 월정교이다. 양쪽 끝의 2층 누
각도 당나라 다리의 유적이라고 했다.

원효대사가 절대로 실족할 수 없는 웅장한 다리가 되었다. 한마디로
문화재 공사를 부풀려서 '나누어 먹는' 문화재 마피아들의 한바탕 장난
이었다.

복원 공사 중인 월정교(왼쪽, 사진 문화콘텐츠닷컴)와 복원된 경주 월정교(오른쪽, 사진 문화재청).

사직단

조선 태조 이성계와 정도전은 북악산에 기대어 경복궁을 짓고 그 좌우에 종묘와 사직을 배치하였다. 『주례周禮』「고공기考工記」의 '좌묘우사左廟右社'라는 원칙에 따른 것이다.

"오로지 왕이 나라를 세우고 도읍을 정할 때는 왼쪽에 종묘를 두고 오른쪽에 사직을 설치해야 한다."는 내용이다. 그러므로 종묘와 사직은 하나의 짝을 이루어 왕경王京을 만드는 기본 시설이다. 짝을 이룬다는 말은 그 중요성에서 대등하다는 뜻일진대, 이상하게도 우리나라에서는 종묘가 너무 잘 알려진 데 비해 사직은 외톨이로 떨어져 있었고, 종묘가 유네스코 세계유산에까지 오를 만큼 국제적으로 유명한 데 비해 사직은 우리나라 사람들조차 잘 모르는 외진 곳에 있다.

사직단은 임금이 하늘에 제사 지내는 곳이니 당연히 조상에 제사 지내는 종묘보다 한 급 위에 있어야 하는데도 대문 앞에는 큰길이 나서 사람들이 알아볼 수 없고, 임금이 제사 지내러 행차하던 세종로 성당 앞길은 언제 그런 일이 있었냐는 듯 길조차 잊혀진 지 오래다.

더군다나 왜놈들이 공원을 만든다며 '사직공원'이라는 이름이 붙은 다음에는 사람들이 아침에 개를 데리고 산보하며 오줌 누이는 장소가 되었다. 하다못해 이름이라도 '공원'을 떼고 '사직단'으로 되찾아 주어야 할 텐데, 그런 생각조차 하는 사람이 없다. 식민지 경험은 그렇게 무서운 것이다.

나는 문화재위원을 하는 동안 버려지고 잊혀졌던 사직단을 종묘 수준으로 복원, 정비하고 사랑받는 공간으로 만들어야 한다고 주장했다.

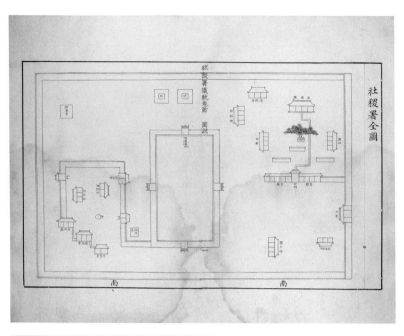

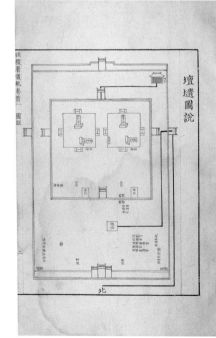

『사직서의궤』에 실려 있는 사직단 그림(아래)과 사직단을 포함한 주위 전체 그림(위). 서울대학교 규장각 한국학연구원.

다행히 현대그룹 정몽준 회장의 부인 김영명 이사장이 주도하는 '예올'이라는 문화재보호 민간단체가 사직단에 재정을 보태어 안내문 등의 정비사업을 하는 바람에 문화재청에서도 예산을 확보하여 담장도 없이 방치되었던 비루한 상황은 모면하게 되었다.

 옛 문헌의 그림에서 보듯이 부대시설로만 말해도 종묘보다도 많은 건물들이 들어서 있었으나 지금은 거의 남아 있는 것이 없고, 오히려 현재의 경내에는 도서관, 주민센터, 파출소 등 별 잡다한 건물들이 가득 들어차 있고, 뒤로 돌아가면 무슨 단군 성조를 모신다는 대종교大倧教라는 종교시설도 있고, 심지어는 엉뚱한 이율곡과 신사임당의 동상도 서 있다.

 나의 오랜 주장으로 이것들을 모두 정비하기로 문화재위원회가 의결을 했는데, 도대체 무슨 생각이었는지 그 복원 계획을 '주민설명회'라는 명목으로 발표하게 되었다. 날을 잡아 인근 주민들이 모두 모인 자리에 문화재위원회 김학범金學範 위원장과 사적분과의 김원 위원장이 설명에 나섰는데, 미리 동원되었던 아주머니 부대의 항의 앞에 설명을 하다 말고 쫓겨나게 되었다. 오로지 도서관, 주민센터 등 주민 편의시설을 없애면 안 된다는 것.
 '옮긴다'고 했으면 좋았을 것을 '정비한다'고 말한 것이 잘못이었다.
 김학범 위원장과 논쟁이 격해지는 통에 여자들에게 거의 먹살을 잡히다시피 설명회장을 쫓겨난 쓰라린 경험이 있는 곳이다.

 나는 지금도 택시 타고 집에 갈 때는 "사직단으로 가 주세요."라고

일제강점기 폐허가 된 사직단(왼쪽)과 사직단 외문(오른쪽). 국립중앙박물관.

말한다. 그러면 운전기사들은 못 알아듣는다. '사직공원'이라고 다시 말해야 한다. 시간이 걸리더라도 이걸 어떻게 국민들에게 교육시키는 방법이 없을까 하는 게 나의 작은 고민이다.

현재 사직단은 도서관의 위용이 눈앞을 가리고 있고, 배경의 인왕산 정상부에는 청와대를 지키는 경비초소가 영구 막사로 지어져 있다. 인왕산의 정기를 받도록 자리를 잡은 사직단이….

2020. 2. 10.~2021. 10. 16.

"이제 곧 서울 인천국제공항에
착륙합니다"

인천공항 문화예술자문위원회

나는 처음 '수도권 신공항 기본계획'이라는 이름으로 '인천공항 건설
계획'이 발표되었을 때 환경운동 단체들과 함께 그 입지 선정에 반대한
다는 성명도 내고, 서명도 하고, 반대 입장을 여러모로 분명히 했었다.

우선 거리가 너무 멀고, 다음으로 안개가 심한 지역이어서 운영상 문
제가 심각할 것이고, 그리고 갯벌을 너무 많이 훼손하며 산을 깎아 바다
를 메우는 등 환경 파괴가 심각하다는 것 등이다.

그런데 처음 인천공항 기획단장으로 부임한 건설부 장관 출신의 강
동석 사장은 그 많은 반대 여론을 하나씩 설득과 무마로 넘어가며 훌륭
하게 '최고의 국제공항'을 만들어, '인천의 박태준'이라고까지 불리게
되었다.

공항 개항 후 네 번째로 사장을 맡은 이채욱 사장은 이어령 전 문화
부 장관을 모셔다가 '문화예술자문위원회'를 만들었다. 이어령 선생님

은 나를 불러서 건축과 인테리어를 최고의 수준으로 만들도록 자문하자고 하셨다. 공기, 예산에 구애받지 말고 최고의 것을 만들자는 것이었다.

위원회에는 건축, 인테리어, 미술, 조각, 조경, 그리고 나아가 전시와 공연 등 소프트웨어에 이르기까지 '최고의 권위자'들을 모셔 왔고, '국내 최고 수준의 자문비'를 지급한다고 했다.

결과, 오늘날 인천공항은 정말로 '최고의 공항'이 되었다.

훗날 중국에 베이징공항이 지어질 때 인천공항이 그들의 모델이 되었다는 말을 듣고 나도 자랑스러웠다.

다만 그때 내가 주장했던 여러 가지 가운데, 공항 주변으로 좀 더 확장된 면적에 드넓은 갯벌을 포함한 조경과 조형물을 추가하여 하늘에서 접근하는 시각으로 보아야 한다는 생각이 크게 반영되지 못했다.

로마의 '레오나르도 다 빈치 공항'이나 프라하의 '프레데릭 쇼팽 공항'처럼 '킹 세종 공항'이라든가 '이순신 공항'이라든가 문화적 특색이 있는 '광개토 공항', '장보고 공항' 또는 'BTS 공항'처럼 자주적인 이름을 붙이지 못한 것도 유감이다.

나는 지금도 여행을 끝내고 귀국하는 길에 "이제 곧 '서울 인천 국제공항'에 착륙합니다."라는 '알맹이 없는 이름의' 기내 방송을 들을 때마다 외국인들은 서울인지 인천인지 헷갈리겠다는 걱정을 하고 있다.

2021. 7. 15.

송시열의 증주벽립曾朱壁立

늘 그렇듯이 관공서의 무슨 '위원회'라는 것은 대체로 그 기관장의 '방탄조끼'로서, 기관장이 하고 싶은 일에는 '찬성' 의견을, 하기 싫은 일에 대해서는 '반대' 의견을 제시하여 그 입장을 세워 주고, 밖으로부터의 비난이나 이견 공세에 방패막이 역할을 하는 것이 위원회라는 곳에서 대체로 벌어지는 상황이다.

　종로의 김영종 구청장이 '종로구 공간예술위원회'라는 것을 만들어서 행정 절차에 따른 건축심의나 건축허가 행위가 끝난 사안들을 갖고 와서 '자문' 또는 '심의'를 거치게 한 것도 그런 비슷한 설정이었다. 2013년엔가 처음 나에게 그 위원직을 수락해 달라고 구청 직원이 찾아왔을 때, 솔직히 내가 정부나 국회, 광역자치단체 등의 무슨무슨 위원회에 관여해 보았지만 기초자치단체 즉 구청에 불려 가기는 처음이어서 조금은 망설였다.

　그러나 곧 마음을 고쳐 먹었다.

'내가 아무리 높은 사람이어도 내 집 앞을 먼저 깨끗이 하는 것이 순서다. 그러므로 아무리 소소한 일이라도 나에게 가까이서 벌어지는 일들에 대해 먼저 신경 쓰고 시간을 할애하는 것이 도리다.'

그렇게 생각을 하고 쾌히 승낙을 하였다. 그런데 그 회의장에 나가보니 대부분이 새까만 후배 건축가나 교수들로, 모두들 나더러 '좀 격에 안 맞는 것 아닌가?'라는 표정이었고, 실제로 그렇게 이야기하는 사람들도 있었다.

하여튼 나는 8년째 그 위원장을 맡아 우리 동네의 여러 잡다한 뒤치다꺼리를 그래도 재미나게 하고 있다. 그 대부분이 어찌 보면 아주 하찮은 일일 수 있는 것들인데, 그래도 몇 가지 중요 사례들이 기억에 남아 있다. 예컨대 '청계천 공구상가'의 입구와 출구에 세워질 사인(간판)과 조형물 같은 것을 '심의'하고 '자문'하는 일은 너무도 사소한 일 같지만 "청계천 공구상은 탱크도 조립할 수 있다."는 과거의 오랜 명성을 생각하면 참으로 중요한 일같이도 보였다.

여러 에피소드 중 먼저 떠오르는 한 가지가 '혜화로 역사탐방로 조성사업'이었다. 혜화로는 혜화로터리에서 성균관대학으로 가는 길로서 옛날 물길을 복개한 왕복 2차선 도로인데 인도가 넓어서 늘 주차 차량들로 붐비는 길이다.

먼저 주변에 눈에 띄는 것은 한옥으로 지어서 화제가 되었던 혜화동사무소를 비롯하여 혜화초등학교, 그리고 몇 개 중요 시설들로, 주로 성균관대학교, 경신고등학교, 혜화초등학교 등 학생들이 많이 다니는 거리이다.

나에게 떠오르는 집으로, 도로변에 있는 옛날 장면 총리의 주택, 그

서울 명륜동 장면 가옥 정문(왼쪽)과 내부(오른쪽). (사진 문화재청, 2015년)

리고 나의 장모님 친구분이었다던 소설가 한무숙韓戊淑 선생의 댁도 거기에 있었다. 학생들이 많이 다니는 곳이라 문방구점, 분식집 등이 많았으나 책방(서점)이 하나도 없는 것은 신기한 일이었다. 뒷길로 들어가면 대학로에서 밀려난 소극장들이 여기저기 산재해 있기도 하다.

장면 총리의 고택은 한때 세종로성당 주임으로 계신 장익張益 신부님이 자신의 아버님 집이라며 나더러 서울시에 이야기해서 기념관으로 쓸 수 있도록 물어보아 달라고 하신 한옥이고, 덧대어서 일본식으로 지은 양옥은 외삼촌 되시는 분의 설계로 지었다고 했다.

내가 힘쓴 결과는 아니지만 결국 그 집은 장면 총리의 기념관으로 지정되어 공개 운영되고 있다.

한무숙 문학관은 선생이 40년 동안 부군 김진흥(은행가) 선생과 사시며 작품 쓰고 거기서 작고하신 한옥이다. 향정香庭 한무숙 선생이 돌아가신 후 김진흥 행장이 한번 나를 찾아오셔서 기념관으로 보존하고 싶다며 도와달라고 하셨는데, 그때도 크게 도와드리지를 못했으나 지금 보니 그 아드님 되시는 김호기金虎基 씨가 명륜장明倫莊이라는 이름으로 '한무숙 문학관'을 잘 운영하고 있다.

그런 것 등등, 사실 종로구가 이 길을 역사문화거리로 지정한 것은 맞춤한 일이었고, 예산도 25억 가까이나 배정을 하여 괜찮은 명소 거리로 정비될 가능성이 보였다. 더구나 이 길은 내가 30년 이상 아침저녁 출퇴근하는 통로이기도 하다.

다만 그 설계 용역을 맡은 회사가 어디였는지 모르겠으나, 종로구 심의에 올라왔을 때 사실 나는 좀 실망스러웠다. 복개된 밑바닥의 물길을 기억하게 한다며 인도의 포장석에 물결 무늬를 새긴다든가, 혜화초등학교 앞길에 파고라와 벤치를 놓겠다든가, 학교 담장에 옛 시를 새겨 붙여서 행인들이 읽게 한다든가, 모두 좀 서투르고 너무 직설적인 내용들이어서 나는 그 모든 것들에 반대를 하고 오로지 전선의 지중화로 전주를 모두 없애는 일에만 찬성을 했다.

나는 맨 먼저 성균관을 생각하고 조선왕조 600년 동안 이 나라를 지배해 온 유학의 본고장으로 가는 길을 만들자고 생각했다. 이 길의 끝에는 한양도성의 성곽을 만나게 되는데, 그 전에 우암尤庵 송시열宋時烈의 집터가 있고 그 집 뒤 바위에 우암이 손수 쓴 "증주벽립曾朱壁立"이라는 바위 글씨가 있는 것을 보고 많은 것을 생각하게 되었다. 글자 넉 자에 불과하지만 "증자曾子와 주자朱子 두 분 선배는 높은 벽처럼 우뚝 서 있다."라는 존경의 표현이 마음에 들었다.

그런데 그 바위 글씨가 너무 깊숙이 숨어 있어서 지나다니면서도 아무도 볼 수가 없으니 마침 국민생활관 앞에 새로 만들어지는 작은 로터리roundabout 가운데 돌에 새겨 사람들에게 보여 주자고 주장을 했으나 크게 공감을 못 받았다. 나는 성균관대학 서정돈 이사장에게 이야기해

우암 송시열 집터 바위에 새겨진 '증주벽립
曾朱壁立'(아래)과 주변 모습(위).

서 성대가 나서서라도 그 일을 해야 하고 도로 이름도 '성균관길'로 하자고 했으나 그것도 안 되었다. 지금은 작은 사과나무를 한 그루 심어 놓았다.

　나는 지금도 "퇴고율정정심우대退高栗正靜深尤大"라고 쓰고 "퇴계[이황李滉]는 높고 율곡[이이李珥]은 바르고 정암[조광조趙光祖]은 깊고 우암[송시열宋時烈]은 크다."는 뜻으로 조선조 유학의 네 분 거유巨儒를 표현한 말을 즐겨 인용해 쓰곤 한다.

2020. 7. 7.

트롤로프 주교와
아서 딕슨 경을 생각하며
성공회대성당 앞 국세청 별관 철거

1996년에 성공회대성당 복원 공사가 완료된 후 나는 고건高建 당시 서울시장께 성당 앞을 가로막고 있는 '국세청 남대문 별관'과 왼쪽의 '태평로 파출소'를 철거해야 한다고 말씀드렸다. 성공회대성당이 태평로 거리와 시청광장에서 시민들에게 보일 수 있다면 서울 도심의 이미지가 달라질 것이라고 했더니, 고 시장께서 즉각 행동에 나섰다. 내무부 장관을 지낸 분이라 경찰에 이야기하니, 일제 때부터 덕수궁 담장을 침식하고 있던 파출소는 즉시 철거되었다.

그러나 국세청은 꿈쩍도 안 했다. 당시 국세청장 안무혁安武爀은 군 출신으로, 5대 권력기관의 한 수장으로 서울시장의 말을 듣지 않았다. 나는 그 후 시장이 바뀔 때마다 같은 말씀을 드렸으나 여의치 않았다.

드디어 박원순 시장이 나의 오랜 희망을 들어주었다. 박 시장은 내 말을 잘 기억하고 있다가 마침 청와대 앞에 있는 '청와대 사랑방'이 서울시 소유이면서도 청와대에서 무상으로 사용하고 서울시는 재산세만 매년 20억 원인가를 내고 있으니 그것을 국세청 건물과 '맞바꾸자'고 제안을 하여 성사가 되었고, 이 건물의 소유권이 서울시로 넘어왔다.

그 말을 들은 날, 나는 박 시장에게 "당장 헐어 버리자."고 이야기했다. 시간을 끌면 서울시 직원들이 사무실이 부족하다며 이것도 시청 별관으로 쓰자고 할 것이 뻔하기 때문이었다. 박 시장은 그날로 이 건물을 철거하고 그 앞에 건널목과 신호등을 설치해 주었다.

철거 공사용 가림막이 걷히고 대성당의 전체 모습이 시민들 눈높이로 모습을 드러내는 날, 2015년 8월 21일, 100년 전에 이 성당을 기획한 성공회의 트롤로프 주교님과 설계를 맡았던 아서 딕슨 경, 두 분은 하늘나라에서 기쁜 웃음을 감추지 못했을 것이다. 그분들이 바랐던 대로 이제야 조선 사람들에게 조용히 더 가까이 다가설 수 있게 되었기 때문이다.

국세청 남대문 별관이 철거된 모습.

국세청 남대문 별관 철거 공사가 끝난 날 현장 기념식.
왼쪽부터 김미경(서울시의회 도시계획관리위원회 위원장), 강감창(서울시
의회 부의장), 박래학(서울시의회 의장), 조희연(서울시 교육감), 박원순(서
울특별시장), 김근상(대한성공회 서울주교좌대성당 주교), 이원(대한황실
협회 총재, 전주이씨 황손), 주한영국대사관 부대사, 김원(건축가), 조광(서
울시사편찬위원회 서울역사자문관).

그때, 아직은 박원순 시장이 '민주화'를 내걸기는 시기적으로 이르
지 않나 생각했는데, 이날 공공연히 국회의사당(현 시의회) 앞의 4·19 데
모, 4·18 고대생 습격 사건, 시청부터 경무대까지의 거리가 4·19 민주화
운동의 산증인이라는 사실, 서울신문사(현 프레스센터) 방화 사건 등 내
가 하고 싶었지만 참고 있던 이야기들이 모두 쏟아져 나왔다.

심지어는 성공회 성당 안쪽에 있는 성공회의 민주화운동 기념 표석
標石과 시의회 옆의 4·19 기념 표석을 새 광장에 옮겨 놓자는 제안을 하
는 초청 인사도 있었다. 그것이 바로 내가 하고 싶었던 이야기이다.

나는 이 작은 광장이 '민주화운동 기념 공원'이 되었으면 하고 있다.

이날 광복 70주년 기념 행사가 이 작은 광장에서 열렸다. 이 광장과
그 지하를 이용한 역사문화시설의 아이디어 현상 공모 절차가 진행되
어 지금의 건축전시관이 완성되었다.

멀리 보아서는 이 지하 시설을 통해서 세종대로의 지하, 경복궁 전

철역, 반대쪽으로 시청 지하, 을지로 지하가 모두 연결되는 새로운 지하 도시가 될 것이다. 그리고 이 광장의 새로운 풍경으로 서울이라는 도시의 면모는 새로워질 것이다.

2022. 1. 17.

"이렇게 내 말을 안 들으면
사퇴하겠소"
대한민국역사박물관

2008년 이명박 정부가 들어서면서 대한민국은 1948년에 '건국'된 것이라며, 정부 주도하에 '건국 60년'을 기념하는 위원회가 조직되었고, 엄청난 예산을 들여 '건국 60년'을 기념하는 각종 사업을 추진했다. 또 일부에서 '광복절'을 '건국절'로 바꾸려고 시도했으나 실패했다. 그 이유는 대한민국이 1948년에 '건국'되었다는 것에 대해 국민들이 납득하지 못했기 때문이다. 이명박은 김대중, 노무현 10년 동안 온 나라가 좌경화되어 이를 바로잡겠다면서, 편향된 역사의식을 바로잡기 위해서는 임시정부 시절의 좌익사회주의 독립운동가들의 이름을 거론하지 않아야 하기 때문에 이런 꼼수를 부린 것이다.

한국 민족 역사에서 '대한민국'이라는 이름을 가진 국가는 두 번 수립되었는데, 1919년 4월 11일 국호를 '대한민국'으로 한 임시정부를 수립한 일이 있고, 1948년 8월 15일 국호를 '대한민국'으로 한 정부를 수립한 일이 있다. 1948년을 '건국'으로 보아야 한다면, 1919년에 수립된 '대한민국'은 왜 그렇게 볼 수 없는가? 또 제헌국회에서 '대한민국'을 건국했다고 한 일이 없는데, 왜 1948년에 '건국'된 것으로 보아야 하는가? 제헌헌법 전문에 "유구한 역사와 전통에 빛나는 우리들 대한국민은 기미삼일운동으로 대한민국을 건립하여"라고 한 것은 대한민국 정부를 수립한 당사자인 제헌국회가 "대한민국은 기미삼일운동으로 건립"되었다고 한 것인데, 왜 1948년에 건국된 것으로 보아야 하는가?

대한민국 정부는 1948년 9월 1일 『관보』 제1호를 발행하면서, 발행일자를 '대한민국 30년 9월 1일'이라 표기했는데, 여기서 말하는 '대한민국'은 연호年號였다. 대한민국 임시정부는 수립 당시부터 국호인 '대한민국'을 연호로 사용했고, 1919년을 '대한민국 원년', 1945년을 '대한민국 27년'이라고 했다.

하여간 이명박은 자기가 역사를 바로잡겠다면서 그 건국일을 마음대로 바꾸고 그것을 확실히 교육하기 위해서 대한민국역사박물관을 구상했다. 그 건립추진위원회를 구성하는 데 '불초不肖 김원'이 추천되었던 모양으로, 청와대의 함영준咸永準 비서관으로부터 수락 여부를 타진하는 연락이 왔다. 나는 한동안 고민을 했으나 역시 독립기념관의 경우처럼 내가 거기 들어가서 싸우지 않으면 훗날 할 말이 없겠다는 생각에서 수락을 했다. 김진현金鎭炫 위원장을 필두로 29명이 건립위원으로 위촉되었는데, 나는 그 명단을 보고 몹시 실망했다. 신문 기사에도 29명 중 소설가 황석영黃晳暎 한 사람을 빼고는 전원이 보수적 인물로 구성되었다고 했으니, 나도 보수 인물로 분류되고 있었다. 그중에는 나와 동갑내기가 많았는데, 소설가 황석영, 시인 신달자愼達子, 또 국방부 차관을 하다가 전쟁기념관장을 지낸 권영효權永孝 등이 양띠 동갑이었다.

나는 '혹시 역사 논쟁에서 황석영 한 사람이라도 내 편이 되어 줄까?' 기대를 하고 있었는데, 청와대에 가서 위촉장을 받고 오찬을 하면서 보니까 황석영도 기대 밖이었다.

나는 고군분투하며 싸웠다. 처음부터 이명박 임기 중에 테이프커팅을 해야 한다며 턴키로 조달청에 설계를 맡기라는 방침이 시달되어 있어서 거기서부터 싸워야 했다.

천만다행이랄까, 건축 전문가가 나 한 사람뿐이어서 그 문제에 관해서는 내 편을 들어주는 위원들이 있었다. 가장 건방지고 재수 없는 자들이 삼성에서 온 윤종용尹鍾龍과 산업자원부 장관을 지냈다는 이희범李熙範이었다. 그들은 회의 때마다 거들먹거리며 잘난 척을 하고 전문가의 의견을 무시했다.

모두들 역사박물관 건립위원이라는 직함을 자랑스러워한 것은 그나마 다행이었는데, 이화여대 총장을 지낸 이배용李培鎔 씨는 그것을 기화로 대통령과 비서실을 가까이한 결과 나중에 몇 개 자리를 차고앉기도 했다.

나는 위원회의 유일한 건축 전문가라는 점을 무기로 "이렇게 내 말을 안 들으면 사퇴하겠다."는 협박 카드를 거의 매번 회의 때마다 써먹어야 했다. 결국 조달청에 턴키로 보내지 않고 아이디어 공모를 하는 것으로 관철시켰고, 내가 심사위원장이 되어 좋은 작품을 뽑을 수 있었다. 전시 계획에서도 민주화와 산업화의 역사를 50 대 50으로 해야 한다고 우겼지만 그것은 관철시키지 못했다.

내가 워낙 회의 때마다 강성 발언을 하니까 청와대의 영포迎浦(영일,

포항) 라인에서는 나의 뒷조사를 했고, 내가 4대강 반대 운동에 서명한 것을 찾아내어 "그 사람은 우리 편이 아니다."라고 낯가림을 했다.

문화관광부에서 파견 나온 퇴물 관리들도 나에게는 적들이었다. 그들은 노회한 기술직들로 산전수전 다 겪고 문제가 생겨서 외청으로 떠도는 '눈치밥'들이었는데, 내가 이들의 "버릇을 고치겠다."고 공언을 하고 다녔으니 그들 역시 나를 '생계의 걸림돌'로 치부하고 덤볐을 것이다. 심지어는 그들이 김진현 위원장과 나와 신달자 위원의 해외 여행 경비를 가지고 장난치는 것을 내가 지적하여 감사 신청까지 했으니, 그들은 청와대 함영준 비서관에게 보고하러 갈 때마다 김원을 씹었다고 한다.

4대강 반대 서명으로 불이익을 당한 것은 문화재위원회에서 쫓겨난 다음으로 이것이 두 번째였다. 그나마 다행인 것은 김진현 위원장과 김종규金宗圭 박물관협회 회장, 이인호李仁浩 박사(전 주러시아 대사) 등 몇 분이 성향으로는 보수 우파이면서도 '전문가'로서의 내 의견에 늘 공감해 준 것이었다.

대한민국역사박물관. 2012.

그리해서 현상 공모를 통해 이필훈李必勳이 사장을 하던 정림건축 正林建築이 당선되고, 이 사진처럼 좋은 설계와 시공이 이루어졌다. 공교롭게도 1980년대 초에 이 건물이 경제기획원으로부터 독립하여 문화공보부의 단독 청사가 되었을 때 당시 이원홍李元洪 장관의 부탁으로 내가 개보수와 인테리어 랜스케이핑 설계를 했던 실적이 있어서, 이필훈 씨와는 여러 가지로 교감과 공감이 가능했다.

전시 프로그램이나 디스플레이 테크닉에는 나 자신도 이의가 많다. 준공 후 지금까지 한 번도 가 본 적 없지만, 사실 전시라는 것은 언제라도 바꿀 수 있는 것이므로 크게 개의치 않아도 될 듯하다. 대한민국역사박물관은 나에게는 독립기념관 이후 정부가 의도한 불순한 방침을 혼자서 반대하여 한판 싸움을 벌인 또 하나 추억의 사건이 되었다.

독립기념관이 불순하게 시작했던 것은 최초 기획안에 역사전시관을 여섯 개로 하되 제1관 '고조선'부터 제5관을 '장면 정부'까지로 하고 제6관을 '5공 전시관'으로 기획하여 일종의 정통성 부여를 시도하고 있었기 때문이다. 나는 그것을 바로잡겠다고 기획위원회와 건립추진위원회 참여를 수락했었다.

2020. 10. 16.

한옥, 역사문화형 도심재생

내 기억에 서울시에서 한옥 보존이 정책적으로 처음 고려된 것은 고건 시장과 강홍빈 부시장 시절이었다. 가회동, 삼청동 등 소위 북촌의 한옥들이 하나둘 헐려 나가는 것을 그냥 보고 있기가 안타까워서 몇몇 건축가들이 강 부시장을 통해 구제 방법을 찾아보자고 건의한 것이 발단이었다. 한옥에 살던 주민들은 살기에 불편하고 춥고 고장이 많다는 등의 이유로 헐어서 새집 짓기를 원했는데, 그때까지만 해도 그게 당연한 것으로 받아들여졌다.

그러나 사실상 북촌의 한옥 거리는 개발의 광풍 시대에 거의 마지막으로 남은 옛 서울의 원형이었다. 그때 거론된 것이 한옥들에 대해 재산세를 감면하는 것, 유지보수비를 지원하는 것, 난방공사비를 지원하는 것 등 몇 가지 방안이었는데 크게 환영받지는 못했다.

하는 수 없이 서울시가 괜찮은 한옥을 사들이는 방안을 마련했다. 예산이 문제가 되었지만 한두 채라도 서울시가 매입을 할 만큼 한옥이 건축적으로 가치가 있다는 새로운 인식의 바람이 불었다.

그 바람은 제일 먼저 강남의 '복부인'들에게서 왔다. 서울시가 매입을 한다면 그건 투자가치가 있다는 뜻일 터이니 노는 돈으로 그거 하나 사 놓자는 것.

그다음으로 바람이 분 것은 몇몇 건축가들이 한옥을 사서 설계사무실로 쓰기 시작한 일인데, 아주 운치가 있고 개성과 창의성이 넘치는 발상이었다. 어떻든 그런 바람들로 해서 북촌의 한옥들은 가치를 인정받고 살아남을 수 있었다. 그냥 살아남은 정도가 아니라 그간의 실랑이까지 언론에 소개되면서 북촌은 관광명소가 되었다.

2000년대 초반 서울시는 청계천을 복원하는 등 서울의 '면모를 일신'하였는데, 그 바람에 애꿎은 유탄을 맞은 것이 소위 '서촌'이라고 불리는 경복궁 서측 지역, 즉 경복궁과 인왕산 사이에 위치한 남북으로 길다란 '낡은' 동네였다. 내수동에서 시작하여 필운동과 체부동, 누상동, 누하동 그리고 옥인동에 이르기까지 역사도시 서울의 원형질原形質이라고 할 오랜 동네는 낡고 지저분하고 위험하여 소위 '개발'의 필연성에 꼭 들어맞는 곳이었다. 오래된 한옥과 좁은 골목길은 불도저로 밀어내고 하얀색을 칠한 아파트 단지로 변화시켜야 할 후미진 동네의 본보기일 뿐이었다.

드디어 서울시는 이 지역을 네 토막으로 나누어서 '재개발구역'으로 지정했다. 그때부터 나는 서촌에 오래 살아온 연고로 내 동네, 내 집을 지키기 위한 싸움에 등 떠밀려 나설 수밖에 없게 되었다.

많은 사람이 개발론자들의 견해에 찬성하고, 집값도 오른다 하니 오히려 역발상으로 소위 인왕산의 절경은 재건축, 재개발에 더 잘 어울리는 배경으로 떠워졌다.

안타까운 일은 내수동內需洞에서 가장 먼저 벌어졌다. 왕조 시절 여기 있었던 내수사內需司라는 관청은 전국에서 올라오는 진상품들을 검수檢收하는 지금의 조달청 같은 기관이었는데, 여기서 일하던 각종 전문가들은 모두가 중인계급의 소위 테크노크라트technocrat들이었다. 그들이 궁궐과 내수사 가까이 모여 살던 내수동이 제일 먼저 개발의 벼락을 맞았다. 나는 지금도 내수동 중인中人들의 한옥들과 골목길들이 사라진 것을 크게 아쉬워하고 있다.

박원순 시장이 오면서 세상이 바뀌었다. 신도시 건설, 재개발, 재건축 같은 유행어들이 줄어들고 도심재생사업이 새로운 화두로 대체되었다. 사실 서울의 구도심을 두고 재개발, 재건축 운운하는 그 자체가 600년 역사도시를 부정하는 행위였던 것이다.

이제 한옥을 보존하는 경우 5천만 원의 보조금이 나오고 새로 짓는 집을 한옥으로 지으면 5천만 원이 더 나오는 한옥 장려 시책이 현실화되면서 시민들의 인식이 바뀌기 시작했다.

그러나 소위 '경복궁 서측 지역'이라고 불리던 서촌은 이야기가 달랐다. 재개발론이 어느 지역보다도 강세였다. 이 지역에서 패권 다툼을 하던 양대 건설회사에게도 자존심을 건 한판 승부가 되었다. 그들의 선물 돌리기와 감언이설에 주민들은 한껏 들떠 있었다. 그런 상황에서 서촌을 지키자는 이야기는 크게 설득력이 없었다.

'재개발 반대 비대위'라는 것이 시내 여러 곳에서 싸움을 벌이고 있었지만, 대부분 이권 다툼으로 비쳐졌기 때문에 서울의 종합적 보존 가치를 부르짖는 것은 명분이 없어 보였다.

기껏해야 역관譯官 천수경千壽慶의 송석원松石園과 거기서 벌어진 시사詩社, 추사秋史 김정희金正喜에 얽힌 이야기, 그리고 이들과 함께 이 지역에 오래 내려온 위항문학委巷文學 등을 내세우며 이것이 역사도시 서울의 원형질이라고 우기는 정도였는데, 이는 모기 우는 소리 정도로 들릴 뿐이었다. '위항'이라는 말 자체가 '저잣거리'라는 뜻으로, 왕가와 귀족 계급의 상층문화에 익숙한 '백성'들에게는 하급下級한 것으로 받아들여진 것이었다.

그러나 '중인문화中人文化'를 처음으로 소개한 『서울신문』의 연재 기사가 기폭제가 되어 거기에 힘을 실어 주었고, 그로부터 연유하여 연세대 허경진許敬震 교수와 국사편찬위원회 정옥자鄭玉子 교수의 중인문학과 위항문인들에 대한 연구 발표가 크게 반향을 일으켰다. 게다가 김현옥 시장 작품인 옥인아파트가 헐리고 인왕산의 원형을 회복하자는 과정에서 발견된 겸재謙齋 정선鄭敾의 기린교麒麟橋가 천재 시인 '이상李箱의 집'과 종로구립 '박노수 미술관'과 '윤동주의 하숙집 터'와 함께 관광 명소가 되면서 세상 민심이 바뀌기 시작했다. 그 물길 주변에는 비극의 화가 이중섭, 시인 노천명의 흔적도 있어서 그 발굴이 아직도 필요하다.

2019년 박원순 시장은 20년을 끌어 온 지루한 개발 논쟁에 종지부를 찍었다. 박 시장은 옥인재개발지구를 직권해제하면서 '역사문화형 도심재생사업지구'로 지정했다. 그것은 천수경의 송석원과 옥인동 윤씨 가옥 등이 새롭게 평가되면서 가능했던 것이다.

옥인동 윤씨 가옥은 윤덕영이 지은 집으로, 원래 서울시 문화재였지만 문화재 지정이 해제되었다. 그 해제 이유를 살펴보니 '너무 낡아서

복원된 인왕산 수성동의 기린교.

붕괴 위험이 있다.'는 것이었다. 문화재가 낡았으면 보수공사를 해야 하는 것이 상식인데도 지정을 해제했으니 지금이라도 재지정을 해야 한다.

또한 이 집은 내가 남산골 한옥마을을 설계할 때 서울 여러 곳에서 헐려 나가는 명문대가의 한옥들을 옮겨 놓으면서 그 중심에 대표작으로 삼아 그 모양 그대로 베껴서 지어 놓았는데, 그 일이 바로 문화재로 복원이 안 되는 이유가 된다니 이해할 수 없는 일이다.

이제 '도심재생사업'들은 이 지역의 대표적 한옥 유산을 새로 가꾸고, 아울러 지역 주민들의 역사관과 시민의식을 새롭게 하는 계기가 될 것이다. 늦었지만 지금부터 서촌의 위항문화가 영·정조 시대의 문예부흥을 일으킨 원동력이었다는 재평가에 걸맞은, 대대적인 연구, 발굴 및 보존 작업이 속행되어야 한다.

연전에 서울시가 매입하여 수리하고 개관한 필운동의 '홍건익洪健益 가옥'은 처음에 너무 많은 예산이 들어간다고 반대 의견이 많았었다. 그러나 그 집이 들어선 곳은 한국 최초의 서양화가 고희동高羲東의 5대 할아버지부터 살던 오랜 터이다. 한마디로 서촌에 자리 잡고 궁에 드나들며 임금의 여러 시중을 들었던 중인계급, 특히 역관譯官들이 얼마나 지적으로 깨어 있었고 경제적으로 윤택했던가를 보여 주는 좋은 사례이다.

이 집들과 그 사이의 좁은 골목길들이 오늘날 서울에 남아 있는 유일한 위항문화의 본거지라는 점에서 좀 더 적극적인 발굴과 보존 정책이 필요하다. 옥인동 역사문화지구에만 해도 천수경, 장혼張混을 비롯한 걸출한 중인계급 문인들의 발자취가 아직도 남아 있다.

천수경이 살면서 이곳 시사詩社의 중심지였던 송석원 바위에는 명필 추사의 최고 걸작 '송석원松石園' 세 글자가 남아 있으나 무지한 집주인의 경거망동으로 지금은 콘크리트 속에 묻혀 있다. 그 집은 윤비의 큰아버지 윤덕영의 벽수산장碧樹山莊이 되었다가 천만다행으로 박 시장의 뜻에 따라 서울시의 소유가 되었으니, 이제야 그곳 천수경과 장혼 및 그 시사 동인들이 일으켰던 중인문화의 정수精髓를 발굴할 새 시대가 도래한 것으로 보여 마음 뿌듯하다.

연전에 서울시의 어떤 위원회에서 '겸재 정선의 집터가 옥인동의 군인아파트 자리였으니 그곳에 겸재의 집 인곡정사仁谷精舍를 복원하

정선, 〈인왕제색도〉, 간송미술관.

자'는 계획을 심의하는 회의에 내가 참석해서 참 좋은 일을 한다고 적극 찬성을 했는데 이후로 아무 진전이 없다. 또 근처에 유명한 세도정치 가문 안동김씨 일족의 오랜 세거지世居地가 있었는데, 이곳에만 열일곱 채의 한옥이 남아 있다. 가재稼齋 김창업金昌業의 '가재우물'과 아름다운 청휘각晴暉閣 터도 고증이 되어, 겸재가 사랑했던 '모자바위[帽巖]'에서부터 시작해서 이 지역의 수준 높은 위항문화가 복원되고 재평가되었으니, 수준 높은 우리 대중문화의 사례로 재평가되어야 한다.

겸재 정선으로만 말하더라도 〈인왕제색도仁王霽色圖〉가 국보로 지정되는 영광을 누리고 있다. 그를 중심으로 일어났던 이 지역의 김홍도, 김인문, 이득명 등 일파의 진경산수眞景山水 운동은 오랜 기간 중국의 남종화南宗畫와 북종화北宗畫의 영향 아래 있었던 우리 회화사상繪畫史上 처음으로 일어난 진정한 '문화독립운동'으로 더욱 높이 받들어져야 할 것이다.

2020. 10. 22.

인왕산과 벽수산장碧樹山莊

한가한 휴일 오후에 옥상의 간이침대에 누워 인왕산을 바라본다. 그러고 있으면 작은 아이들이 그 바위 표면에 달라붙어서 기어 올라가는 모습이 눈앞에 어른거린다. 65년 전 나의 모습이다.

나는 1955년에 중학교엘 들어가면서 산악반에 지원했다. 학교에서 가장 가까운 인왕산은 산악반의 바위 타기 훈련장으로, 최고의 등산학교였다. 거대한 바위 슬래브slab, 그 사이에 좁게 갈라진 크레바스crevasse, 또 그보다 더 깊어서 거의 애들 체격에는 침니chimney라고 해도 될 만한 틈새 코스, 그리고 맨 꼭대기에 올라가면 소나무 한 그루가 외롭게 서 있는데 그걸 우리는 무슨 뜻인 줄도 모르고 '입본마스一本松'라고 불렀고, 거기에 오버행overhang도 있었다. 그런 다채로운 바위 형태가 모두 하나절 록 클라이밍rock climbing 코스로 연결되어 있었다.

우리는 토요일 방과후에는 누가 시키지 않아도 고등학교와 중학교 건물 사이에 있던 '원탁円卓'이라는 옛날 우물돌가에 모였다.

벽수산장. (『조선일보』, 1926. 5. 23.)

처음 인왕산에 갔을 때 진해웅陳海雄이라는 산악반 선배가 몇 해 전에 안자일렌anseilen(자일을 매고 하강하는 것) 도중에 낡은 자일이 끊어지면서 추락하여 현장에서 사망했다는 이야기를 듣고 겁이 많이 나기도 했지만, 바로 한 해 위인 민계식, 황정승, 조득정, 최학주 등 선배들은 냉정하고 엄격했다. 산악반은 규율이 엄해서 눈곱만큼도 봐주는 게 없었다. 그래야 안전사고를 예방할 수 있다는 거였다. 그러니 산악반은 항상 무슨 수도자들 모임처럼 엄숙했다.

인왕산에 오르기 전에 꼭 지나가야 하는 거대한 프랑스식 저택이 있었다. 너무 크고 너무 화려해서 온 주변을 압도했고, 어쩌면 아름다운 인왕산을 시샘하듯 가리고 서 있는 것 같았다. 친일파 윤덕영尹德榮이 한일합방에 큰 공을 세운 대가로 왜놈들로부터 받은 거금을 들여서 '사상 최대'의 '세상에서 가장 화려한' 집을 지었다는 것이다.

벽수산장은 윤덕영의 호 '벽수碧樹'를 따다 지은 이름으로, 옛날 역관譯官 천수경千壽慶의 송석원松石園 터에 지었는데 1966년에 불에 탔

화재가 난 벽수산장-언커크 지부. (사진 국가기록원, 1966년)

고 1973년 철거되었다.

우리가 산에 다니던 1950년대에 그 집 마당에는 늘 미군 지프차들이 서 있었고 우리는 그곳을 멀찌감치 돌아서 바라보고만 다녔다.

흔히들 무슨 뜻인 줄도 모르고 그 건물을 '언커크'라고 불렀는데 나중에 알고 보니 정식 이름은 유엔 한국통일부흥위원단(UNCURK: UN Commission for the Unification and Rehabilitation of Korea)이었다.

한국전쟁이 정전협정으로 중단된 1950년 10월 7일 유엔총회 결의에 따라 한반도에 통일된 정부를 수립하고 전쟁으로 폐허가 된 주권경제를 부흥시킨다는 목적으로 만든 기구라고 한다.

거기에 파견된 유엔군 소속 미군들이 그 집을 지키고 있었던 것이다. 가까이 가면 겉으로만 보아도 더욱 웅장하고 화려해서 들어가 보고싶은 마음이 늘 굴뚝같았으나 군인들의 경비가 삼엄했다. 우리는 그냥쳐다보며 조금씩이나마 아는 이야기만 나누었을 뿐이다.

다른 재미있는 이야기는, 누군가 한번 몰래 들어갔더니 현관 천장과

벽수산장 앞의 윤덕영(왼쪽)과 '송석원松石園'과 '벽수산장碧樹山莊' 바위 글씨(오른쪽).

지붕이 유리로 되어 있고 그 유리에 물을 채워 넣어서 금붕어를 기르고 있다고도 했다. 믿거나 말거나.

사진에서 윤덕영은 자기 집 뒤 바위 언덕에 '벽수산장碧樹山莊'이라고 크게 새겨 놓고 자랑스럽게 앉아 있다. 그 옆을 자세히 보면 '송석원松石園'이라는 바위 글씨가 보인다. 우리나라 최고의 명필 추사秋史 김정희金正喜의 글씨다.

원래 이 땅은 천수경이라는 역관의 집터로 여기에서 송석원 시사가 열렸는데, 이 지역 중인中人 계급들이 즐겨 모였던 여러 개의 시사詩社(시 짓는 모임) 가운데 가장 크고 수준 높은 모임이었다.

천수경은 중인 계급이었지만 부자였고 추종자가 많아서 그 집에서 매달 열리는 모임은 임금이 관심을 보일 정도로 인기와 수준이 높았다. 어느 날 이들이 건너편 백송白松마을에 사는 추사 어른을 모셔다 함께 하루를 즐겼다. 추사는 왕족 대접을 받는 당대의 명사였지만 중인들의 모임에 기꺼이 와서 참여했고, 그들의 높은 수준에 감동하여 천수경의 당호堂號인 '송석원松石園'이라는 글씨를 기념으로 써 주었다. 천수경 또한 이에 감동하여 그 글씨를 자기 집 뒷마당 바위에 새겨 놓았다.

전두환 때 경호실에 근무하던 어느 경찰관이 이 바위 위에 집을 짓고 살았는데, 마당을 넓힌다며 바위 위에 콘크리트를 덧씌우는 바람에 글씨가 모두 콘크리트 속에 묻혔다.

나는 그 글씨를 본 적도 있고 내력을 알기 때문에 어떻게든 복원을 하려고, 아랫집을 세로 얻어서 '바위 글씨 박물관'과 '중인문학 자료실'이라는 걸 1년 동안 운영하면서 그 존재를 알리려고 노력을 해 왔다. 지금 이 집은 박원순 시장의 이해와 도움으로 서울시에서 매입하여 천수경과 김정희의 스토리를 재현할 계획을 세우고 있다.

나도 덩달아 추사의 글씨를 복원할 궁리를 하고 있으나 박원순 시장 이후로는 아무런 진전이 없다.

2020. 11. 25.

땅에도 존엄성이 있다

대한항공의 송현동 부지를 보며

서울시가 송현동 땅을 매입한다는 소식에 대단히 반가웠다. 박원순 서울시장이 정부와 반반씩 부담하자고 제안했을 때도 시에 큰 부담이 되겠다 싶었다. 기업이 2,900억 원에 산 땅을 10년 만에 5,000억 원에 팔겠다는 자세는 옳지 않다. 서울 한복판의 금싸라기 땅이라지만 세계적 기업이 그것을 팔아 "재무구조를 개선"하겠다는 데 창피함을 느낀다.

대한항공은 우리의 세계적 기업이다. 그렇게 되기까지 국가와 국민의 도움이 컸다. 정부는 모든 공무 출장을 대한항공에 국한했고 온 국민이 국적기를 선택했다. 나 자신도 밀리언 마일러가 되도록 다른 값싼 항공편을 알면서도 대한항공을 타곤 했다. '대한'이라는 나라 이름의 상호와 태극 문양이 자랑스러웠다. 대한항공은 혼자 힘으로 큰 게 아니다. 그런데도 꼭 땅장사를 해야겠다는 잡상인적 사고가 실망스럽다. 그러고 보면 '대한'이라는 국호를 한 회사가 오랜 세월 상호로 써 왔다는 것도 화가 난다.

송현동松峴洞은 이름대로 소나무 언덕이었다. 정도전이 경복궁과

경복궁 건춘문 앞 중학천을 끼고 남쪽으로 동십자각이 보이는 일제강점기 풍경.
이 사진 왼쪽에 보이는 송현동은 지금보다 높은 위치에 언덕 모양으로 있다. 중학천에서는 아낙네들이
빨래를 하고 있고, 그 뒤로 미루나무 언덕과 당시의 동양척식회사 관사 건물들이 높은 언덕 위에 보인
다. (사진 국립중앙박물관)

창덕궁을 배치할 때 두 궁 사이에 완충지대로 남겨 둔 곳이다.

조선왕조는 경복궁에서 시작되었지만 대부분 임금들은 창덕궁을
선호했다. 경복궁에 비해 창덕궁은 노출이 덜하고 훨씬 안온하다. 바로
이 소나무 언덕 때문이었다. 한마디로 왕기王氣가 서린 곳이다. 나의 중
학교 시절에도 소나무는 이미 깎여 나간 뒤였고, 지금은 완전히 흉물이
되어 있다.

땅에도 존엄성이 있고 팔자가 있다. 아무 땅에나 아무 짓이나 했다
가는 패가망신한다는 풍수지리설을 우리 민족이 오래 신봉해 온 까닭
이 있다. 땅도 사람처럼 팔자에 맞게 쓰여야 한다. 이곳은 한 개인이나

기업이 이익을 추구하는 데 쓸 땅이 아니다. 모두에게 존경과 사랑을 받는 용도로 쓰여야 한다. 그러려면 물론 '숲·공원'이 정답이다. 그러나 이 땅의 가치로 보아 숲·공원만으로는 부족하다. 훌륭한 문화시설이 함께 들어서서 공원의 가치를 증폭시켜야 한다.

땅을 많이 차지하지 않고 문화를 향수할 기능으로 나는 콘서트홀을 제안하고 싶다. 이명박 전 서울시장이 정명훈을 서울시향 지휘자로 영입할 때 콘서트홀 건립을 약속했었다. 정명훈은 시향의 명성을 높여 약속을 지켰으나 시장은 그러지 않았다.

나는 서울만 한 문화도시에 음향 좋은 콘서트홀 하나가 없음을 부끄럽게 생각한다. 많은 연주자들이 서울 연주를 청하면 음향 좋은 음악당이 없다며 사양한다고 들었다.

세계적인 공연장인 일본 도쿄 '산토리홀'은 위스키 회사가 지었는데 우리는 그런 술장사가 없을까. 나는 연전에 독일 함부르크 시 음악당 준공 기사에 감동했다. 인구 170만의 작은 항구도시가 10년 동안 공을 들인 그 열망에 또 한 번 부끄럽기도 했다. 공사비 7,000억 원의 4분의 1이 시민 모금이었다. 우리 서울시가 함부르크보다 못한가?

민속박물관도 좋지만, 새로 짓기보다는 송현동과 현대미술관 사이의 사간동 전부를 매입하여 한옥과 골목길들을 활용한 민속박물관 거리를 만들면 그것도 근사할 것이다.

돈의문에서 시도한 방식으로 하면 된다. 국립현대미술관에 연결된 야외 조각 전시장을 만드는 예술공원도 생각해 봄 직하다. 도심 숲속의 조각정원이 되면 서울은 어디 내놓아도 번듯한 예술도시라는 인정을 받을 것이다.

국가 영빈관 신축도 생각해 볼 만하다. 외국의 국빈들이 올 때마다 시내 호텔에 묵는다니, 이번이 멋진 영빈관을 세울 기회이기도 하다.

지금의 높이 4미터, 길이 800미터 이상의 거대한 담장은 한마디로 불법 구조물이다. 매일 많은 시민이 지나다니는 율곡로 북쪽을 가로막아 북한산의 아름다운 경관을 감상할 권리를 빼앗고 있다. 엄청난 조망권 침해다.

옛날에는 미합중국 소유였으므로 국경 개념으로 담을 높이 쌓고 미국 해병대가 지켰었다. 지금 이 땅이 우리에게 넘어온 이상 정부(종로구)의 구조물 허가를 새로 받지 않으면 현행법상 불법 구조물이다. 여러 번 종로구청에 철거 명령을 제안했으나 아무도 꿈쩍 않고 있다. 나는 이 글이 공개된 뒤에도 이 불법 구조물이 철거되지 않으면 대한항공과 종로구청장을 고발할 작정이다.

한마디로 이 땅은 '땅콩'과 '갑질'로 얼룩진 한진 일가에 맡겨 둘 땅이 아니다. 국민 모두의 공공재다.

좋은 데 쓰시라고 선뜻 내놓는 것도 작금의 부끄러운 사태에 대한 속량도 될 것이다.

A380 기종이 4억 달러 정도라니 5,000억 원이면 에어버스 한 대 값이다.

2021. 2. 16.

3부

건축, 그 뒷이야기들

'미스 박 테일러'와 '유숙 의상실'

1967년 김수근 사무소에서 처음 내 힘으로 완성한 작품은 '미스 박 테일러'(명동)와 '에스콰이어 제화점'(명동) 두 곳의 인테리어 설계였다.

　김수근 선생님은 에스콰이어의 이인표李仁杓 사장이 대한민국 최고의 인테리어 작품을 기대하고 우리 사무실에 설계를 의뢰한 사실에 만족해서 아주 열심히 설계와 시공에 관여하셨고, 완성 후에『공간』잡지에도 크게 소개를 했다. 이인표 사장님도 결과에 만족해서 김 선생님을 고급 요정에 저녁 초대했는데 나도 불려 가 동석을 했다. 감사하다는 이 사장의 인사에 김 선생님이 하셨던 대답이 기억난다. "미스터 김은 우리 사무실에서 제일가는 브릴리언트 영 가이brilliant young guy"라고.

　반면에 '미스 박 테일러'는 내가 혼자 하다시피 했다. 김 선생님은 경기고 친구이신 박대진朴大振 국민은행장 주택을 설계한 끝에 박 행장의 누이동생인 박윤정朴允貞 선생의 옷가게를 맡아 하게 되었는데, 규모도 작아서 별 신경을 안 쓰셨고 완성 후에도 잡지에 싣지 못하게 했다.

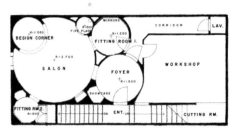

'미스 박 테일러' 인테리어 도면(오른쪽)과 인테리어 공사 후 내부(왼쪽).

그래서 이것은 테이블과 의자 설계까지 실질적으로는 온전히 내 작품으로 남게 되었고, 박윤정 선생님께서도 대단히 만족하고 나에게 여러 번 고맙다고 했다.

1973년 내가 네덜란드에서 돌아왔을 때 제일 반가워하고 먼저 만난 사람은 『공간空間』의 선배 조영무趙英武 씨였다. 실은 과기처(과학기술처)에서 네덜란드 여왕의 장학금을 받을 유학생 두 명을 뽑는다는 소식을 듣고 나에게 유학생 선발 시험을 치도록 강력히 권유한 분이 조 선배였다. 그러니 조 선배가 나를 네덜란드에 보낸 것이나 다름이 없었으며, 내가 돌아온 것을 반기는 것은 어쩌면 당연했다. 그런데 그때, 실은 그의 부인 유숙 씨가 경영하려는 의상실을 명동에 얻어 놓고 개점 준비를 하고 있던 터라 그 가게를 꾸미는 일을 나에게 맡기고 싶었던 것이다.

아마도 명동에서 가장 작은 가게였을 터인데, 가게 폭이 겨우 2.4미터에 길이가 6~7미터 되는 앙증맞은 공간이었다. 그래서 나는 길에서 보면 문짝만이라도 확실히 보이도록 새빨간 붉은 색깔에 '유숙 의상실'

'유숙 의상실' 외부 정문.

이라는 다섯 글자를 합판에 새겨서 붙이고 나머지를 노출 콘크리트로 채우는 것으로 끝내었다. 작기도 작았지만, 아마도 가장 돈 안 드는 설계였으리라고 나는 지금도 자부를 하고 있다.

조 선배는 이 일이 끝나고 나서 "김원이의 귀국 후 첫 작품"이라며 대단히 만족해했고, 부인 되시는 유숙 씨도 주변에 자랑스럽게 이야기를 했다. 이게 정말로 나의 귀국 후 첫 작품이자, 내가 설계한 가장 작은 집이었다.

조영무 선배는 나에게는 고등학교 10년 선배이신데 항상 나에게 깍듯이 대하셔서 오히려 내가 미안할 지경이었다. 홍익대학 건축과를 나오셨는데, 김수근 선생이 약관 서른 살에 홍익대에 강의하러 갔더니 첫날 맨 앞줄에 어느 늙은 학생이 앉아서 그렇게 열심히 강의를 듣더라는 것이다. 나중에 알고 보니 김수근 선생의 고등학교 1년 후배였다. 그렇게 인사를 트고 나서 가까워진 후에, 나중에는 공간사 전체의 운영을 맡기기도 했다.

조영무 선생은 벌써 한 20년 전에 타계하셨다.

2021. 9. 27.

"오페라하우스에 갓을 씌우시오!"

예술의 전당과 국립국악당

독립기념관이 잘 끝난 후 이진희李振義 장관은 나에게 예술의 전당 마스터플랜을 맡겼다.

우선, 이진희 장관은 예술의 전당 자리로 나에게 경희궁 터를 검토해보라고 했다. 사실 예술의 전당 후보지로 처음 거론된 곳은 광나루 한강변의 삼표골재 자리였는데 나는 거기도 괜찮다고 생각했다. 골재공장은 분진을 많이 발생하는 혐오시설이어서 시로부터 이전 명령을 받은 터였다. 한강변에 음악당을 짓는 것은 나의 대학시절 건축과 졸업 설계의 주제이기도 했으며, 강변도로를 따라 차를 타고 음악 감상을 하러 가는 것은 상상하는 것만으로도 좋았다.

나는 시드니 오페라 하우스를 연상하며 멋진 건물이 수면에 반사되어 길 건너편 강변도로에서 바라보이는 광경을 떠올리기도 했다. 거기다 예술의 전당을 지으면 강을 끼고 있어서 아주 먼 곳에서도 잘 보일 것이다.

이진희 장관도 내 생각이 그럴듯하다고 보았는지 현장에 여러 번 함께 가 보았고, 심지어는 골재공장의 사일로silo 꼭대기까지 올라가서 주변을 살펴보기도 했다. 그러고는 멀리 보이는 옥수동과 한양대 주변에 광범하게 펼쳐진 전후戰後 서울 수복 당시의 판자촌들을 보고 실색하기도 했다.

나는 그것들은 곧 정비될 것이라고 장관을 안심시키고, 삼표골재 터를 예술의 전당 후보지로 적극 추천했다. 결국 실현은 안 되었지만.

다음으로, '예술의 전당'에서는 국악과 서양악을 모두 해야 하는데, 국악당이 서양악당보다 시각적으로 확실히 우선하는 모습이어야 한다는 이 장관의 부탁이 있었다. 크기는 작았지만, 나는 국악당을 가람 배치 형식의 정점에 놓고 그 진입부의 도중에 서양악을 위한 여러 시설이 배치되는 마스터플랜을 만들어 제출했고, 좋은 평가와 함께 단번에 채택이 되었다.

그러고 나서 이 장관은 오페라하우스와 콘서트홀 등 '양악당'은 국제 현상 공모를 하고 '국악당'은 내가 수의계약으로 설계하도록 지시를 했다. 참 고마운 일이었다.

설계를 진행하던 중 하루는 김진무金鎭武 당시 문화예술국장이 전화를 해서 지금 고궁박물관 자리에 있던 문공부 별관으로 오라고 했다. 거기에는 영화 시사실試寫室과 국내 상영의 모든 영화를 사전 검열하던 기관이 있었는데, 거기 갔더니 평양의 만수대예술극장에 관한 북한의 선전 필름을 보여 주었다. 장관의 부탁인데 아무쪼록 저것보다 좋은 국악당이 되어야 한다는 것이다. 그리고 이 필름은 중앙정보부에서 가져온 것이므로 이것을 보았다는 이야기를 밖에 나가서는 하지 말아 달라는

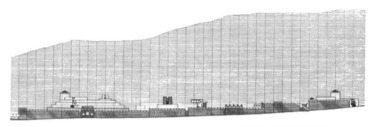

SEOUL ARTS CENTRE

SEOUL ARTS CENTRE

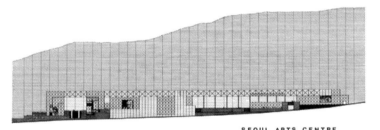

SEOUL ARTS CENTRE

내가 이진희 장관께 그려 드린 '예술의 전당Seoul Arts Center'의 세 가지 개념도.

것이었다. 참 우스꽝스러운 시절이었다.

나는 이진희 장관의 설계 지침이 크게 부담이 되었다. "누가 보든지 저게 국악을 하는 곳이구나." 하고 한눈에 알아보게 설계를 하라는 것이었다. 말하자면 한국 전통건축의 아름다움을 확실하게 보여 주는 현대 건축물을 만들라는 주문이었다. 이 장관은 경회루나 무슨 사찰건축 같은 걸 생각하고 있는 것 같았다. 또는 어쩌면 일본의 가부키좌歌舞伎座

나 분라쿠극장文樂劇場을 생각하고 가부키 공연에서의 하나미치花道나 분라쿠 공연에서의 후나조코船底 같은 공연 형식을 말하고 싶었는지도 모를 일이었다.

완성된 국악당 모형을 앞에 놓고 기념 촬영. 1984.

이미 이 장관은 그때 김석철에게 예술의 전당 오페라하우스에는 갓을 씌우라 하고, 콘서트홀에는 부채 모양을 차용하라며 장관실 메모지에 손수 스케치까지 해 주던 터였다.

나는 건물을 네 동으로 나누어서 가람 배치 형식으로 늘어놓는 것도 좋은 느낌을 줄 것이라고 생각하고, 그러고 보니 각 동을 기본적으로 분황사芬皇寺의 전탑塼塔(모전석탑模塼石塔) 모양으로 만들면 그럴듯하겠다고 마음먹고 그런 그림을 그렸다. 그 그림을 본 이 장관은 의외로 그것을 좋아했다.

지금 예술의 전당에는 '갓'과 '부채'가, 그리고 국립국악당에는 분황사 전탑이 서 있다.

2021. 6. 5.

건축 설계 수주 전쟁

서울 시립 박물관 및 미술관

1986년에 광장 건축은 서울시로부터 '서울시립박물관·미술관 건립을 위한 프로그램 연구'라는 용역을 수주했다. 경희궁 터에 일제가 세웠던 서울중학교(경성중학교)가 강남으로 이전하게 되자 당연히 학교 건물을 헐고 경희궁을 원형 복원하자는 여론이 있었고, 동시에 오래된 중고등 학교 건물을 헐어 없애지 말고 유용한 다른 쓸모를 찾아보자는 반대의 여론도 있었다.

당연히 그 학교를 졸업한 동창회에서는 '학교 보존론'이 우세했고, 그러다 보니 문화재적 가치를 따지는 '경희궁 원형 복원론'은 약세였다. 사실 일제가 우리 임금의 궁 하나를 철거하고 저희 일본인 아이들만 다니는 중학교를 지었다는 사실만 보아서는 식민지 잔재 처리 제1호가 될 만한 건이었으나, 그때만 해도 우리 국민들에게는 복원보다는 개발 마인드가 더 우세한 시절이었다.

거기다가 원래 경희궁의 광범한 전각들의 자리는 이미 왜놈들이 모두 헐어서 신문로新門路라고 하여 그들 공무원을 위한 관사촌을 만들었던 터라, 이제 와서 그 민간 동네를 모두 헐어 내고 궁궐의 전각들까지 복원한다는 일은 한마디로 불가능한 상황이었다.

그런 여러 가지 상반된 주장들을 정리 검토하고 혼란된 여론을 한 군데로 모으기 위해 고건高健 시장이 이동李棟 시정연구관을 불러서 의견을 물었다.

이 연구관은 전문 연구기관에 연구용역을 맡겨서 조사, 검토해야 한다고 건의하고 '광장 건축'을 용역사로 추천했다. 그때는 단국대 박물관의 조사단(단장 정영호)이 발굴을 끝내고 발굴 조사 보고서를 쓰고 있던 시점이었다.

경희궁 안에 건립된 일본인 학생 전용 경성중학교의 전경.
건물 지붕 너머로 살짝 드러난 한옥 지붕이 경희궁 숭정전崇政殿이다. [『경성번창기京城繁昌記』(박문사, 1915), 서울역사박물관]

나는 이동 선배와 고건 시장에게 감사한 마음이었고, 이 사업의 사회적 중대성을 감안하여 대규모의 자문단을 구성하고 동시에 광범위하게 여론을 수렴했다. 그런데 그때 가장 중요한 요소로 떠오른 결정적 상황은, 서울시가 시립 박물관과 미술관을 세워야 할 시대적 필요성을 인지하고 이미 사업 계획을 구체화하던 시절이었다는 사실이다.

"세계의 어느 도시를 가 보아도 다 있는 시립박물관이 왜 우리는 없느냐?"고 하면 누구든지 고개를 끄덕일 일이었다. 그리고 서울시나 문공부나 정부나 무슨 중요 시설을 하나 세울 계획을 할 때마다 시내의 요충지인 경희궁 터를 마치 비어 있는 나대지처럼 생각하는 경향이 있었다. 심지어는 이진희 장관이 예술의 전당을 계획할 때에도 나에게 경희궁 터를 검토해 보라고 한 적이 있었다.

우리가 서울시에 제출한 보고서에는 경희궁을 정문과 정전 부분만 원상 복원하고 나머지 지역을 활용하여 서울 시립 미술관과 박물관을 짓는 방안이 제시되었고, 시정연구관이던 이동 선배는 내 생각을 받아들여 염보현 시장에게 보고하고 그대로 진행하도록 재가를 받았다.

이 선배는 한 걸음 더 나아가 내친김에 나에게 건축설계까지 다 하라고 밀어주었다. 염 시장도 크게 다른 대안이나 반대 의사가 없어서 '광장건축의 김원'이 시립 미술관과 박물관을 설계하는 것으로 방향이 정해졌다. 그때 마침 염보현 시장과 경기고 동기동창이신 백남준 선생이 그 이야기를 듣고 나를 추천하는 편지를 염 시장에게 보내기도 했다.

그런데 불행하게도 대우건설이 그 공사를 수주하려는 욕심으로 염 시장 동기인 이석희 부사장을 통해 로비를 벌여서, 설계는 김종성金鍾星이 낫다는 의견을 제시하여 통과를 보았다.

나는 짜증이 나서 '서울건축'의 이삼재(경기 미술반 후배)를 불러서 불평을 털어놓기도 했으나 재벌 회사를 상대로 나 개인이 맞서 싸우기엔 역부족이었다.

염보현 시장은 끝까지 설계자 선정 서류의 결재를 미루다가 퇴임하던 마지막 날 최후로 결재한 서류가 '설계자는 김종성'이었다고 나중에 이삼재에게서 들었다.

나는 그 수주收注 전쟁에서 졌고, 설계는 '서울건축', 시공은 '대우건설'로 넘어갔다.

그때 서울시에서 크게 영향력을 행사하던 이광로李光魯 교수는 김종성 씨를 별로

백남준이 염보현 서울시장에게 보낸 편지. 1987. 10. 5.
"서울시립미술관은 역시 김원이가 최고라고 봄. 그간 포스트모더니즘 건축을 좀 공부 구경했는데, 역시 시립미술관은 김원 군이 좋은 이유는, 동군同君은 한국건축계 내에서도 포스트모던 쪽에 든다는 통설이 있고, 도대체 재사才±니깐. 이즘ism을 초월한 독특한 건물을 질 줄 앎. 요컨대 김원은 응용문제를 잘 푸는 재사 같음. 백남준 5/10/87 N.Y."

좋아하지 않았던 터라 모든 일이 김원의 사회 경험 부족으로 뒤집어졌다고 생각하신 것 같은데, 이 일을 되뇌며 두고두고 나를 놀리셨다.

"어이 김원이, 그때 나한테 와서 의논을 했어야지. 네가 혼자서 그게 될 줄 알았나?"

2021. 8. 23.

갤러리 빙

명보랑明宝廊의 여사장 남기숙南基淑 여사로부터 보석과 금속공예 전문 갤러리를 설계해 달라고 부탁을 받은 것은 처음부터가 좀 의외였다. 명보랑은 유명한 보석상으로 장안에 잘 알려져 있었고, 모든 재벌가의 혼례 예물을 독점 계약하는 실력을 과시하던 터였다.

남 여사는 이화여대 성악과를 졸업한 소프라노였는데, 나는 외모로나 내적으로나 아름다운 분이라고 생각을 했다. 처음 소개를 한 사람은 내가 KOSID(한국인테리어디자이너협회)의 3대 회장을 지낼 때 부회장을 함께한 민영백閔泳栢 씨였는데, 그는 사실 그 전까지 나하고 별 인연이 없었고, 명보랑의 힐튼호텔 매장은 오기수吳基守 씨의 작업이어서 주로 홍대 출신들과 가까이 지내는 것 같았다. 민영백 씨만 하더라도 홍대 출신으로 그 부인과 남기숙 사장이 가깝게 지내는 그룹이어서 설계를 맡긴다면 아무래도 민영백 씨가 관여하던 유명한 '엘레강스' 쪽이 당연할 것으로 보였으니, 나에게 설계를 의뢰한 것은 뜻밖이었다.

게다가 무슨 까다로운 조건이 붙은 것도 아니고 설계 기간이나 공사비나 별 이야기가 없이 그냥 "좋은 건물 하나 지어 주세요."라는 요청뿐이었다. 알고 보니 그 남 사장의 남편 되시는 장동운張東雲 씨는 군 장성 출신(내가 싫어하던)으로 5·16의 주체 세력이었으며, 혁명정부에서 주택공사 총재를 지낸 건설통이었다.

하여튼 나는 장안의 최고 갑부 부인들의 사교장인 '보석상'이라는 점이 못내 께름칙했다. 오래전에 명동의 '미스 박 테일러'를 할 때도 조금은 그런 느낌을 가졌으나 거기에 아무리 부잣집 마나님들이 드나들어도 그건 그냥 옷가게라고 생각이 되었는데, 보석상의 진열대와 상담 동선에 있어서 "사모님들끼리 마주치지 않아야 된다."는 명제는 전혀 다른 느낌으로 다가오는 것이었다.

어떻든 나는 조금은 떨떠름한 상태에서 일을 시작했다. 일이래야 다른 일 하는 틈틈이 하이야트호텔 앞의 그 빈터에 가서 호텔을 쳐다보고 남산을 쳐다보고 서울 시내를 내려다보며 시간을 보내는 것이 전부였으나, 그것이 아무리 여러 번 반복되어도 무슨 뾰족한 수가 떠오르지를 않았다. 그런데 또 희한한 일은 건축주 쪽에서는 시한을 못 박아 언제까지 하자든가, 얼마나 되어 가느냐든가 도무지 재촉하는 법이 없어서, '관심은 있는 것인가?' 의아할 정도였다.

그렇게 몇 달이 그냥 지나가자 오히려 내가 조급해지기 시작했다. '왜 생각이 안 풀릴까.' 우선 무엇보다도 무슨 주어진 요구 조건이 뚜렷한 게 없었다. "보석과 귀금속 공예를 전시 판매하는 갤러리 형태의 공방工房, 그리고 주어진 사이트, 그 이외에는 마음대로 해 주세요."

나는 무슨 변명이나 기댈 언덕이 없었다. 어떤 날은 낮에 그 땅에 찾아가서 오래 앉아 있기도 하고, 어떤 날은 밤에 강남에서 술 마시고 다리를 넘어오다가 운전기사에게 그 땅에 좀 들러 보자 해서 술 취한 기분으로 거기 가서 달밤의 체조를 하기도 했다.

그런데 그때마다 항상 느끼는 것은 바로 건너편에 거대하게 서 있는 하이야트호텔의 압도적인 위용이었다. 나는 그 건물을 싫어했다. 박정희가 '관광입국'을 한다고 남산의 최고 요지에 특혜를 주어 일본 자본과 기술로 지어진 건물로, 남산의 경관을 심각하게 훼손하고 있다고 나는 생각을 했다. 그 건물이 지어지던 기간에 목구회 이름으로 그 현장에 초청받아 갔을 때 감리를 책임졌던 송민구宋旼求 선생이 어찌나 일본인들의 설계와 감리를 칭찬하던지, 그것 역시 기분 나빴던 기억으로 남아 있었다.

더군다나 나는 고건 시장 시절 '남산 제모습 찾기 시민위원회'의 간사로 일할 적에 신라호텔과 하이야트호텔은 철거 대상으로 못을 박고, 당장 철거가 어렵다면 내용연한耐用年限이 지난 후에는 다시 건축을 못하게 하는 방안을 주장하기도 했다.

설계 이야기가 나온 지 몇 달이 지난 어느 날, 소월길(남산관광도로)을 지나가다가 이해성李海成 선생의 남산도서관 앞에서 또 그 보석상 생각이 났고, 차가 그쪽으로 가는 동안 내내 그 생각이 머리를 떠나지 않았다. 멀리서 그 사이트가 어디쯤일까를 찾으려면 먼저 덩치 큰 하이야트호텔을 찾게 되는데, 마침 그날은 그 위치를 찾자마자 깜찍한 생각이 떠올랐다.

'저 자리에다 내가 어떤 것을 세워도 저 덩치 큰 호텔에 가려지고 묻혀 버릴 것이다. 그렇다면 지금 그 호텔을 내가 설계한다 치고, 애초에 그 작은 땅과 동시에 계획을 했다면 내가 어떻게 했을까. 그건 바로 이 좁은 대지에 작은 집 하나를 짓는데 그 주변에 병풍을 두르듯, 작고 귀중한 건물 하나를 호위하고 있는 건물들을 한 세트로 만드는 것이었다. 더구나 이것은 보석상이다. 작고 귀중한 보석은 바보 같고 덩치만 커다란 호위무사에게 옹위받을 필요가 있고 그게 너무 당연하다. 그래! 땅속에서 솟아오르다 정지한 수정 덩어리를 만들자. 수정이나 다이아몬드나 작고 반짝이는 것을 만들면 하이야트가 그 하인이 되어 깍듯이 모시는 모습으로 어울릴 수가 있다.'

그래서 수정 덩어리 같은 모양을 모형으로 만들어 놓고 다듬어 나가기를 시작했다.

사실 나는 어떤 형태를 상정하여 만들어 놓고 그걸 예쁘게 다듬어 만드는 일을 해 본 적이 없다. 그러나 이 경우에는 꼭 수정 덩어리처럼 보여야 할 이유가 있었기에 모형을 칼질로 조각하듯 보석 모양을 만들었다. 그리고 그 자유분방한 형태에 걸맞도록 그때 내가 좋아했던 메로볼 mero-ball 시스템으로 구조 설계를 완성했다. 아마도 나에겐 처음이었을, '형태'를 가지고 고민해 본 건물이 태어난 것이다.

그 부인은 내 설계에 대단히 만족했다. 그러나 그 부군 되시는 장동운 장군이 그걸 마음에 안 들어 했다. "도대체 무슨 건물이 네모반듯해야지 이렇게 삐뚤빼뚤하냐?"라는 군대식 반응은 결코 고쳐질 것 같지가 않았다. 오히려 "그 건축가라는 자가 그리 유명하다면서 이렇게밖에 못하냐?"라는 말도 나왔다고 들었다.

그런데 그 부인은 남편을 설득하겠다고 했다. 남편이 돈을 내는 것은 아니지만 그래도 동의를 받겠다는 것이다. 그 설득에 무려 1년이 걸렸다. 남편은 마음에 안 들지만 결국에는 동의를 했다고 한다.

또 한 가지 걸림돌은, 그즈음 명보랑에 가까이 지내던 조덕영 선배와 그 부인되는 신경자 씨가 나의 그 설계를 탐탁지 않게 보았던지, 남 사장에게 다른 설계안을 만들게 하라고 충동을 했던 모양이다. 어느 날, 남 여사와 신 여사 두 분이 나를 만나자고 했다. 나는 대강 분위기를 눈치 채고 두 분을 내 단골인 '자매姉妹'로 초대하여 술을 마셨다. 소위 '겐카도리(싸움닭)'로 동원되었던 신경자 씨가 술을 마시고 나서는 싸움을 그만두고 술친구를 하자고 했다. 그래서 설계안을 '새로 만드는 일'은 없던 일로 되었다. 나는 그 부인의 인내심과 노력에 감동해서 그분을 더욱 존경하게 되었다.

건축 공사가 어느 정도 완성되어 갈 즈음에 무언가가 부족하다는 생각이 들었다. 땅속에서 솟아오른 수정 덩어리가 잠시 굳어서 그 자리에 서 있다는 나의 설명은 듣기에는 좋았지만 무언가가 석연치 않은 점이 있었다.

'수정 덩어리는 왜 서 버렸을까. 하늘로 올라가기 전에 잠시 서서 자세를 가다듬고 목적지의 상황을 살피기 위해 서 있는 것이다. 그러려면 꼭대기에서 안테나건 수신 장치건 무언가가 빠져나와 펼쳐져서 작동하는 모습을 보여 주어야겠다.'

그래서 그 이야기를 남기숙 관장님에게 풀어 놓았더니 "참 좋은 말씀입니다. 생각하신 대로 해 주세요."라고 동의를 했다.

그때 내가 생각한 사람이 바로 얼마 전에 만난 조각가 이상현李相鉉이었다. 그는 원래 사진작가 지망생으로 독일 베를린 예술대학Universitat der Kunste Berlin에 유학을 갔는데, 거기서 조각으로 전공을 바꾸고 작품

활동을 했다. 그 전해에 국립현대미술관에서 이경성 관장이 기획한 '올해의 젊은 작가'에 선정되어 국내 전시를 준비하던 중 그 프로젝트의 담당 큐레이터였던 김현숙과 눈이 맞아 연애하고 결혼을 했다. 신부의 집에서는 — 배고픈 예술가라고 — 반대가 좀 있었는데 이경성 관장이 추천을 해서 통과가 되었고 결혼식 주례까지 맡았다고 하니 마치 '국립미술관장의 보증서'를 받은 작가처럼 되었다.

나는 어느 날 우연히도 평소처럼 인사동 어느 식당에서 점심을 먹고 천천히 몇 군데 화랑을 들러 전시회를 구경하며 걸어 내려갔는데, 남쪽 끝 어느 이름 없는 화랑에 이름 모를 이름인데 독일 무슨 대학이라 쓰인 걸 보고 들어갔다. 조각가 정보원鄭宝源 씨가 파리에서 만난 적이 있다고 말한 젊은 작가였다. 점심 끝이라 손님도 없고 여직원이 혼자 앉아 있는데 워낙 손님이 없었던지, 내가 들어가니까 직원이 어딘가 전화를 하니 곧장 작가라는 사람이 달려왔다.

전시된 작품은 홀 한가운데 천으로 만든 비행기를 하나 놓고 주변 벽에 지도들을 붙여 놓은 것뿐인데, 이 작가가 나에게 오더니 인사를 하면서 자진해서 설명을 늘어놓는 것이다.

"이 비행기는 어떤 악천후惡天候에도, 태풍에도, 대공포화에도 끄떡없이 날아다니는 만능 비행기인데, 버뮤다의 삼각지대(비행기 실종 사고가 많았던 '마魔의 해역')에서 시간을 초월해 과거로 날아가 안드로메다에 다다르면 거기 갇혀 있는 전설의 공주를 구해서 돌아옵니다."

내가 이야기를 재미있게 듣는 것을 보고 작가는 더욱 신이 나서 벽에 걸린 지도들이 이 비행기가 뚫고 지나온 태풍과 허리케인의 권역이라는 설명을 덧붙였다.

그의 목소리는 열정적이었는데, 생긴 것은 깡마르고 무엇보다 머리에 무스를 발라 한쪽으로 빗어 넘긴 것이 아주 웃긴다고 생각을 했다. 그런데 내가 조금 관심을 보이니,

"오늘이 전시회 끝날이라 조금 후부터 작품을 철수해야 하는데 아직도 대책이 없습니다. 선생님은 무얼 하시는 분이신가요?"

하고 묻는다. '건축가'라는 나의 대답에 반가운 듯이 그는 다시,

"어디 공사 현장에라도 이것들을 갖다 맡길 수 없을까요?

하고 매달리는 것이다.

결국 나는 처음 본 이 젊은이의 꼬임에 넘어가서 비행기와 지도 액자 전체를 450만 원에 사기로 하고 대학로 사무실 주소를 주면서 그리로 배달해 달라고 약속을 하고 말았다. 나는 작품이 비싸고 싸고 관계없이 아주 기분이 좋았고, 사무실 한가운데 비행기가 들어서서 아주 잘 어울렸다.

후일담이지만 이상현은 장인을 찾아가서 자기가 작품을 판 이야기를 하면서 "나도 이제는 따님을 고생시키지 않을 자신이 있다."고 큰소리를 쳤다고 한다.

그런 일이 있은 지 얼마 안 되어 빙 갤러리의 꼭대기에 무얼 만들어 세워야겠다는 생각으로 그 이상현 작가를 불렀다. 이 꼭대기에 무엇을 하면 좋을지 한번 제안을 해 보라고 말이다. 이 사람은 현장에 다녀온 지 사흘 만에 스케치북 세 권에 가득히 그림을 그려서 들고 왔다. 그 가운데서 내가 마음에 든다고 골라 준 그림을 들고 이 친구는 곧바로 청계천 고물 시장에 가서 이 여러 가지 고물들을 사다가 조립을 하여 이 건물 꼭대기에 올려붙였다. 나는 우주선의 안테나처럼 하늘로 향한 모양이 아주 마음에 들었고, 남기숙 관장님도 덩달아 좋아하셨다.

162

갤러리 빙 건물 꼭대기에 올려붙인 이상현의 설치작품.

이 작품은 훗날 내가 대학로에 광장빌딩을 지었을 때 남기숙 관장의 선물로 우리 건물에 옮겨졌고, 그 건물이 헐릴 때 이상현이 수리를 한다고 가져간 후에 소식이 없다. 비행기도 수리해 주겠다며 가져간 후 소식이 없다.

나는 그 후에 잠실의 수협(수산업협동조합) 건물이 다 되었을 때 1%의 예술품 설치 규정을 지키느라 이상현에게 지하 아케이드의 지상 통풍 환기구를 만들도록 일을 맡겨서 그 결과도 나쁘지 않았다. 그런데 이 작가는 한동안 조각이고 사진이고 작품을 안 하고 사라졌다가 어느 날 〈거짓말〉이라는 야한 영화에 주인공으로 출연을 했다며 시사회 초대장을 들고 다시 나타났다. 그때 나는 시사회를 못 가고 채 실장(채욱진蔡旭鎭)을 대신 보냈는데 그렇게 반가워하며 고마워하더라는 이야기를 전해 들었다. 아마도 주변 사람들이 별로 좋은 반응을 보이지 않아 관객이 많지를 않았던 모양이었다.

훗날 나는 비디오로 그걸 보았는데 사실 포르노에 가까운 것 같았다. 그는 그 어려웠던 결혼에 종지부를 찍고 한동안 슬럼프에 빠져 있다더

'갤러리 빙' 건축 당시의 메로볼 시공 장면. 건축 관련자들뿐만 아니라 이 거리를 지나가던 모든 사람들이 신기하게 바라보았다.

니 다시 재기하는 전시회를 사간동에서 했다. 지금도 몇 년 동안 나타나지 않는 걸 보면 또 얼마 후에 다른 모습으로 얼굴을 내밀 거라고만 생각하고 있다.

건물이 준공된 후에는 1층에 보석상Jewelry Shop을 운영하면서 2층을 전시장gallery으로 하여 당시까지 세상에 알려지지 않고 가난하게 지내던 금속공예 작가들을 지원하는 전시회를 정기적으로 열어 주었다. 전시회의 개막일과 폐막일에는 아름다운 실내악 연주를 초청하고 좋은 음식과 술을 장만하여 시내의 명사들을 초청했으므로 이 건물은 단시간에 서울 시내의 사교 모임에 화젯거리가 되었다. 흔치 않은 모습으로 나타난 건물의 외형 때문이기도 했지만, 남 여사의 수완이 훌륭하여 사람들이 모두 그 모임에 초대받기를 원하게 된 것이다.

나는 설계자로서 당연히 초청 대상이었고, 눈에 띈 사람이 서울대학

완공된 '갤러리 빙'. 1986.

병원 부원장이던 서정돈徐政敦 박사와 그 친구인 성형외과 의사 백세민白世民 두 분이 있었다. 원래 남 여사는 의사들을 좋아해서 이 두 분을 단골로 초대했던 모양인데 나하고는 그때부터 친해졌다. 무엇보다도 서 박사와 백 박사 모두 나와 양띠 동갑이고 술을 좋아한다는 공통점이 있었다. 거기다가 남 여사와 그전부터 친히 지내던 한독시계의 조덕영趙德英 회장과 그 부인 신경자申京子 씨가 자주 어울렸는데, 조 회장은 경기 55회 선배이고 신경자 씨도 우리와 같은 양띠에다가 또한 술 좋아하는 분들이라 좋은 우정 팀이 되었다.

나중에 백세민은 뇌졸중으로 쓰러져 병원을 접고 전신불수로 지금까지 고생을 하고 있고, 서 박사는 삼성병원 원장으로 옮겼다가 성균관대학 총장을 지냈다. 그때의 그 모임이 30년이 지난 지금까지 지속되고 있다.

이 건물은 지어진 지 30년 만인 2015년에 헐렸다. 원래 이 건물을 설계 의뢰한 남기숙 여사는 몹시 서운해하고 나에게도 미안하게 생각했지만, 소유권이 아들에게 넘어가 있고 그 아들은 아버지의 영향으로 이 건물을 아주 못마땅하게 생각하던 터라 구제할 방법이 없었다. 더군다나 몇 해 전에 식당으로 개조하겠다며 일부 개축을 의논해 왔을 때 내가 한마디로 거절한 적도 있었는데, 이 사람들은 호시탐탐 이걸 헐어 버릴 생각만 하고 있었던 것 같다.

2021. 10. 19.

독립기념관 이야기

1

1981년 어느 날 독립기념관 건립추진위원회 사무처장이라며 박종국朴
鐘國이라는 분이 좀 만나자고 전화를 해 왔다. 독립기념관 건립을 위해
국민 모금을 실시한 결과 두 달 만에 모금 목표액 500억 원을 벌써 달성
했는데, 아직도 건립 후보지를 정하지 못하던 때였다.

"김 선생이 듣자 하니 TV에 나왔던 풍수지리학회 회장이라고 하는
데, 후보지 선정 문제를 상의하고 싶소."

좀 고압적이고 관료적인 말투에 짜증이 나서 추진위원회 사무실이
있는 필동 '한국의 집'으로 오라는 것을 조선호텔에서 만나자고 했다.

그렇게 시작된 일이 잘 풀렸는지 어쨌는지, 나는 한 나라의 독립기념
관 후보지를 결정해야 하는 지관地官 노릇을 하지 않을 수 없게 되었다.

"반풍수 집안 망운다."는 말도 있듯이, 제대로 풍수 공부를 한 적도
없이 풍수대장을 하게 되었으니 상당히 긴장도 되었다. 그때 박 처장은
거의 매일 청와대로부터 독촉 전화를 받느라고 초긴장을 넘어 거의 정

신이 없는 상태라 마지막 방법으로 나를 택했고, 제발 좀 도와 달라고 하소연을 했다.

나는 먼저 사무처에 올라와 있는 수십 개의 후보지를 도상圖上으로 검토하고 몇 군데를 박 처장과 함께 가 보았다. 청주의 상당산성上黨山城 터가 좋았지만 문화재인 데다가 형국이 좁았다.

하여튼 그 일대를 지프차로 며칠 돌아다니다가 포기를 하고 서울로 올라오려던 마지막 날, 안내를 맡았던 충북 청원군수清原郡守가 한 군데 —돈이 되는 공원묘원을 허가해 주려고— 자기가 감추어 놓은 곳이 있으니 마지막으로 꼭 한번 보고 올라가시라고 이끈 곳이 바로 충남 청원군 목천면木川面 흑성산黑城山 일대였다.

어둑어둑해서 대강 산세를 멀리서 보기만 하고 서울에 올라와『대동여지도』,『동국여지승람』,『택리지』등 책을 뒤져 보았더니 한마디로 족보에 있는 명당이라, 다음 날 새벽에 다시 갔다. 흑성산 정상에서 내려다보니 일망무제一望無際에 안산安山이 끝없이 조배朝拜하는 완벽한 명당

중앙 상단에 흑성산의 전경이 보이고 그 앞에 펼쳐진 너른 들이 100만 평 정도 필요 면적을 수용하기에 충분해 보인다.

이었다.

다음 날 육군에서 제공한 헬기를 타고 공중에서 둘러보았다. 나무랄 데 없는 적지適地였다. 아니, 명당이었다.

나는 마음을 정하고 사진을 찍기 시작했다. 헬기에는 바닥까지 열리는 슬라이딩 도어만 있어서 몸을 내밀어 사진을 찍기가 대단히 무서웠는데, 조종사가 구조용으로 쓰는 철망사로 된 조끼를 입혀 주었다. 그 조끼를 입고 앞섶을 꼭 여미고 나서 등덜미에 있는 갈고리를 문 안쪽 고리에 걸고 나니 몸 전체가 비행기 밖으로 나가도 떨어지지 않을 만큼 대롱대롱 매달리는 것이다. 나는 마음 놓고 수십 통의 필름을 갈아 가며 많은 사진을 찍었다.

이 사진들이 바로 인화가 되어 밤새 브리핑 차트로 정리가 되었고, 다음 날 즉시 허문도許文道 차관을 만나서 이만하면 훌륭한 땅을 찾았다

흑성산 정상에서 펼쳐진 남쪽을 바라본 모습이다. 좌청룡 우백호가 뚜렷하고 저 멀리 안산案山이 조배朝拜하는 형국이 끝없이 펼쳐진다. 정상에는 6·25 때 만들어진 미군 통신부대가 있다. 강력한 레이더 체계 말고도 미 본토의 워싱턴과 직접 통화되는 세 개의 위성전화 회로가 있고, 6명의 통신병이 근무하고 있다. 이 오지 근무자들을 위해 헬기장이 있고 영화관도 있어서 뉴욕에서 개봉되는 영화는 모두 일주일 내에 이곳에서 볼 수 있다고 한다. 산꼭대기까지 트럭이 올라가도록 도로가 닦여 있어 최고, 최신의 보급품이 수송된다고 했다.

고 보고를 했다. 차관은 몹시 반가워하며 다음 날 다시 한번 같이 가 보자고 했다. 마음이 급했던 박 처장은 이진희李振義 장관에게 또 보고를 했는데, 장관은 또한 몹시 반가워하며 당장 가 보자고 했다. 내일 차관과 가니까 다녀온 다음에 가시라고 했더니, "그럴 것 없다."며 "아침에 나하고 가자."고 했다.

2

다음 날 일찍 서울을 떠나 흑성산으로 향했다. 장관 일행의 석 대 차량을 위해 교통순경들이 신호를 조작해서 마구 통과를 시켰다. 군사정권이 그렇게 날리던 시절이었다.

사람들이 모두 장관을 무서워하여 장관 차에 함께 타지 않으려고 나를 장관 차에 밀어 넣었다. 나는 마침 잘되었다 생각하고 그 한 시간 동안 장관에게 풍수지리 강의를 했다. 장관은 겉으로는 "장관이 어떻게 미신(풍수)을 믿느냐"는 듯이 딴청을 부리고 있더니 점점 내 이야기에 빠져드는 것이었다. 무엇보다도 장관은 국민들이 긍정적으로 받아들일까를 걱정하고 있던 차에 국민 대부분은 마음속으로 "풍수상 좋다면 좋다고 믿을 것이다."라는 나의 주장이 마음에 드는 것 같았다. 사실 어디는 교통이 좋고 어디는 산세가 나쁘고… 논쟁을 하다 보면 끝이 없을 일이었다. 그런데 실제로 가서 보니 일반인이 보아도 확연히 느낄 만큼 산세가 좋았던 것이다.

장관은 나의 풍수 강의를 듣고 또 현장을 보고 너무도 만족하여 뛸 듯이 기뻐했다.

그리고 사흘 후, 청와대 마당에서 출발하는 대통령 전용기를 탔다. 동행한 안춘생安椿生 건립위원장은 '전통'(전두환 대통령)의 육사 시절 교장이었다 하여 대통령이 먼저 위원장께 거수경례를 했다.

결정적으로 좋은 터를 발견했다는 보고를 듣고 현장을 보러 가는 길이라 모두들 기분들이 좋았다. 대통령과 함께 흑성산 헬기장에 내려서 이 정상에서 대통령에게 다시 '좌청룡 우백호'와 '안산 조배'를 강의했다.

당시 청와대 의전 비서관으로 있던 이송용李松容 군과 외부 수행 비서관이던 홍순룡洪淳龍 군이 함께 헬기로 이동하면서 나에게 고교 친구로서 걱정해 준 것은 "대안代案이 없이" 단일안單一案으로 대통령을 현지에 모셨다가 마음에 안 들면 큰일 난다는 것이었다. 그에 대해 나는 단호히 말했다.

"문제 없다. 다른 대안도 없고, 이것으로 충분히 설득이 가능하다."

두 친구의 걱정과 달리 '전통'은 나의 풍수론에 완전히 동의하였다. 다만 "대통령이 어찌 풍수를(미신을) 말할 수 있겠느냐"면서 아주 만족한 표정으로 "조경만 잘하면 좋을 듯"이라고 토를 달았다.

흑성산 정상에서 대통령에게 이곳의 풍수를 설명하는 장면. 왼쪽부터 전두환 대통령, 김원, 이진희 문공부장관, 안춘생 건립위원장. [사진: KBS 「UHD 역사스페셜 — 한국의 미 2부: 다시 보다」(2021. 11. 9.) 중에서]

그날 밤에 장관과 박 처장을 비롯한 우리 일행은 다시 요정 '백석'에 가서 최고의 축하연을 가졌다. 그들의 오랜 고민을 내가 다 풀어 준 데 대해 너무도 고마워했기 때문이다.

새벽 1시가 넘어 술자리를 파하고 반포 아파트의 집에 돌아오니 25평 아파트의 작은 거실에 신문기자가 20명 가까이 가득 앉아서 나를 기다리고 있었다.

청와대에서는 그날 대통령의 현장 방문을 그냥 가볍게 "한번 가 본 것"으로 발표를 하면서 "풍수를 전공한 건축가 김원"이 이 일을 꾸민 것으로 나에게 책임을 떠넘겼던 것이다. 나는 기자들에게 집에 있는 술을 모두 내놓고 함께 마시며 또 그 '좌청룡 우백호'를 떠들었다.

다음 날 아침 모든 조간신문에는 대문짝만 하게 "독립기념관 터 확정" 기사가 실렸다. 풍수는 김원의 주장이고 대통령은 "조경만 잘하면 좋을 듯"이라고 말했다는 것이다. 만일 여론이나 언론의 반응이 안 좋으면 "대통령도 한번 가 본 것뿐이다"라고 발표를 할 작정이었던 것 같다.

그다음 날부터 바로 마스터플랜을 작성할 팀이 꾸려지기 시작을 했다. 땅이 정해졌으니 계획을 미룰 이유가 없는 것이다. 나는 땅을 보던 순간부터 머릿속에 그리던 안案이 있었다.

3

그리고 다음 날 나는 공식적으로 독립기념관 건립추진위원회 위원으로 위촉되었다.

추진위는 박순천朴順天 여사가 위원장직을 사퇴하고 안춘생 위원장이 새로 취임하여 새 위원들을 위촉해 가는 중이었다. 기본적으로 독립기념관 건립 사업 취지에 걸맞고 어울리는 인물이어야 하고, 일제강점기 교육을 받지 않은 젊은 세대, 그렇다면 1940년 이후 태어난 자 등등 말들이 많았다.

그사이에 김중업金重業 선생이 어디에 로비를 하였는지 새로 위원이 되어 와서 당신이 "여생餘生을 바쳐 독립기념관을 완성하고 민족에게 바치겠다."고 공언을 하고 있었다. 그때가 김 선생이 육사(육군사관학교) 도서관을 지은 지 얼마 안 된 때라 군인들을 많이 안다고 했다. 나중에 김수근 선생을 만났더니 독립기념관을 나 혼자서 모두 좌지우지한다며 "왜 김중업은 넣어 주고 김수근은 안 넣어 주냐? 요코하마 고공橫濱高等工業은 괜찮고 동경대학은 안 된단 말이냐?"고 따져 물었다.

건립위원 중에 건축을 하는 사람이 김중업, 김원 두 사람이 되었으므로 추진위원회 안에 '기본계획 소위원회'를 만들어서 마스터플랜의 실무 작업을 시작했다. 김중업 선생은 나에게 "우리 둘이서 이걸 다 설계하면 아주 아름다운 작품이 될 것이다."라고 했고, 위원회에서는 "김원 씨는 내가 가장 아끼는 후배로서 건축계의 실력자이므로 우리 두 사람이 합작을 하면 최고의 작품이 될 것이다."라고 선전을 했다. 한마디로 나를 내세우면서 혼자 설계를 하고 싶은 것이었다.

나는 그것을 경계하기 위해 윤승중尹承重 선배를 강력 추천하여 소위원회에 영입하였고, 그 의도를 눈치 챈 김중업 선생은 김석철金錫澈을 추천하였다.

나는 김 선생의 합작 제의를 거절하고, 마스터플랜을 위원회 직영팀에서 작성하고, 동시에 건물의 현상 공모 프로세스를 진행하자고 주장하여 그것이 관철되었다.

김중업 선생은 마침 동갑내기이고 같은 평안도라고 친하게 지내던 손보기孫宝基 건립위원(연세대 교수)과 함께 청와대의 손제석孫制錫 교문수석(교육문화 수석 비서관)을 찾아가서 "김원이가 박종국 처장과 짜고 독립기념관을 모두 말아먹는다."고 밀고를 했던 모양이다.

며칠 후 청와대에 마스터플랜을 보고하러 갔다. 늘 그랬듯이 손 수석이 먼저 다 보고 들은 다음, 보고 내용을 첨삭하여 대통령 보고용으로 차트를 새로 만드는데, 그사이에 나를 잠깐 보자고 하더니 뒷자리에 있는 철제 캐비닛을 열고 두툼한 서류 파일을 내놓았다. 나더러 그걸 보라고 내주는데, 거기에는 김원의 신상에 관한 조사 서류가 호적 초본부터 완벽하게 갖추어져 있고, 뒤에는 최근에 박 처장과 저녁 먹고 술 먹은 영수증까지 첨부되어 있었다. 한마디로 거의 나를 미행하다시피 철저한 뒷조사가 되어 있었다. 손 수석이 한숨을 쉬며 나에게 이렇게 말했다.

"김 선생이 지금 얼마나 중요한 일을 하고 있는지 아시겠지요? 조심하세요. 고급 술집엔 가지 마시고, 그리고 술값은 그 사람들 보고 내라고 하세요."

4

우리 마스터플랜의 기본 콘셉트는 자연의 지형을 철저히 있는 그대로 이용하자는 것이었다. 신통하게도 남향한 흑성산 정상을 중심으로 거의 대칭에 가깝게 좌청룡 우백호가 예쁘게 뻗어 내렸고, 같은 모양으로 작은 좌청룡 우백호가 '추모의 장'으로 만든 작은 명소를 또 한 번 감싸고 있고, 또 한 번 더 같은 모양으로 기념관 전체 평지를 다시 감싸고 있다. 나는 그것을 더욱 강조하기 위해 아주 강력한 직선 축을 대문에서 흑성산 정상까지 끌고 나갔다.

지금도 돌이켜 생각해 보면 그것은 참 잘된 해결 방법이었는데, 이 것은 내가 무슨 기발한 아이디어를 낸 것이 아니고 다만 땅이 그렇게 잘 생겼기 때문에 그것을 최대한 강조하기 위한 필연적인 방법이었다.

그사이에 두 가지 사건이 있었다. 첫째는 우리 광장 사무실 안에서 일어난 반란 사건이다. 내가 너무 사무실을 비워 두고 밖으로만 돌아다니니 직원들이 "선생님 얼굴 보기 힘들다."며 불평이 팽배해졌는데, 그 불만이 드디어 몇 사람을 통해 폭발, 모두 사무실을 그만두겠다는 것이다. 이유인즉슨,

"독립기념관을 전두환이라는 살인마가 정권을 잡고 그 과정을 합리화시키기 위해 정권의 정통성을 조작하는 프로젝트입니다. 선생님이 그런 일에 관여하는 것을 납득할 수가 없으니 그 일에서 손을 떼시든지 아니면 우리가 모두 그만두겠습니다."

라는 것이었다. 주동을 한 자는 광주 출신으로, 어조가 아주 강경했다.

나는 그들을 모두 만나 이렇게 설득을 했다.

"나도 그걸 잘 안다. 그러나 내가 아니면 또 다른 사이비가 그들의 '제5공화국' 시나리오를 합리화시키는 일을 하게 될 것이다. 지금 내가 하는 일은 그들의 각본을 깨트리는 일이다."

내가 생각했고 약속한 대로 과연 그 말은 정확히 먹혀들었다.

나는 실제로 당시 청와대가 막연히 갖고 있던 제6전시관 계획이 전두환을 우상화하는 것이며 '제5공화국' 전시를 그렇게 해서는 안 된다며 대폭 고쳐 놓았다.

"그런 전시는 정권이 바뀌면 언제라도 철거되어 없어지는 전시입니다."
라면서 이란의 호메이니 정권이 들어서자마자 '하늘이 내린 지도자 팔
레비의 전시관'을 때려 부순 이야기를 해 주었다. 그들은 신통하게도 순
순히 내 말을 고스란히 받아들였다.

또 하나의 사건은 마스터플랜이 완성된 후 처음으로 공개된 '시민공
청회'였다. 나는 마스터플랜 위에 배치될 건물들을 현상 공모하자면서
'현대적인 건축물'로 못을 박았는데, 공청회에 나온 '광복회'와 '순국선
열유족회' 회원들이 흥분하며 단상에 뛰어올라 나를 제쳐 놓고 "한식 기
와집으로 하지 않으면 우리가 도시락 폭탄으로 폭파시킬 것이다."라면
서 "이런 정신 빠진 자에게 마스터플랜을 맡기니까 민족의 정기를 망각
한 망언을 하고 있다. 이자는 아마도 일본의 사주를 받아 독립정신을 훼
손하려는 일제의 끄나풀이 아닌가?"라고 하였다.
    일부 일간신문에도 그런 논조에 동조하는 기사가 있었으나 한옥, 양
옥, 기와집, 돌집을 가리지 않기로 하는 절충안이 제시되면서 그 논쟁은
가라앉았고 '김원은 매국노'라는 비난도 사그러졌다. 결국 독립기념관
본관 '겨레의 집'은 '한옥 기와집'이 뽑혔다.

그렇게 마스터플랜이 끝나고 현상 공모를 통해서 김기웅金基雄의 안
이 당선되어 발표가 나가자 "김원이가 동창생 김기웅을 당선시켰다."며
의혹을 제기한 자들이 있었다.
    마침 그때 내가 오래 타던 낡은 코티나Cortina 차를 새것으로 바꾼 때
라 "김기웅이가 차를 사 주었다."는 소문까지 나돌았다. 그러나 건축계
의 누구든지 "김기웅이는 그렇게는 돈을 쓰지 않는 짠돌이"라는 걸 알

아서 그 소문은 더 확산되지를 않았다.

독립기념관의 터잡기와 마스터플랜은 그렇게 해서 대체로 잘 끝났지만 두 가지 점에서 잘 안 된 부분이 있다.

그 한 가지는 주차장을 지나 광장에 이르는 진입 대로가 이진희 장관의 주장으로 대폭 넓어진 점이다. 처음에 우리는 좁은 폭을 지나다가 확 넓어지는 '겨레의 광장'을 생각했는데 그게 안 되는 바람에 매가리가 없는 진입로가 되었다.

게다가 드넓은 진입로와 광장에 모두 흰 화강석을 깔아 여름엔 눈부시게 반사가 심하고 몹시 뜨거운 단점이 있다.

또 하나는 주차장을 만드느라 대문 부근까지 뻗어 내려간 양팔의 끝부분에 있던 '백제시대 토성'으로 알려진 '흙벽'을 조사도 없이 헐어 버린 일이다. 언제라도 기회가 된다면 한 번쯤 이 부근을 발굴 조사해서 정말 백제 토성이 있었는지 밝혀졌으면 싶다.

일부에서는 마스터플랜이 너무 기하학적으로 경직되어 한국적 정서에 안 맞는다는 의견도 있었으나(시립대 이규목 교수 등) 나는 아주 강력한 좌우대칭의 직선 축이어야 현지 자연지형의 대칭성을 가장 강렬하게 강조할 수 있다고 주장을 했다.

우리의 마스터플랜 보고서에는 개관 초년도에 1,200만의 관람객이 올 것이라고 썼다. 그래서 모든 설계는 그 숫자에 맞추어졌다. 다만 매 2년마다 전시물을 교체하고 소프트웨어 프로그램을 새로 제작해야 그 수준이 유지될 것이며, 그렇지 못하면 2년차부터 1,000만, 3년차에 800만 수준으로 떨어져서 그 정도로 계속 나가리라고 보았는데, 불행하게도 과연 그대로 되었다. 설상가상으로 '동서곡 개발'과 '청소년수련원 증설' 계획은 추진되지 않았으므로 사실상 '독립기념관'은 시작 단계보다는 점점 더 잊혀져 가는 거대 시설이 되어 가고 있다.

그렇게 일이 시작되어 윤승중·김원·김석철 세 사람이 모여서 김원을 기본계획소위원장으로 하여 마스터플랜 작업에 착수했다.

한남동의 외인아파트를 얻어서 24시간 철야를 전제로 추진위원회가 직영하는 설계팀이다. 수고비는 일당 형식의 실비 정산 방식이었다. 내가 '용역'이라는 단어를 싫어했기 때문에 그렇게 해 놓으니 아무도 불평을 못 했고 김중업 선생도 조용해졌다.

그러자 이진희 장관은 "아예 김원 씨가 설계까지 맡아서 하라."고 명령을 했다. 지금 현상 공모로 시간을 허비할 수가 없다는 것이다. 나는 정말로 욕심이 났다. 한 나라의 독립기념관을 내가 설계한다는 일은 생각만 해도 뿌듯했다. 그래서 설계팀을 구성하는 명단도 만들어 보았다. 더불어 여러 선배들에게 의견도 들었다.

대체로 반응이 두 가지였다. 하나는 "조심해라. 정치적인 프로젝트다. 좋게, 순수하게 평가받기 힘들다. 욕을 먹을 바에야 안 하는 게 좋다. 아직 젊으니 욕심 부리지 마라."는 쪽이 있었고, 반대로는 "이것저것 좌고우면할 필요가 없다. 인생에 이런 기회가 또 오는 것이 아니다. 당신은 실력 있으니 얼마든지 할 수 있다."는 쪽이 있었다.

꽤나 고민이 되었지만 나는 전자 쪽을 택했다. 그리고 장관에게,

"이 프로젝트는 성격상 국민 전체가 관심 있고 국민 성금으로 지어지므로 모든 사람에게 개방하여 아이디어를 공모하는 게 옳습니다. 나도 욕심이 나지만 그래서는 안 됩니다. 내가 책임지고 시간에 맞추어 공모 절차를 끝내겠습니다."

라고 말했다. 장관은 나의 그 이야기에 몹시 감동한 듯했다.

독립공원 조감도.

　이 그림이 처음으로 대통령에게 보고되어 훌륭한 안이라고 칭찬받고 그 자리에서 재가裁可하여 확정된 마스터플랜이다. 피지컬 플랜에는 강홍빈姜弘彬, 황기원黃琪源, 장응재蔣應在, 김한배金漢培 등 나의 가용 가능한 후배 인력이 총동원되었다.

　김석철은 타당성 조사와 마스터플랜을 글로 풀어 쓰는 보고서 원고 작성을 맡았다.

　우리는 정말 즐겁게 일했고 보람이 있었다. 장관이 또한 그 과정을 궁금해하며 우리가 야근하는 작업실에 찾아와 저녁과 술을 대접하곤 했다.

마스터플랜이 진행되는 동안 청와대에 세 번 가서 브리핑을 했고, 그때마다 대통령으로부터 아주 잘되었다는 이야기를 들었다. 그럴 때마다 이진희 장관이나 손제석 교문수석이 대단히 기뻐한 것은 말할 필요도 없다.

<h1 style="text-align:center">5</h1>

독립기념관 건립 사업이 진행되던 몇 년 동안 나는 정말로 내 일을 하듯이 열심히 일을 했다. 이것이 나의 작품일 수도 있고 건축가로서 보람 있는 일이며, 나아가 나를 키워 준 우리 사회를 위해 내가 보답할 수 있는 좋은 기회라고 생각했다.

그러나 마지막에 모든 일이 공식적으로 정리된 『독립기념관 건립보고서』라는 두툼한 책을 보고는 적잖이 실망할 수밖에 없었다. 모든 일에 사사건건 내 의견을 묻고 내 도움을 청하던 박종국 회장이 주로 만든 공식 보고서에 내 이름은 모두 빠져 있었다.

나는 마치 『화성성역의궤華城城役儀軌』에 정약용鄭若鏞의 이름이 빠져 있던 것처럼 섭섭했지만, 사실 공무원 사회에서 공식적인 결재 라인에 있지 않았던 모든 행위는 '공식적으로' 인정되지 않는다는 것을 뼈저리게 깨달았다. 그러나 나는 인간적으로 모든 사람에게 보상을 받았다. 훗날 이진희 장관은 국립국악당을, 허문도 차관은 통일연수원을, 김동호 기획관리실장은 남양주 종합촬영소를 설계하라고 맡겨 주었다. 독립기념관에서 나를 유심히 보았던 이분들이 모두 나중에 나의 큰 클라이언트가 되어 준 것이다. 그러면서 모두들 그때(독립기념관) 수고했다며

흑성산을 배경으로 완공된 독립기념관. 1987.

잊지 않고 고맙다는 감사의 인사들을 두고두고 해 주셨다.

독립기념관의 건물까지 완성된 후 이진희 장관은 나에게 "수고했다, 고맙다."며 무엇이든 하고 싶은 게 있으면 말해 보라고 했다. 나는 원래 생각했던 대로 '추모追慕의 장場'에서 수평으로 굴을 파 들어가 웅녀熊女가 잠에서 깨어나는 거대한 동굴을 만들고, 거기서 엘리베이터로 흑성산 정상에 올라가는 설계를 하고 싶다고 말했다. '웅녀의 동굴'은 예산 문제로 실현이 안 되었지만 흑성산 정상 계획은 처음에 내가 생각하던 대로 되었다. 흑성산 정상은 '흑성黑城'으로 둘러싸여 독립기념관 전체 시설과 주변 지세를 부감하는 전망대와 작은 전시실 그리고 '솟대[蘇塗]'를 상징하는 왼쪽 끝 세 개의 안테나가 전체 마스터플랜의 중심축 맨 끝에 세워졌다. 그 밑에 작은 휴게 공간과 카페가 있다.

이것은 기능적으로 KBS 방송국의 중계소가 들어서는 중요한 시설이므로 상당히 돈을 들여도 별말이 없는 프로젝트였기에 나는 흑성산黑城山이라는 옛 이름의 '흑성'을 내 마음대로 환상적으로 그려 볼 수가

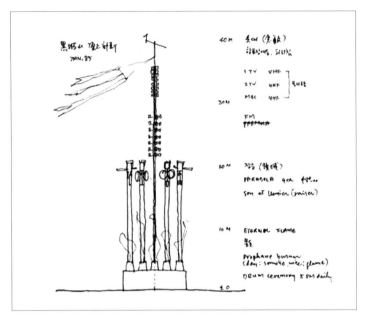

흑성산 정상에 난립해 있던 통신 안테나들을, 파라볼릭 안테나를 이용해 거대한 장승을 세우는 것처럼 바꾸기 위한 스케치.

있었다.

사실 흑성산 정상 계획은 나중에 이원홍李元洪 장관 때 와서 실제 발주가 되었다. 나는 무엇보다도 정상에 난립해 있던 여러 통신 안테나들을 정리해야 했기에, 이 통신탑들의 기능을 정리하되 파라볼릭 안테나들을 이용해서 국민의 염원을 지키는 거대한 장승들을 세우도록 그렸다. 그러나 실제로 그렇게 되지는 못했다.

지금 돌이켜 보면 아쉬운 점이 한두 가지가 아니다. 독립기념관이 지속적으로 훌륭하게 기능하기 위해서는 지속적인 소프트웨어 프로그램들을 개발하고 유지해야 하는데, 그저 전시·홍보·교육 등 기본적인 기능 정도를 해결하는 데 만족하고 말았다는 아쉬움이 있다.

아주 초창기의 '기본계획 소위원회'에서 내가 제안한 중요한 것 한 가지가 (독립기념관 부설) '독립운동연구소'라는 것이 있었다. 그 생각이 채택되어 개관과 함께 정말로 연구소가 차려졌고 첫 원장에 신용하愼鏞夏 교수가 임명되었는데, 우리와 함께 추진위원을 했던 인물로 참 힘든 보수적 인사였다.

게다가 내가 생각했던 '독립운동'이란 개념은 그런 게 아니라 민족의 주체성, 항구적인 평화, 민주화되는 사회… 그런 것까지를 포괄하는 개념이었는데 마치 고고학 또는 역사학, 정말로 독립운동사를 전공한 사람들의 전유물처럼 되고 말았다.

그이 다음으로 일을 맡은 손보기孫宝基 교수도 같은 부류여서 지금 보아도 답답함을 털어내지 못하고 있다.

특히 30년이 지나 이명박 시대에 내가 '대한민국역사박물관' 건립 추진위원이 되어 소위 '대한민국 역사'에 관한 논쟁을 다시 하게 되었을 때, '광복절이냐 건국절이냐' 논쟁이 새롭게 벌어지는 것을 보고 과연 역사라는 것은 한번 정설定說로 굳어져서 그대로 가는 것이 아니라 시대가 바뀜에 따라 새롭게 조명되고 다시 해석되고 반론이 제기되고 새로운 정설이 시대적 요구에 따라 등장하는 것을 보았다.

같은 생각은 '민주화운동기념사업회'가 추진하던 '민주화운동기념관' 추진 과정에서도 그대로 드러났다.

그러고 보니 참으로 "민주화라는 것은 완성된 것이 아니고 언제 어느 때라도 도전받고 뒤집힐 수 있는 것"이며 도적들로부터 보물을 지키듯 항상 눈을 부릅뜨고 밤을 새워 지켜야 하는 가치라는 것을 시간이 갈수록 더욱 뼈저리게 느끼고 있다.

2022. 1. 25.

통일연수원

1983년부터 독립기념관 건립 사업에 뛰어들면서 한 나라의 독립기념관을 짓는다는 일에 너무 신이 나서 몇 년 동안 참 열심히 일했고, 그 경험이 나의 개인적 성장에도 큰 도움이 되었다. 그때 정말로 사심 없이, 그러면서도 참으로 보람을 느끼며 힘과 정성을 다했다.

나이 40의 젊은이가 열심히 일하는 것을 또한 좋게 보고 그 정성을 인정해 준 분들은 당시 문공부(문화공보부)의 이진희李振羲 장관과 허문도許文道 차관, 그리고 김동호金東虎 기획관리실장이었다.

이진희 장관은 술자리에서 "나를 개인적으로 좀 도와 달라."고 말하면서, 독립기념관 설계 전체를 "김원에게 맡기라."고까지 지시를 했으나, 내가 사양하고 "국민 성금으로 지어지는 국가적인 사업인 만큼 전국에 아이디어를 공모해서 작품을 뽑아야 합니다."라고 했을 때 장관은 "참 훌륭한 젊은이다. 건축가로서도 크게 욕심이 날 작품인데⋯."라고 감탄을 했다고 한다.

참으로 그때 나를 믿고 모든 일을 내 말에 따라 준 그분들이 나 역시 고마웠다.

이진희 장관은 독립기념관 건립 사업이 어느 정도 궤도에 오르자 나에게 진 신세를 갚는다면서 장관의 재량으로 '예술의 전당' 마스터플랜을 맡겼고, 그것을 국제 현상으로 할 수밖에 없게 되자, '국립국악당' 설계를 수의계약으로 하게 해 주었다.

또 허문도 차관은 내가 사심 없이 몰두해서 일하는 것을 보고 감탄했다면서, 훗날 통일부의 초대 장관이 되자 맨 먼저 통일연수원(지금의 통일교육원) 설계를 맡겼다. 또 김동호 기획관리실장은 훗날 영화진흥공사 사장으로 가시면서 종합촬영소를 지을 계획을 세우고 입지 선정부터 마스터플랜, 실시설계를 모두 나에게 수의계약으로 시키셨다. 또 그때 문공부 문화예술국장이었던 친구 천호선은 백남준 선생이 〈다다익선〉을

통일연수원. 현재는 '통일부 국립통일교육원'으로 명칭이 바뀌었다. (사진 국립통일교육원)

만들 때 "건축가의 도움이 필요하다."고 하자 즉시 나를 소개해서 나로 하여금 그 세계적 천재 작가 백 선생과 협업 합작으로 〈다다익선〉을 만들도록 해 주었다.

각설하고, 통일교육원은 야심적인 허문도 장관의 야심작이었다. 그때 신설된 초대 통일부 장관으로서 가장 먼저 구상하고 실천에 옮긴 것이 '통일연수원'이었다. 통일을 위해 일할 사람들을 길러야 한다는 신념으로 연수원을 지어야 한다는 것이었다.

그 전에도 나는 허문도 장관의 부탁으로 오두산鰲頭山에 동행한 적이 있었는데, 한강과 임진강이 만나는 지점 부근의 평지에 우뚝 솟은 오두산은 정상에 오르면 고려시대의 성곽이 일부 남아 있고 북녘 황해도 개풍군의 들녘이 내려다보였다. 북한 주민들이 사는 농촌 마을이 건축 모형처럼 깔끔하게 지어져 있었는데, 정해진 시간에 마을 전체에 일제히 전깃불이 들어오고 나가는 걸 보면 일종의 '선전마을'로서 농민들은 거기 살지 않고 출퇴근을 하는 것 같다고 했다.

허 장관은 거기에 전망대를 짓자고 열변을 토하면서 나에게 전망대뿐만 아니라 통일을 염원하는 기념 건축물을 만들자고 했다. 그때까지도 일산, 파주, 문산으로 가는 '자유로'가 개통되지 않은 때여서 지프차를 타고 내륙의 비포장도로로 다섯 시간을 가야 했으니 참 옛날이야기이다.

장관 차임에도 일곱 번씩이나 검문검색에 응해야 하는 살벌한 여행이었는데, 그때도 오두산 정상의 GP(Guard Post)에서는 북한 농민들의 일하는 광경과 전시용으로 멋지게 지어진 농가 건축들을 발아래 내려다볼 수 있었다.

절벽 밑에 내려가 보니, 사병들이 건빵 부스러기를 강물에 던져 주자

팔뚝보다 더 큰 잉어 떼들이 난리를 치는데 그중 한 마리를 잡아 매운탕으로 끓여 주어서 맛있게 먹고, 돌아오는 길에는 허 장관의 부산고釜山高 동기인 김진영金振永 장군(나중에 육군참모총장)의 '수도기계화사단'에 들러서 환대를 받고 돌아왔다. 김진영 장군은 다음에 쿠데타가 일어나면 그 주동자가 될 것으로 주목받는 인물이었다.

다만 그 '오두산 전망대'는 시간을 끌다가 정권이 바뀌면서 내가 설계를 못 하고 안타깝게도 다른 사람에게 넘어가고 말았다.

허 장관은 나에게 통일연수원 설계를 두 달 만에 완성해서 납품하고 설계비 받고 끝내라고 특별히 부탁을 했다. 전두환 정권이 노태우 정권으로 바뀌면서 노태우 측 사람들이 전 정권에서 '손봐야 할 열 사람' 중에 허 장관이 1, 2등을 기록하고 있음을 자기도 알았기 때문에 나의 입장을 배려해 준 것이다. 나는 그것이 고마워서 열심히 해야겠다는 마음을 다잡았다.

먼저 '연수원이란 무엇인가'부터 생각을 정리해야겠다는 각오로 세계 각국의 유사 시설을 돌아보기도 했다. 물론 자비 여행이다. 미국의 IBM 연수센터는 그냥 질 좋은 교육시설이었다.

가장 인상적인 것은 전부터 관심을 갖고 이야기도 많이 들었던 일본 가나가와현의 마쓰시타 정경의숙松下政經義塾이었다. 거기서 눈길을 끄는 것은 중심 시설인 '명상의 집'이라는 곳이었는데, 바닥에 다다미가 깔린 좌식坐式의 큰 방이었다. 안내인이 나더러 방 한가운데 앉으라고 하더니 정면의 큰 커튼을 활짝 열자 대형 유리창에 일본의 상징인 후지산富士山이 온몸에 눈을 뒤집어쓰고 나타났다. 정말로 놀랄 만한 압권의 풍경이었다. 그런 광경이 보이는 곳에 건물을 앉힌 것이다. 저절로 감탄할 수밖에 없는 절경이었다. 곧 그런 연출 의도를 알 수 있었다. 마쓰시타 의숙은 일본의 차세대 정치 지도자를 기르자는 뜻으로 세워졌으므로 당연하게도 대단히 국수적國粹的일 수밖에 없는 것이다.

나는 서울에 돌아와 여행의 느낌들을 정리해 보았다. 우리에게 통일이라는 것은 분단된 민족의 가슴 저리는 염원이다. 하지만 그것은 국수적이거나 국가이기적인 입장이어서는 안 되는 것이다. 통일을 기원한다는 것은 평화를 염원하는 것이며, 나라 사랑이라는 일념이 전쟁을 막아야 한다는 구체적 생각으로 나타나야 하는 것이다.

마침 그때 통일연수원을 짓는다는 소식을 들은 한 실향민 출신 사업가가 자신이 소유한 땅의 일부를 내놓겠다고 알려 왔고, 나도 그 땅을 보러 갔다. 별명이 '광화문 곰'이라고 불렸던 재력가였는데, 수유리의 4·19 기념탑 건너편 산 전체가 그이의 소유였다.

그 땅은 도봉산 국립공원의 일부분이어서 절대로 개발이 허용되지 않는 땅이었는데, 혹시라도 거기 연수원이 들어서면 나머지 땅도 좀 써먹을 수 있지 않을까 하는 계산이 깔린 것 같기도 했다. 결국 그런 일은 없었으나, 그 땅의 가치는 대단하다고 생각되었다.

무엇보다도 내가 중고등학교, 대학교 산악반 10년 동안 가장 사랑했던 도봉산 연봉이 한눈에 들어오는 곳이니 개인적으로는 정경의숙에서 본 후지산의 장관에 못지않은 나라사랑, 국토사랑의 한 상징이기에 충분한 경관이었다.

실제로 도봉산은 백두대간과 금강산과 설악산과 흐름을 함께하는 명산이자 명승이고, 따라서 도봉산의 암벽들을 바라보는 것만으로도 일본인들이 후지산을 바라보는 국수적 명상보다는 한 차원 높은 명상 자료가 될 수 있겠다고 보았다.

나는 건물들을 그 산자락의 일부로 만들고 싶었다. 건물들이 산자락에서 굴러온 바위의 일부처럼 느껴졌으면 했다. 지형이 가파르고 상당히 험한 땅이었지만 나는 크게 평탄 작업을 하지 않고 그 지형을 최대한 살리기로 했다. 그러려고 하니 건물은 기능별로 잘게 쪼개서 여러 개의 작은 덩어리로 분산시킬 수밖에 없었다. 그리고 그 분절된 건물 사이 어디에서나 지나면서 도봉산의 아름다움을 바라보고 느끼도록 연출을 하였다. 어디 앉아서 산을 바라보며 명상하는 게 아니라 늘 생활 속에서 바라보이게 한 것이다.

그렇게 해서 다듬어지고 만들어진 것이 이 설계였는데, 허 장관은 당연히 아주 만족을 했다.

거기까지는 모든 게 아주 잘되어 갔는데, 그때부터 문제가 생기기를 시작했다. 기존의 통일연수원 원장 이하 직원들 모두가 자기들이 일하고 살아갈 건물에 대해 단 한마디도 의견 제시나 발언권이 주어지지 않고 장관이 독주하는 데 대해 쌓였던 불만이 김원과 그 설계안으로 폭발한 것이다. 그리고 머지않아 허문도 장관이 물러나고 제2대 장관으로 이홍구李洪九 씨가 취임하자, 아랫사람들 모두가 이구동성으로 허 장관과 김원과 그 설계에 대해 험담을 늘어놓기 시작한 것이다. 무엇보다도 건물이 관공서 같지 않고 어디 무슨 별장 같다는 불평이 컸다.

나는 이홍구 장관과 개인적 친분은 없지만, 경기고 선배이고 아주 훌륭한 인품에 멋진 신사로 알고 있었기 때문에 어느 날 자청하여 새 설계와 신축 계획에 대해 브리핑할 기회를 만들었다. 이 장관은 이를 흔쾌히 수락하고 시간을 내주었다. 물론 그 자리에는 연수원장과 간부들이 배석했다. 나는 있는 그대로 대지 상황과 설계 의도를 정성껏 설명드렸다. 왜 이 건물은 기존의 관공서를 닮아서는 안 되는지, 교육받고 명상하는 집이 되기 위해서는 어떠해야 하는지에 대한 나의 간곡한 설명에 이 장관은 말끝마다 크게 고개를 끄덕이며 동의를 표시했다. 그러자 분위기가 완연히 역전되었다. 다른 사람들도 따라서 고개를 끄덕이기 시작한 것이다. 그리고 브리핑이 끝나자 이 장관은 오히려 나에게 감사하다며 생각하신 대로 집을 잘 지어 주기 바란다고 격려해 주었다. 과연 나중에 국무총리까지 지낼 만한 큰 인물이었다. 그러나 그렇게 해서 모든 게 끝이 아니었다.

공사를 하는 동안에도 조달청이 공사 입찰을 위한 설계 검토 과정에서 문제를 제기하면서 그것이 감사원에까지 번져 갔다. 조달청과 감사원의 종합 의견은 "공간의 낭비가 많다. 그러므로 공사비 낭비 요소가 많다."는 것이다. 결국 감사원 감사를 네 번이나 받게 되었는데 나는 굳세게 버티었다. "이것은 관공서가 아니다, 명상의 집이다. 통일의 염원은 교육으로 되는 것이 아니라, 마음 깊이 느껴야 되는 것이다."

이런 '구라'가 노회한 감사원 공무원들에게 먹혀들 리가 없었겠지만 '천만다행히도' 감사원 제6국(기술국)의 한 서울공대 선배가 발 벗고 나서서 내 편을 들어 주셨다. 그래서 그 오랜 파란만장의 싸움이 끝났다.

마침 또 대전을 중심으로 충청 지방에서 일을 많이 하던 계룡건설이라는 회사의 이인득 회장이 서울에 진출하여 전국 규모의 회사로 크려면 관공서 공사 하나를 멋들어지게 완성해서 실력을 보여 주어야 한다며 조달청 입찰에 좋은 조건으로 응찰하여 낙찰을 받았다. 그런 연고로 계룡건설의 현장소장과 작업 인원들은 모두가 '작품'을 만든다는 각오로 일을 해 주었다. 특히 그 45도로 경사진 지붕의 철근콘크리트 타설 과정에서는 인부들이 무서워하며 "어떤 놈이 이따위로 설계를 했느냐?"고 불평이 많았는데, 현장소장과 조달청 감독이 "이것은 '작품'이기 때문에 잘 만들어야 한다."고 달래었다고 한다.

결국 모든 일은 우여곡절 끝에 해피엔딩으로 끝이 났다. 그리고 통일연수원은 준공된 그해(1992년)에 한국건축가협회가 주는 '건축가협회상'을 받았다.

30년이 지난 지금은 직원들이 불평 대신 대단히 자랑스럽고 기분 좋게 일한다고, 심지어는 TV 방송에 나온 것을 보고 설계자에게 고맙다고 하는 말을 들었다.

그렇게 기회를 준 허문도 장관과 이홍구 장관에게 감사를 드린다. 결국 내가 새삼 느끼는 것은 '건축이란 건축가 이전에 훌륭한 건축주가 있어서 가능해지는 것이다.'라는 당연한 이론이다.

2020. 7. 2.

춘천 죽림동
주교좌성당과 엄말딩회관

1

장익 주교님의 장례미사는 엄숙하고 아름다웠다. 주교회의 의장을 지내신 어른이라 전국의 주교들이 모두 모여서 미사를 공동 집전했으니, 작은 성당의 제대祭臺가 주교님들로 가득했다.

나는 그날 미사 안내지에 나온 주교님의 약력에서 그분이 경기고등학교 48회 졸업이라는 것을 처음 알았다. 그리고 웬일인지 조금 더 가깝게 느껴지는 것 같았다. 내가 주교님과 의논해 가며 개보수 설계와 공사를 해 드린 작은 죽림동 성당의 그날 분위기가 나는 너무 좋았다.

후임으로 주교회의 의장을 넘겨받은 광주교구 김희중 대주교님은 미사 후에 송별사를 하시면서 말씀하시는 내내 흐느끼느라 이야기가 이어지지 않을 정도였다.

미사 후 주교님은 성당 뒤편 작은 성직자 묘지에 묻히셨다. 요즘 우리가 시복시성諡福諡聖을 청하는 기도문 가운데 나오는 "홍용호 보르지

장익 주교님의 장례 미사.

춘천 죽림동 주교좌성당.
(『춘천 죽림동 주교좌성당 기록화
조사 보고서』, 문화재청, 2005)

아 주교와 그 동료 80위…"라고 하는 그 보르지아 주교님 옆에 묻히신 것이다.

춘천교구장으로 취임하시면서 "이제 나는 춘천에 이 몸을 묻을 각오를 하고 춘천을 사랑하겠다."고 하시던 당신 뜻대로 되신 것이다.

춘천 죽림동 주교좌성당 교육관(엄말딩 회관, 왼쪽)과 이 건물 옥상에 세워진 사제관(오른쪽). 1996.

세종로성당 장익 신부님이 춘천교구 주교로 가시게 되자 세종로성당의 재정분과장, 시설분과장을 맡았던 내가 춘천교구장 착좌식에 따라가서 낙후한 시설들을 돌보아 드려야 했다. 성당은 엄청나게 쇠락했고, 주교관은 가난한 집의 샘플 같았다. 그야말로 "도처에 가난의 흔적이 있었다.Everywhere there were signs of poverty."

전임 주교이신 아일랜드 출신 박 주교님이 너무도 청빈하게 사시고 교구 살림을 근검절약 위주로 하는 바람에 교구청에 함께 일하던 한국 신부님들이 무척 고생을 했다고 들었다.

죽림동성당은 본당의 모체인 곰실공소의 엄주언(마르티노, 1872~1955) 회장과 신자들, 그리고 초대 춘천교구장 토마스 퀸란Thomas Quinlan(1896~1970) 주교와 성 골롬반 외방선교회 선교사들의 희생으로 세워졌다. 1949년 4월 곰실공소 신자들은 십시일반으로 헌금해 땅을 사고 홍천 강가에서 돌을 주워다 성당을 지었다고 한다.

그러나 그로부터 50년이 지나 유명한 예술 애호가이신 장익 주교를 만난 죽림동성당은 '예술성당'으로 탈바꿈하게 되었다. 장익 주교님이 오래 후원하신 한국가톨릭미술가회 회원들이 총출동하여 이 성당을 '예술작품'으로 만들었다. 가장 중요한 점은 처음 지어졌을 때의 소박함을 그대로 살린 채로 아주 조용하고, 그러면서도 기품이 넘치는 작품들이 '헌정'된 것이다. 성당 내부는 나의 솜씨로 일체의 장식이 배제된 깔끔하고 깨끗한 조명과 인테리어로 마감되었다.

엄주언 마르티노(엄말딩).

성당과 주교관을 위한 대강의 공사가 끝나자 주교님은 나에게 교육관을 새로 짓도록 설계를 부탁하셨다. 1949년에 죽림동성당을 처음 지으신 엄주언 마르티노 회장의 본명을 따서 '엄말딩회관'이라고 이름을 붙였다. 마르티노는 '말딩', 프란치스코는 '방지거', 안토니오는 '안당'… 옛날엔 그렇게 한자어와 한글의 합작으로 영명靈名을 표시했다.

엄말딩 회관에는 교육관과 신심단체의 회합실 등이 주로 들어갔고, 경사진 대지를 이 건물이 메워서 그 위에 넓어진 대지에다 사제관을 새로 지었다.

2

1996년에 세종로성당 장익 신부님이 춘천교구장으로 발령이 나서 성전분과장을 하고 있던 내가 이사를 도와드리러 가 보니 춘천교구청과 주교관이 너무 낡고 춥고, 사시기에 열악한 환경이었다. 전임이었던 아일랜드 출신의 박도마 주교님이 너무도 근검절약하고 청빈하게 사셨기 때문이라고 했다. 박도마 주교님은 주교관의 난방비를 아끼느라 너무도 보일러를 안 켜시기 때문에 주교관에 같이 살던 한국 신부님들이 밤에 몰래 보일러를 켜 놓곤 했던 모양인데, 주교님이 그걸 알고 보일러 스위치를 연장하여 당신 방에서만 ON, OFF를 조절할 수 있도록 해 놓은 것을 보고 모두들 놀라기도 했다.

신임 장익 주교님은 그런 '구질구질한' 걸 못 보는 성격이라 1996년부터 성전 보수, 주교관 개보수 공사가 크게 벌어졌다. 나중에는 교육관(엄말딩 회관) 신축까지 이어졌다. 그래서 내가 춘천에 여러 차례 오가던 어느 날 주교관 마당에서 주교님과 이야기를 하던 중 마당에 서 있는 마로니에 나무가 화제가 되었다.

주교님 말씀은, 원래 마로니에는 이파리가 일곱 가닥으로 나는데 이 나무는 다섯 가닥짜리가 섞여 나오니 특별한 나무라면서, 어떤 식물학자가 신기하다며 찾아오기도 했다는 것이다. 그 이야기를 듣고 보니 정말 잘생기고 잘 자란 나무들이 보기에도 좋았다. 마침 땅바닥에 밤알 같은 마롱 열매가 몇 개 떨어져 있어서 무심코 두세 개를 주머니에 집어넣고 돌아왔다.

그걸 잊어버리고 있다가 몇 달 뒤 재미 삼아 옥인동 집 마당에 심었는데, 신통하게도 그중 하나가 싹을 틔우더니 무럭무럭 자라기 시작했다. 생각 없이 거실 창 앞에 심었던 놈이 점점 커 가면서 건물 앞 창을 가리고 너무 벽과 가까워서 나무의 성장에도 방해가 될 것 같아 그대로 둘 수가 없게 되었다.

그때쯤 사무실을 지금의 광장 빌딩으로 옮기고 조금씩 개보수를 하게 되었는데, 건물 한가운데 어색하게 놓여 있던 분수대를 메우기로 하면서 차라리 거기다 이 예쁜 마로니에 나무를 옮겨 놓자는 기특한 생각을 하게 되었다. 분수대의 물통이 커다란 화분이 되면 키가 2미터 남짓이었던 이 나무에게는 적당하리라고 생각을 했었다. 그로부터 이 녀석은 건물 한가운데를 차지하고 무럭무럭 자라기 시작했다. 마치 자기가 이 건물의 주인이 된 듯한 태도였다. 또 마치 그런 역할을 맡겨 주어서 고맙다는 마음을 표현이라도 하듯, 그 작은 공간을 가득 채우며 싱싱하게 자라 주었다. 몇 년 전 잎마름병으로 잎새 끝이 누렇게 말라들어 가서 몹시 걱정이 되었지만, 천행으로 그 병을 이겨내고 지금은 5층 높이까지 키가 자랐다.

나는 매일 하루에도 몇 번씩 이 나무를 보고 지나면서 감탄을 금치 못한다. 어쩌면 아주 옛날 프랑스 선교사들이 가져다 심었을지도 모를 오래된 조상 나무의 싱싱함을 이어받아 잘도 자라고 있는 녀석은 나에게 큰 기쁨을 준다. 사실 이 나무 한 그루는 이 건물 전체 또는 어느 구석보다도 아름답고 당당하고 싱그럽다. 나는 가끔 그 그늘에 의자를 놓고 앉아 와인을 곁들인 저녁 식사를 하고 싶은 욕심을 갖지만, 한 번도 그렇게 되지는 않았다.

3

우리 어머니는 평소 그렇게 존경하고 따르시던 김수환 주교님이 추기경에 서임되신 것을 정말 자기 일만큼이나 기뻐하셨다. 그리고 내가 살아생전 김수환 추기경, 윤공희 대주교, 장익 주교 세 분 어른을 알아 모시고 세 어른께서 나를 알아주셨으니, 그래도 내가 헛살지는 않았고 보람 있는 한 생을 보낸 것이라고 믿고 있다.

김 추기경님은 명동 주교관을 지어 달라고 하셨고, 윤 대주교님은 내가 광주가톨릭대학 교정 가장 조용한 곳에 주교관을 지어 드렸고, 장익 주교님은 세종로성당 주임에서 춘천교구 주교로 가실 때 내가 따라가

1969년 바티칸에서 열린 김수환 추기경(뒷좌석 맨 왼쪽)의 추기경 서임식 참석을 위해 로마에서 함께 차에 오른 윤공희 대주교(뒷좌석 가운데)와 당시 비서 신부였던 장익 주교(앞좌석 왼쪽).

서 춘천의 낡은 주교관을 개보수하고 이어서 엄말딩회관이라는 문화회관과 사제관이 딸린 건물을 지어 드렸다.

그 외에도 나는 광주교구의 김희중 대주교님과 제주교구의 강우일 주교님과 원주교구의 지학순 주교님을 알고 지냈으며, 그분들이 나를 좋아해 주셨기 때문에 자랑스럽게 이런 이야기를 하는 것이다.

김희중 대주교님은 광주가톨릭대학을 지을 때 학교 교무처장으로서 설계 계약부터 공사 완공까지를 나와 함께하셨고, 지학순 주교님은 박정희와 사이가 가장 나쁘고 어려웠던 시절에 손수 설립하신 원주 진광고등학교의 개보수 설계를 해 드렸고, 체육관 겸 강당을 새로 지어 드렸다. 그 체육관이 원주 전국체전에서 공인경기장으로 채택이 되는 바람에 진광고등학교는 원주교육청이 관할하는 시범학교로 선정이 되었다.

2020. 9. 13.

이호종 선생님, 고인돌, 그리고 미당시문학관

이호종 선생님

고등학교 2학년 때인가, 새로 오신 영어 선생님은 육군 소령을 갓 제대했다는 씩씩한 분이었다.

특별한 전공을 가진 건 아니었던지 기본적으로 상업부기商業簿記를 가르치며 영어도 가르치고 가끔 체육 시간도 맡아 하고 보이스카우트 특별반을 새로 만들기도 하는 등, 매우 활동적인 교사이셨다. 그분이 이호종李昊鍾 선생님이시다.

아마도 2학년 때인가 학부모들이 참관수업을 하는 날이었는데, 나는 부산에서 혼자 왔으니 아무도 못 오셨고, 같은 부산 출신인 현승훈玄承勳 군이 한 반에 있었는데 그 역시 부모님이 못 오시고 서울에서 대학을 다니던 누님이 대신 오셨다.

짧은 참관수업 시간에 이 젊은 선생님과 예쁜 누나가 눈이 맞았던

지, 언제 연애를 했는지 나중에 결혼에까지 이르게 되었고, 선생님은 부잣집 사위가 되어 학교를 떠나셨다. 현 군의 집은 '화승和承'이라는 운동화 회사였는데, 당시 세계적 유행을 타던 '나이키' 운동화를 만들면서 국제적으로 알려진 갑부 회사가 되었다. 선생님은 그 배경으로―물론 실력과 인맥도 있었겠지만―나중에는 유정회(유신정우회維新政友會) 소속으로 전국구 국회의원이 되었고, 그 임기가 끝나자 고향인 전북 고창에서 출마하여 지역구 국회의원을 지내셨다. 그러고는 여세를 몰아 고창군수에 출마, 당선하며 고향의 수령 방백이 되었다.

내가 고등학교를 졸업한 후에도 그냥 거기까지만 풍문으로 들으면서 오랜 세월이 지났는데, 어느 날 선생님으로부터 전화가 걸려왔다. 학교에서조차 멀리서만 뵌 지 30년도 더 지난 때였는데, 그래서 그랬는지 제일 먼저,

"나를 알겠느냐? 언젠가 큰 일을 한번 맡길 기회를 기다리고 있었다. 그런데 큰 일은 아니고 한 가지 부탁할 일이 생겼는데, 작은 일도 해 줄 수 있겠나?"

라고 하셨다. 그래서 내가 이렇게 말했다.

"큰 일, 작은 일이 문제가 아니고 멋지고 재미있는 일이면 다 합니다."

그때 선생님 설명이 바로 이 '미당 서정주 시인의 문학관'을 고창에 짓고 싶다는 이야기였다. 나는 바로 다음 날 기차를 타고 전북 고창으로 달려갔다.

고창高敞은 예부터 인재가 많이 나온 예향藝鄕이다. 누구보다도 『동아일보』를 만든 김성수金性洙의 고향이자 판소리 여섯 마당을 집대성한 신재효申在孝의 고향이기도 하다.

군수님은 대단히 반갑고 고맙다면서 나를 선운사에서 가까운 선운 초등학교 분교 자리로 데려갔다. 학생들이 없어서 폐교된 초등학교를 인수하여 미당未堂 서정주徐廷柱 시인의 문학기념관을 만들고자 한다고.

예산은 몽땅 다 털어서 4억 원밖에 없으니 설계비, 공사비, 감리비를 모두 그 한도액 안에서 마무리해야 한다고 했다.

오래된 일이긴 하지만 총예산 4억 원이란 무슨 기념관을 짓기에는 턱없이 부족한 돈이었다.

고창의 고인돌

하루 이틀 고창에 머무르는 사이에 여기저기를 구경했는데, 가장 내 눈길을 끈 것은 고창읍성高敞邑城이었다. 행주산성을 아녀자들이 행주치마에 돌을 담아 날라서 쌓았다지만, 이곳 읍성은 그보다도 훨씬 더 작은 돌들로 섬세하게 쌓아 올린 아름답고 아담한 성곽이었다.

나는 그 분위기가 너무 좋아서 "선생님, 정말로 좋습니다." 그랬더니 그냥 인사치레로 아는 듯 "그려?"라고만 하셨다.

그런데 사건은 다음에 벌어졌다. 조금 떨어진 곳을 지나가면서 눈에 들어온 놀라운 광경은, 평야가 끝나고 산 줄거리와 만나는 경사지에 무수히 산재한 고인돌들이었다.

나는 옛날 건축과 공부를 시작할 때 가장 처음 조우하게 된 영국의 스톤헨지Stone Henge를 보고 너무도 그 환상에 빠져서 여러 권의 관련 서적을 탐독한 적이 있었는데, 그 거석문명巨石文明의 한 줄기가 고인돌이라고 알고만 있던 다른 하나의 환상이, 하나둘도 아니고 수십, 수백 개가 그냥 아무렇게 널브러져 있는 것이었다. 어떤 것은 논두렁에, 어떤 것은 산기슭에, 또 어떤 것은 여염집의 담장 안에. 그것이 무엇인지도 모른다는 듯이 당당하게 버려진 채 세상과 공존하고 있었다.

나는 너무도 놀라워 소리를 질렀다.

"군수님 저건, 저건, 유네스코 감입니다!"

"뭐라고?"

정신을 차리고 조용하고 차분하게 설명을 드리자 군수님은 "그게 그런 것이여?"라며 놀라는 눈치, 놀라는 표정이었다.

다음 날부터 바로 유네스코 세계문화유산 등재 신청서를 작성하고 그것을 파리의 유네스코 본부에 보냈다. 그리고 얼마 지나지 않아 유네스코 조사단이 왔고, 또 얼마 지나지 않아 400개에 달하는 고창의 고인돌군群이 유네스코 세계문화유산으로 지정되었다.

아시다시피 고인돌은 전 세계에 약 5만 개가 분포되어 있는데 작은

고창 죽림리 지석묘군.(사진 문화재청, 2015년)

한반도에만 3만 개가 있다. 그리고 그중 2만 개가 호남 지역에 있고, 특별히 고창의 이곳—나중에 '고인돌공원'—에 400여 개가 몰려 있다. 나는 심지어는 강화도에서도 고인돌 집단을 보았고, 흑산도에서도 고인돌을 보았고, 영월의 산골짜기에서도 보았다.

하여튼 이호종 군수님은 고인돌공원과 고창읍성과 신재효박물관과 미당시문학관으로 인해 일약 '문화군수'로 자리매김을 하게 되었다.

시인의 기념관

나는 우선 시인의 기념관이라면 무엇보다도 시인의 관련 자료, 특히 유품들이 먼저 확보되어야 한다는 생각을 하면서 군수님에게 미당 선생을 찾아뵙고 양해와 협조를 구하고 전시될 물건들을 확보해야 한다고 말씀을 드렸다.

그리고 날을 잡아 관악구 남현동에 있던 미당 선생 댁을 찾아갔다.

남현동은 대통령 전두환이 예술인촌藝術人村을 만들어 준다며 '가난한 예술인들'에게 저렴하게 분양하여 여러 분이 입주한 동네였는데, 근처에는 황순원, 이원수 등 저명한 문인들의 집들이 함께 있었다. 특히 이원수 선생과 미당 선생은 앞뒤 집에 살면서 "그간 안녕하신가?" 편지로 문안을 여쭙는 문인들끼리의 재미난 풍속도 있다고 들었다.

그날 오후에 미당 선생은 기분이 좋았다. 고향의 군수와 설계할 자가 찾아와 도움을 청한다니 마땅히 보람 있고 자랑스러운 자리였을 것이다. 부인 방옥숙方玉淑 여사에게 맥주를 가져오라고 소 방울처럼 생긴 종을 울리니 즉시 맥주가 대령하고, 한 잔씩을 따라 마시면서 대화가 이어졌다.

선생의 육필 원고며 만년필을 비롯하여 늘 쓰시던 지팡이, 모자 등등 모든 자료는 선선히 내놓겠다고 하시면서, 특별히 말년의 세계여행 중에 쓴 글과 사진들을 강조하며 이야기가 잘 되었다.

중간중간에 잡담 같은 이야기가 나왔는데, 가족 관련 대화 중에 둘째 아들 서현 씨의 이야기가 오래 계속되었다. 아마도 선생으로서는 가장 자랑스러운 화두였던 모양이다.

그런데 그 아들이 경기중학교 71회 졸업이냐 72회 졸업이냐를 가지고 미당 선생과 군수님의 기억이 좀 다른 것 같았다.

미당 선생은 71회라고 하고 군수님은 "72회 아닌가?"라고 하다가 미당 선생이 갑자기 언성을 높이며 벌컥 화를 내시는 것이다. 72회 졸업은 학번으로 따지면 1970년도 입학이라는 것인데, 그해부터 소위 '고교 평준화' 정책이라고 하여 모든 학교 입시 제도를 추첨 제도로 바꾼 것이다. 소위 '뺑뺑이'라고 해서 경기고등학교도 주산알을 굴려서 들어갔던 해였으므로, 71회 졸업생까지는 소위 '실력'으로 들어간 것이고, 72년 졸업생부터는 '재수'로 들어갔다는 것이다. 그러므로 서현 군이 72회 졸업이라는 군수의 주장에 미당 선생이 화가 난 것이다.

군수가 자기 기억을 양보하지 않자 미당 선생은 갑자기 소리를 지르며 "이 방에서 나가라. 저렇게 머리가 나쁜 자가 지방 관아에 수령으로 앉아 있으니 나라 꼴이 이 모양이다."라고 우리를 쫓아내었다. 군수가 엉거주춤 자리에서 일어나니 나도 따라 일어날 수밖에 없었다.

그 일로 군수님은 불쾌한 감정을 오래 털어 버리지 못했지만, 나는 일을 해야 하므로 열심히 전시 물품들을 얻어 오고 긁어모으며 설계 작업을 시작했다.

입구에서 바라본 미당시문학관.

그러고 얼마 있다가 부인께서 세상을 떠나셨고, 시인은 그날부터 두 달 동안 식음을 전폐하고 맥주만 마셨다고 한다. 그리고 그해 연말에 하늘나라로 가셨다. 내가 마지막으로 병원에 가서 뵈었을 때는 임종 직전, 의식이 없으셨다. 미국에서 두 아들과 며느리들이 와서 임종을 지켰고, 중요한 유품들을 나누어 가져갔다. 선생의 사인死因은 '알코올성 영양 실조'라고 했다.

그 무렵, 또 우연찮게 미당 선생의 동국대 수제자인 전옥란全玉蘭, 윤재웅尹在雄 두 분을 만나게 되어 또 유물 수습과 정리에 큰 도움을 받았다.

'미당시문학관'은 예산이 너무 부족해서 적당한 마감 재료를 찾지 못하고 그냥 노출 콘크리트에 외부 액체로 방수 마감을 하면서 우리 집 마당에서 담쟁이넝쿨을 몇 가닥 잘라다가 주변에 심었다. 몇십 년 지나면 '담쟁이넝쿨 마감'이 되라고.

2021. 9. 9.

이화신세계관

이명희 회장은 이화여대 '신세계 경영관'을 새로 짓는 일에 건립기금을 희사하면서 "설계는 내 친구인 건축가 김원에게 맡겨야 한다."는 조건을 달았다. 이화여대의 장상張裳 총장과 윤후정尹厚淨 이사장, 그리고 정의숙鄭義淑 명예이사장은 전례도 없고 아주 난처한 경우였지만 어쩔 수 없이 나를 불러 설계를 시킬 수밖에 없었다.

지금도 감사하게 생각하는 것은, 나에게 설계를 맡긴 것은 물론이려니와, 꼼꼼하기로 소문난 이 회장이 설계에 관해서 단 한마디도 이래라 저래라 하지 않은 점이다. 처음부터 끝까지 일체 내가 하는 일에 간섭이 없었다. 심지어는 설계가 어느 정도나 진행이 되었냐고 묻는 일도 없었다.

먼저 집 지을 터를 잡는 일부터 시작했다. 학교에서는 별로 좋은 자리가 없다면서 나더러 먼저 찾아보라고 했다. 그래서 내가 눈여겨본 것은 사범대학 앞에 있는 작은 빈터였다. 그런데 거기는 문리대와 사대 어느 한쪽이 곧 증축을 해야 한다고 했다. 나는 할 수 없이 이대의 유서 깊은 '다락방교회'에 인접한 땅을 고를 수밖에 없었다. 처음에는 다락방교회를 개보수하여 이 건축에 동참시키고 한 개의 구성으로 설계를 하여, 교회는 일요일에 새 건물의 주차장과 화장실과 식당을 공유하는 훌륭한 생각을 했는데, 이 교회를 쓰는 이대의 골수 할머니들이 반대하여 그냥 있는 대로 담을 치고 갈라설 수밖에 없었다.

옛날 대학 시절 가끔 가 보았던 이대 캠퍼스의 숲속 같은 분위기는 온데간데없고 지금은 건물 하나 들어설 자리가 없이 고밀도로 도시화되어 있다.

나는 이명희 회장의 기대에 어긋나지 않도록 최선을 다해서 학생들이 공부하기 좋게 조용하고 건강한 건물을 설계했다. 대로변의 80데시벨에 가까운 소음 처리가 우선 가장 큰 문제여서 그것 때문에 지금과 같은 정면 모습이 만들어졌고, 다음으로 중요하게 생각한 것이 철저히 친환경적인 건물을 만들자는 것이었다. 태양광은 물론이고, 중수도中水道 시스템을 도입하는 등 절전, 단열을 철저히 했다. 아무리 작은 방이라도 자연채광이 가능하게 했고, 지하 3층 주차장까지도 자연통풍과 자연채광이 가능하게 했다. 이런 정도는 에너지 절약에 지극히 상식적인 일이다.

그 무엇보다도 우리가 여학생들의 학교 생활에 대해 모르는 점이 너무나 많다는 것을 깨달아야 했다. 그래서 우선 기존의 캠퍼스들을 둘러보는 공부를 시작했다. 그 공부를 통해서 여러 가지 느낀 점이 많았다. 한 가지 놀라운 점은 학생들이 놀랍도록 담배를 많이 피운다는 사실이었는데, 그런 사실에 대한 아무런 대책이 없는 것이 눈에 띄었다. 아무 데나 꽁초들이 나뒹굴고 있었다.

이화신세계관.

'이번에 우리 설계에는 이 학생들이 마음 놓고 담배 피우고 꽁초 버릴 곳을 만들어 주자.'

그래서 내가 생각한 것이 이대 건축과 졸업생을 세 명 채용하기로 한 일이다. 그 학생들을 통해서 학교 수업이 끝난 후 학생들이 화장실에 가서 엄청나게 정성 들여 화장을 새로 하고 미팅이나 데이트에 간다는 사실을 처음 알았다. 그것을 위해 학생들이 너무 오래 줄을 서서 기다리는 것이었다.

'기왕이면 화장실 세면대 앞 거울을 크게 하고, 극장의 배우들 분장실처럼 사람이 앞에 서면 센서가 작동하여 거울 주변 백열등이 환하게 켜지게 해 주자.'

나중에 보니 서윤석徐允錫 학장은 건물이 준공된 후 너무도 자랑스러웠던 나머지, 구경 오는 사람들을 안내할 때는 항상 제일 먼저 여학생

화장실로 모시고 갔다고 한다. 거기서 비행기 화장실처럼 변기에 앉아 문을 닫으면 독서등이 들어오도록 한 것을 자랑하며 보여 주기 위한 것이었다. 평소 아무도 안 쓸 때는 최소한의 조명만 있으나, 사람이 들어오면 센서가 작동하면서 두 단계로 불이 들어오고, 세면대 앞에 서면 전면의 대형 거울에 배우들의 분장실 못지않은 밝은 백열등 조명이 여학생들의 얼굴을 비춰 준다. 요즘 젊은 여학생들은 거의 중학교 시절부터 얼굴 화장을 하고 입술과 볼 연지, 인공 눈썹까지 붙인다니 놀라운 일이었지만, 그것이 현실적 요구 사항이었다. 다만 에너지 절감 차원에서 배려한 대로 학생들은 화장을 끝내고 돌아서면 거울 앞 밝은 불이 저절로 꺼지는 것을 보면서 절전節電을 배우게 되었다고 했다.

교실에는 창 쪽의 밝은 부분에 센서를 달아 날이 좋은 날에도 불을 켜 놓는 습관을 자동으로 고쳐지도록 만들었다.

사실 모든 대학 시설들이 에너지 낭비가 가장 심한 곳이다. 그 캠퍼스에 중수도中水道 시스템을 도입한 것도 이대 경영대학이 처음이었다. 또한 여기서 처음으로 각 실의 냉난방을 유니트unit화하여 교수실 하나하나가 전깃불 켜고 끄듯이 자기 방 냉난방을 개별 스위치로 조절할 수 있게 되었다. 교수님들은 여름방학에도 학교에 오면 냉방이 되고 겨울 방학에는 난방이 되므로 집에 있기보다는 학교에 와서 지내기를 좋아한다는데, 그 몇 사람을 위해서 학교 전체의 냉난방 기계가 가동되는 멍청한 짓은 안 해도 되었다.

지하 주차장에도 자연채광과 자연환기를 가능하게 한 것은 지금 다시 가 보아도 기분 좋은 일이다. 주차장 벽에는 미술대학의 우순옥禹順玉 교수에게 부탁한 벽화가 그려졌다. 엘리베이터가 지하 3층까지 내려

갈 때도 유리 케이지 안에서 콘크리트 벽을 보지 않고 대나무 숲을 보도록 그림벽을 만든 것은 여러 사람들이 감탄하는 멋진 광경이었다.

2021. 8. 31.

신리 성지 순교미술관

일랑—浪 이종상李鐘祥 화백으로부터 충남 당진 합덕읍의 신리 성지에 순교미술관을 짓는데 같이 일하자고 권유를 받았을 때 참 고맙기도 하고 마음이 무겁기도 했다.

일랑은 나하고는 광주신학교 성당의 14처 그림으로부터 벌교의 태백산맥 문학관 벽화에 이르기까지 여러 번 함께 일을 해 본 터라 서로 성격을 잘 알고, 집안끼리도 자주 만나는 편이어서 함께하자는 제안이 당연해 보이기도 했다.

신리 성지에 얽힌 순교자들의 이야기는 너무도 가슴 아프고 슬픈 이야기여서, '무슨 건축으로 무엇을 할 수 있을까'가 아득하게 느껴질 만큼 먹먹한 느낌이었다.

무엇보다도 내포內浦 지방의 순교 역사는 잘 알려진 대로 피비린내 나는 비극의 절정이었던바, 그중 많이 알려진 손자선(토마스)을 비롯한 손씨 일가 집성마을의 순교사殉教史는 참으로 무참한 역사의 한 장이었다.

1866년 병인박해 때까지 약 400명이 모여 살던 신리 마을 신자들은 모두 체포되어 치명(순교)하거나 타지로 도망하여 한 사람도 살지 않는 유령마을이 되었다고 한다. 대부분 이름도 밝혀지지 않은 순교자들의 묘들은 1985년에 이장되어 '목이 없는 무연고 순교자 묘'라는 여섯 개의 봉분으로 정리가 되어 있다.

신리 마을은 이곳에서 1.5킬로미터 떨어져 있는 삽교천 상류에 위치해 있는데, 배를 타고 서해까지 통할 수 있었기에 다블뤼 주교가 자리를 잡아서 프랑스 선교사들이 들어올 수 있는 근거지가 되었다고 한다. 다블뤼 주교는 여기 교우촌에 숨어서 성경을 번역하고 순교자들의 기록을 정리하여 후세에 남겼는데, 그이가 아니었으면 한국 천주교 순교의 아픈 역사가 대부분 기록되지 못하고 잊혀졌을 것이다.

다블뤼 주교는 관군의 포위망이 점점 좁혀 오자 자신으로 인해 교우들의 피해가 너무 커질 것이 걱정되어, 자수하여 순교할 것을 결심하고 내포의 다른 젊은 두 신부에게 그렇게 알린다.

젊은 두 신부, 서른두 살의 샤스탕 신부와 스물아홉 살의 모방 신부는 편지를 받고 자신들도 함께 순교하겠다며 신리에 이르는 거더리 시골길을 걸어서 주교에게 온다. 잡혀서 죽을 줄을 뻔히 알면서 주교님과 함께하겠다는 젊은 두 신부의 이야기를 듣고 나는 처음에 도저히 그 말을 믿을 수가 없었다.

일랑 선생은 사랑하던 따님을 교통사고로 잃고 극심한 슬픔 속에서 두 양주분이 천주교 신앙을 알게 되면서 그 마음 아픔을 이겨낼 수 있었다고 하는데, 일랑의 부인에게 신앙을 전한 대모님이 신리 성지 순교자

신리 성지 순교미술관.

들의 이야기를 듣고 처음으로 이곳 신리성지조성사업을 돕자고 나섰던 것이다.

먼저 있었던 주교님의 은신처는 참으로 믿을 수 없을 만큼 조그만 세 칸짜리 초가집이었다. 그 초가집 지하에 땅굴을 파고 주교님은 성경을 번역하고 앞선 순교자들의 기록을 정리하면서 활판을 돌려 그 번역 원고와 기록물들을 인쇄하였다.

인쇄기를 돌리는 시간이 되면 동네 아낙네들이 불려 와서 초가집 마루에서 다듬이질을 했다고 한다. 다듬이질 소리에 묻혀서 활판인쇄기 돌아가는 소리가 바깥에 들리지 않도록.

나는 이 '기념관'을 설계하면서 일랑 이종상 선생의 그림을 위한 '미술관'으로 만들자고 마음먹었다. 무엇보다도 미술관은 인공으로 빛을 조절할 수 있도록 지하에 짓는 것이 어울렸다. 더군다나 주교님이 20년 동안이나 지하에서 숨어 번역 일을 하시던 일을 생각하면 그 광경을 그린 그림들은 지하에 전시되어야 알맞은 것이었다.

그러나 건축구조 사무소에서는 난색을 보였다. 이 지역 전체가 무논(물이 가득 찬 논)인 고로 지하층의 넓은 바닥 슬래브가 수압水壓을 역방향으로 받으므로 모든 보와 슬래브가 역보 형식이 되어야 한다는 것. 한마디로 건물 전체가 물 위에 배를 띄워 놓는 구조 방식이 되어야 한다는 말이다.

어쩔 수 없이 과감하게 뜬 구조물을 설계할 수밖에 없었다. 그러려면 방수防水가 큰 문제였다. 지표면에서 50센티미터가 물에 잠기는 지하실이 되었으니 어느 곳 한 방울이라도 물이 새면 건물 전체가 물바다가 될 것이었다. 더군다나 그림은 습기에 취약하다.

하여튼 이 간단해 보이는 건물은 그렇게 건축적으로, 구조적으로, 시공상으로 어려운 여건 속에 완성되었다.

그에 못지않게 일랑 선생은 거기 들어갈 그림들을 그리기 위해 서울 외곽에 아예 작업실을 임시로 새로 짓고, 물경 2년 이상을 '틀어박혀' 20점의 대형 기록화를 완성시켰다.

그러므로 이 미술관은 화가와 건축가의 땀과 정성이 오롯이 땅 밑에 감추어지고 지상에는 작은 전망대 하나만 달랑 세워져, 멀리서는 작은 기념탑이 서 있는 듯 보일 뿐이다.

2021. 3. 24.

추기追記

기념탑을 겸한 전망탑은 처음에 두 배 이상 높게 설계되었으나 충청남도청의 건축심의 과정에서 "근처의 교회 높이보다 낮아야 한다."는 제약을 받아 절반 높이로 잘려 나갔다.

포천의 내촌성당

2018년 4월쯤 포천 내촌리에 성당을 짓겠다면서 인도인 신부님과 총회 장이란 분이 찾아왔다. 이들을 나에게 보낸 사람은 조경하는 정영선 교수였다. 조경 관계로 정 교수에게 조언을 구한다기에 포천 현지에 초빙되어 가 보니 주변 경관이 너무 아름다워서 성당을 짓는다면 꼭 '광장'에 찾아가서 설계 의뢰를 하라고 권했다고 한다.

현장을 가 보니 과연 아름답고 좋은 곳이었다. 나도 그곳 자연이 마음에 들어서 그 자연의 요구대로 작고 예쁜 성당을 생각하고 있었는데, 이 신부님은 독일 어디에 있는 대성당의 사진을 보여 주며 그 돔이 올려진 모양 그대로 설계해 달라는 것이었다.

규모가 큰 그 성당을 여기에, 신자 수가 100명 안팎인 작은 성당에 적용하기는 어렵겠다고 여러 번 이야길 했으나 막무가내로 독일식 돔 Dome을 주장했다. 나는 작은 돔을 올려놓은 정육면체의 작은 성당을 구상해서 그 그림을 전달했다.

4부

때마다 생각나는 사람들

한국전쟁,
6월이면 생각나는…

우리 아버지의 생전 모습으로는 아마도 가
장 마지막으로 남기신 사진인 것 같다. 6·25
직전 외무부 부산출장소 소장으로 부산에
근무하실 때가 아닐까 한다.

나의 아버지. 1950년 무렵.

　그때 나는 가끔 아버지와 어머니의 이
야기 중에 유태하柳泰夏라는 인물에 대해
이야기하는 것을 들은 기억이 난다. 나중에
찾아보니 당시 외무장관은 변영태卞榮泰였
고 유태하가 나중에 주일공사駐日公事를 지낸 것을 보면, 그는 아마도
출세지상주의자로 아버지를 앞질러 가려고 모략했던 것 같다. 유태하는
나중에 주일공사 시절의 비자 장사 등 비리로 파면되고 처벌받았다. 변
영태 장관은 영어 잘하는 사람 위주로 외교 진영을 짰는데, 그중에 영어

로 크게 덕을 본 사람이 훗날 대통령까지 지낸 최규하崔圭夏이다. 최규하는 유태하 공사 밑에서 참사관을 지냈다고 한다.

아버지는 한국전쟁이 나던 1950년 6월 20일을 전후해서 서울로 공무출장을 떠나셨다. 나는 그날 아버지의 운전기사인 '봉진 아저씨'가 아버지 사무실 뒤까지 들어와 있던 기차 철로에서 무개화차無蓋貨車에 아버지의 뷰익 자동차를 싣는 걸 보았다. 화차를 끌어다가 차를 밀어 올리고 나무 받침대를 네 바퀴 사이에 고정시키고 앞뒤 범퍼에 밧줄을 걸어 기차에 고정을 시키는 것이 정말 신기했다.

다음 날 아버지는 그 기차를 타고 서울로 출장을 떠나셨는데, 서울에 오래 머무시는 것 같았다.

6월 25일에 북한군의 남침 소식을 듣고 어머니는 서울의 아버지에게 전화를 해서 빨리 내려오시라고 했고, 아버지는 "별 걱정하지 말아라. 곧 내려가겠다."고 하신다는 이야기를 나도 전화통 옆에서 어머니로부터 들었다.

6월 26일에도 전화 통화가 되었던 것으로 기억된다. 그리고 27일부터는 기차가 끊어졌고, 28일에는 전화도 안 되었다. 그때가 아마도 이승만 정부가 먼저 도망을 치고 남은 군인들이 한강 다리를 폭파한 때였던 것 같다.

아버지는 그 출장길에서 돌아오시지를 못했다. 출장 떠나시는 날 아버지를 본 것이 부자간의 마지막이었다. 1906년생이셨으니까 아버지가 45세, 내가 만 여섯 살 때였다.

그의 천재성과 시대를 앞선 선구자적 혜안과 조직적 설득력은 이렇게 빛을 보지 못하고 끝장이 났으며, 한 가정이 풍비박산이 나고, 아무 걱정 없이 영원히 행복할 줄만 알았던 우리는 하루아침에 아버지 없는 불행한 어린이들이 되었다.

전쟁이 정식으로 벌어져 인민군이 대전, 대구를 거쳐 부산까지 마구 내려온다 하고, 바다를 통해 부산에 상륙작전을 할 거라는 소문이 퍼졌다. 나중에 안 일이지만 실제로 이런 일도 있었다.

백두산함은 해군이 1949년 미국으로부터 2차 세계대전에서 사용된 초계정을 구입해 함포를 장착해 만든 배다. 구입 비용은 해군 장병 월급을 갹출하고, 해군 부인회가 삯바느질과 의복 세탁 등으로 벌어들인 1만 5000 달러에 나랏돈 4만 5000달러를 보태서 마련했다. 그만큼 전투함을 갖고 싶은 해군의 갈망이 컸다.

북한의 6·25 기습 남침 첫날 밤, 백두산함은 부산 앞바다에서 무장 병력 600여 명을 태우고 동해안을 돌아 침투해 오던 북한 1000톤급 무장 수송선과 맞닥뜨렸다. 당시 상황을 "국기도 달지 않은 거대한 검정 선박이 남쪽으로 내려오고 있었고, 가까이 다가가 서치라이트를 켰더니 갑판에 인민군 복장을 한 북한군이 우글우글 몰려 있었다."고 신 대령이 생전 설명했다고 그의 차남인 신현수(65) 씨가 전했다.

아군의 선제 사격으로 교전이 시작됐다. 하지만 양측이 원거리에서 부정확한 발포發砲를 이어 가면서 포탄이 바닥을 드러내기 시작했다. 포탄이 바닥나면 북한군은 부산에 상륙하는 상황이었다. 당시 기관장이었던 신 대령은 함장이었던 고故 최용남 예비역 해군 중령(1923~1998)과 상의한 끝에 '위험을 무릅쓰고라도 최대 속도로 접근해 사격하고 불을 끈 채 후퇴한다.'는 결론을 내렸다. 최 중령의 회고록에는 신 대령이 '백두산함의 알려진 성능을 뛰어넘는 최대 성능을 끌어내 보겠다.'고 보고한 것으로 나온다. 작전은 성공했고, 적함은 수십 분의 전투 끝에 기관실이 파괴돼 침몰했다. 6·25 전쟁 첫 해전이자 승전인 대한해협해전이었다.

— 김승현 기자, 「6·25전쟁 첫 해전 승리 이끈 백두산함 기관장,
전우들 곁으로」 중에서(『조선일보』, 2019. 8. 17.)

어머니는 부산도 안심할 수 없다고 판단을 내리시고, 당시 부산수대(국립부산수산대학) 1학년이었던 큰누나에게 형과 나를 묶어 여수행 배에 태워 고모네 집으로 보냈다. 내 기억에 그것은 7월 1일이었다. 그날이 형의 생일이었으니까.

두 아들은 전쟁을 피해 어떻게든 살려야겠다는 일념으로 당신과 작은 누나와 막내딸은 부산에 남은 것이다. 그러나 결과적으로는 큰누나와 형과 내가 직접 전쟁터로 뛰어드는 꼴이 되고 말았다.

여수까지도 인민군에 함락되자 우리는 더 먼 곳으로, 더 외진 곳으로, 순천으로 주암으로 피란을 다녔다. 일곱 살 어린 내가 제일 먼저 기절초풍한 것은 미군의 코르세어Corsair(또는 그루먼Grumman) 전투기의 폭격이었다.

나는 그 무시무시한 비행기의 이름을 나중에 어른이 되어서야 알았는데, 그 새까만 모습이 하늘에 나타나면 무조건 땅바닥에, 논두렁에 엎드리라고 누나에게서 엄명을 받았다. 누나는 나의 두려움을 조금이나마 덜어 주려는 것이었다. 하지만 나는 "왱" 하고 날아와서 "타타타타" 기관총을 쏘아대는 것이 너무도 무서웠다.

누나는 나보다 더 긴장한 것 같았지만 폭격기가 지나가고 나면 웃으

한국전쟁 당시 한국 상공을 비행하는 '그루먼 F9F-2 팬더'. 1951. (ⓒSan Diego Air and Space Museum Archive Catalog)

면서 오히려 나를 놀려대었다. 뭐가 그렇게 무섭냐고.

어른들은 그 비행기를 '호주 쌕쌕이'라고 불렀다. 나중에 알고 보니 '호주'는 '오스트레일리아'를 말하는 것으로, 이승만 대통령의 부인 프란체스카는 오스트리아 사람인데 오스트레일리아 사람으로 잘못 알고서, 게다가 그 미군 비행기가 프란체스카의 모국에서 보낸 것이라고 잘못 알고 그렇게 부른 것이었다.

우리는 비행기 폭격을 피해서 주로 다리 밑에 숨어 살았다. 얕은 물 위에 솔가쟁이를 꺾어다 깔고 그 위에 다시 멍석을 깔고 지냈고, 콘크리트 다리가 든든한 보호막이 되어 주었다. 작은 개천의 작은 다리라도 여러 식구가 몰려 살았으니 정말 좁고 불편했지만 맑은 시냇물은 음료수와 세숫물이 되고 설거지할 때는 개숫물이 되어 주었다.

한번은 어떤 귀먹은 할머니가 빨래를 걷는다며 굴 밖으로 나갔는데 비행기 떼가 몰려왔다. 그리고 그 할머니의 하얀 치마저고리를 향해 마구 기관총을 퍼부었다. 그러나 천만다행히도 명중은 하지 않았고, 사람들이 뛰어나가 할머니를 끌고 들어왔다. 그때 나는 그 낮게 뜬 비행기에서 흑인 조종사가 하얀 이빨을 드러내고 우리를 향해 웃는 얼굴을 확실히 보았다. 그는 장난스러운 얼굴로 우리를 향해 "굿바이" 하듯이 비행기를 돌려서 갔다.

이런 것은 그래도 덜 무서운 것이었다. 때로는 큰 나무 밑에 사람들이 모여 있으면 비행기에서 휘발유를 뿌리고 폭탄을 떨어뜨려서 불을 질렀다. 그게 무슨 '네이팜탄'이라던가, 그런 가장 무서운 무기였다.

순천에서는 초등학교 운동장에 모두 불려 나가 젊고 예쁜 인민군 여성 군관으로부터 〈김일성 장군〉 그리고 〈인민유격대〉라는 노래를 배웠다. 노래를 배워 잘 불러야 따뜻한 밥 한 끼를 얻어먹었다.

장백산 줄기줄기 피어린 자욱, 압록강 굽이굽이 피어린 자욱.
만주벌 눈바람아 이야기하라, 밀림의 긴긴 밤아 이야기하라.
만고의 빨치산이 누구인가를, 절세의 애국자가 누구인가를.
아아, 그 이름도 빛나는 김○성 장군…

백색 테러에 스러진 동무 원수를 찾아서 떨리는 총칼
조국의 자유를 팔려는 원수 무찔러 나가자 인민유격대…

우리는 전쟁을 피한다며 더 먼 곳으로, 더 깊은 골짜기로 들어갔다. 그게 주암住岩이라는 산골 마을이었다. 주암에서는 산속 대나무숲 속의 동굴 속에서 살았다. 대나무 뿌리가 동굴을 지탱해 준다고 했으나 몹시 춥고 습기가 찼다.

얼마 안 가서 거기도 전쟁터가 되었고, 밖에 나가 보면 낮에는 태극

기가, 밤에는 인공기(인민공화국기)가 나부꼈다. 또 어떤 날은 길가에 인민군의 시체가 여럿 뒹굴고 있는 것도 보았다.

누나는 나의 겨울 외투를 깊이깊이 감추어 놓고 입지 못하게 했다. 언제라도 인민군에게 들켜서 그 옷을 빼앗길지 모른다고 했다. 어린아이 옷을 누가 뺏어 가겠냐고 하겠지만, 그들은 워낙 장비도 군복도 허술하고 보급이 끊어지고 식량도 바닥이 나서 민가를 뒤져 쌀과 고추장, 된장을 뺏어 가곤 했다.

나중에 내가 대학 다닐 때 농활(농촌활동)을 자원해서 여름방학에 주암에 가 보았더니 정말로 조그만 마을이었고, 1999년에는 주암댐이 건축되어 주암호住岩湖가 생기고 마을은 수몰水沒되어 관광지가 되어 있었다.

이렇게 나는 9·28수복 때까지 전쟁터에서 그 적치하赤治下를 고스란히 견디고서야 부산으로 돌아왔다. 여수에서 배를 타고 부산으로 오던 날은 구정, 즉 음력 설날이었다. 배 위에서 사람들이 사과와 사이다를 놓고 절을 하고 그것들을 나누어 먹었다.

2021. 7. 6.

우리 어머니

내 나이 만으로 78세 생일을 맞았다. 세는 나이로는 79세이니 80이 코앞이다. 생각도 하기 어려운 오랜 시간을 살았다.

그런데 생일날이면 꼭 생각나는 분이 있다. 우리 어머니다. 물론 나를 낳아 주신 분이니 당연하다.

그런데 실은 그 당연함 때문이 아니라, 우리 어머니가 바로 내 생일날 돌아가셨기 때문이다. 나는 어머니가 낳으신 여섯 남매 중에서도 어머니의 사랑을 가장 많이 받고 자랐다. 아마도 그래서 어머니가 꼭 내 생일날에 맞춰 돌아가셨는지도 모르겠다. 혹시라도 당신의 기일을 내가 잊어버릴까 걱정해서였을까?

하여튼 생일날마다 어머니를 생각하게 되는 것은 고맙고도 기분 좋은 일이다. 전과 달리 기억력도 쇠퇴하고 어제 일도 가물가물해지는 요즘, 틀림없이 어머니 생각을 되살리는 것은 다행한 일이다.

세상에 자기 생일을 잊어버리는 자는 없겠지만, 혹시 내가 잊고 있다

하더라도 주위에서 잊어버리도록 나를 가만두지 않는다. 제자들, 후배들, 친척·인척들, 특히 미국 사는 딸과 손녀들은 마치 1년 동안 그날만 기다렸다는 듯, 전화로, 카드로, 선물로, 꽃다발로, 현금으로 분위기를 북돋운다.

어머니와 함께. 우리 어머니 사진 중에서 내가 가장 좋아하는 사진이다. 내가 경기중학에 입학했을 때의 기념사진인데, 아마도 내가 우리 어머니를 생전에 가장 기쁘게 해드린 사건이어서 그런 것 같다.

아내는 내 생일 일주일 전에, 어김없이 신부님에게 미사를 부탁드린다. 나의 생일 생미사와 어머니 기일忌日 연미사다.

아들은 매번 이날 아침에 꽃을 보낸다. 아마도 단골 꽃집에 전화해서 배달을 시키는 것이겠지만, 내가 늦잠을 자고 일어나 거실에 나오면 맨 먼저 눈에 띄는 것이 커다란 리본이 달린 꽃바구니이다.

그러면 나는 그 화려한 꽃다발을 보며 '아, 오늘이 어머니 제삿날이구나.' 하고 잊었던 것처럼 기억을 불러 낸다.

2021. 4. 21.

나의 사랑하는 동생,
김영 마리아 레티치아

나의 사랑하는 동생 김영 마리아 레티치아 수녀는 1978년 8월 16일 서른세 살의 나이로 세상을 떠났다. 그리고 사흘 후, 자기 생일인 8월 19일에 영결식을 마치고 용산의 샬트르 성 바오로 수녀원 묘지에 묻혔다. 태어난 날에 맞추어 흙으로 돌아갔으니 참 영험한 일이다.

어머니는 사랑하는 막내딸을 떠나보내시면서도 의연하게 모든 절차를 지켜보고 계셨다. 그 단장斷腸의 아픔이 어떠했을까, 우리는 짐작조차 못 할 일이다.

모든 절차는 수녀님들이 완벽하게 챙겨 주셨다. 우리 가족은 수녀님들 하는 대로 따르기만 했으나 참으로 그 기도와 찬송이 경건하고 아름다웠다. 그 모든 일을 당가 수

동생과 함께. 1949.

사랑하는 동생 김영 마리아 레티치아 수
녀가 샬트르 성 바오로 수녀원 묘지에 묻
히는 날, 내가 관 위에 마지막 흙 한 삽을
올려놓았다.

녀인 정올리바 수녀님이 주관해 주셨다.

그것으로 한 생명이 흙에서 나서 흙으로 돌아가는 여정이 끝났다.

누이는 삶의 마지막 한 달을 명동 성모병원에서 지냈는데, 놀랍게도
태연하고 평화로웠다. 가장 많은 시간을 내 아내와 함께 보냈다. 두 사람
은 시누이 올케 사이 이전에 어렸을 적부터 앞뒷집에 살면서 친구로 지
냈기 때문에 오히려 친자매처럼 가깝게 지내 온 터였는데, 이별의 시간
이 가까워 오자 병실에서 거의 24시간을 함께 붙어 지내는 것 같았다.

나중에 들은 이야기지만 동생은 오빠에 대해서 굉장한 애정뿐만 아
니라 자부심을 갖고 있었다는데, 단 한 가지 걱정거리가 있다면 아이를
하나밖에 못 가진 것이라고 했다. 그래서,

"우리 오빠 집에 세상 모든 좋은 것이 다 있지만 아들 하나가 없는 게
딱 한 가지 불만이며 걱정이에요. 내가 곧 하늘나라로 갈 것이니 거기 가

서 하느님께 '지구상에 내가 있던 자리 하나가 비었으니 아무쪼록 나 대신 그 자리에 남자아이 하나를 보내 주셔서 우리 오빠네 집을 완전하게 메꾸어 주세요.'라고 부탁을 드릴게요."

라는 약속을 올케인 아내에게 했다고 한다.

그때쯤 해서 나는 반포동 김승조金承兆 박사 댁을 설계하고 있었다. 그 부인이 내 처형과 친분이 있어서 그 설계일을 맡게 되었는데, 김 박사로 말하자면 대한민국에서 제일가는 불임不姙 전문 산부인과 박사이셨다.

설계 시작 전에 상담도 하고 인터뷰도 하고 살고 계시는 집도 방문하여 건축주의 취향도 파악하고… 이렇게 나름대로 설계 준비를 하는 중에 양쪽 부부가 저녁을 함께하는 기회가 있었다.

김 박사님은 자연스럽게 "아이가 몇이냐?" 물으셨고, 이어서 "왜 딸 하나뿐이냐?" "그러면 왜 아들이라도 하나 더 원하지를 않느냐?" 등의 이야기로 이어졌다.

다음 날 즉시 김 박사님은 나에게 전화를 해서,

"내가 부인을 한번 진찰해 보면 안 되겠소?"

하고 조심스럽게 물으셨다. 불임에 관한 최고 권위자로서 당연히 가질 만한 의문과 사명감이 동시에 작동했던 것이다. 나야 물론 당연히,

"제발 잘 부탁드리겠습니다!"

였다. 그로부터 약 1년 동안 꾸준히 검사와 처방과 치료와 확인 절차가 힘들게 진행되었다.

우리는 이미 10년 가까이 포기한 상태였기에 별 기대를 안 갖던 터였는데, 의사 선생님의 끈질긴 노력이 고마우면서도 공연히 폐를 끼치는 것 같아 미안하기만 했다. 그러나 김 박사님은 '전문가답게' 포기하

지 않으셨다.

　본인들이 지쳐서 '이제 그만 포기할까?' 할 때마다 오히려 의사 선생님이 힘을 내라고 격려해 주시는 기현상이 계속되었다. 심지어는 우리 어머니나 장모님조차도 너무 힘드니 그만두자고 하셨다.

　그리고 드디어 얼마 후 새 아기가 착상着床했다는 엄청난 기쁜 소식이 왔다. 김 박사님은 자기 일처럼 기뻐하셨다. 나중에 몇 달이 지나 초음파로 심전도 사진을 보며 아기의 심장이 쿵쿵 뛰는 소리를 들을 때는 김 박사님이 우리 부부보다 더욱더욱 기뻐하시면서 보람을 느끼시는 것 같았다.

　달이 차서 해산이 임박했을 때 개복수술을 권하면서 직접 집도를 해 주셨는데, 그날 수술실을 나오면서 나를 붙들고 좋아하시던 모습이 지금도 눈에 보이는 듯하다. 그러면서 이렇게 말씀하셨다.

　"제일 먼저 손가락, 발가락을 챙겨 보았어요. 만일 손가락 하나라도 기형이 있으면 어쩌나… 이렇게 힘든 케이스에는 가끔 기형이 있거든요. 그러면 오히려 낳지 않은 것만도 못한 경우가 되지요."

　김 박사님은 자기가 아들을 얻은 것처럼 기뻐하셨다. 그리고 당신의 그 시술 과정은 산부인과 교과서에 실려야 할 엄청난 케이스라고 자세히 설명을 해 주셨다.

　딸 하나를 낳고 10년 만에 아들을 얻은 기분은 참으로 남달랐다. 우리 부부는 이 아이가 학교에 들어갈 때까지 해마다 설날과 추석에 꼭꼭 아이를 데리고 김 박사님 댁에 찾아가 인사를 시키고 좋아

아들 세 살 때.

동생 김영 마리아 레티치아 수녀가 떠나면서 보내 준 아이와 함께 동생의 묘소
를 찾았다. 1985.

하시는 모습을 보며 함께 행복했다.

당연히 김 박사님 댁 주택 설계도 열심히 해 드렸고, 결과가 좋아서
김 박사님 부부도 대단히 만족해하셨다.

사람 하나가 태어나는 것은 어쩌면 너무도 자연스러운 섭리일진대,
우리 경우에는 그렇게도 힘들게 대代를 잇게 되었으니 하느님께 감사해
야 할 일이며, 동시에 하늘나라로 떠나면서 자기 대신 아들을 보내 달라
고 기도하겠다던 내 동생 수녀의 간곡한 믿음이 이루어진 것이어서 그
점을 가장 신비롭게 받아들이며 늘 감사하고 있다.

누구든지 그 아이를 고모 수녀가 보내 준 아이라고 믿었다. 특히 명
동의 샬트르 성 바오로 수녀원 수녀님들은 정말로 그 이야기를 믿어서,
나중에 이 아이가 계성국민학교에 들어갔을 때도 하느님이 보내 주신
아이를 한 번만 만져 보자고 소원을 할 정도였다.

2021. 10. 2.

나의 제자, 가수 이미배 군

1969년에 내가 김수근 사무실을 그만두고 혼자 일하면서 시간이 좀 남아돌자 지순池淳 선배가 나를 불러 연세대 주생활과에 시간강사를 시켰다. 주택설계, 인테리어, 가구설계를 일주일에 세 시간 가르쳤다. 아마도 내가 처음 가르친 클래스가 윤정숙, 이화순 들의 반이었던 것 같다.

이미배李美培 군은 내가 1972년 네덜란드로 떠나기 직전까지 가르치던 학생이었다. 그때 4학년이던 그 반에는 강의를 시작하면 활기가 넘쳤다. 여학생들에게, 내가 보기에도 좀 지나치다 싶을 만큼 어려운 책들을 읽으라 하고, 독후감을 써 오라 하고, 참 여러 가지로 힘들게 굴었는데도 내 시간에는 학생들의 눈동자들이 반짝거리는 걸 느낄 수 있었다.

앨빈 토플러의 『미래의 충격』(1970), 마셜 매클루언이 쓴 『미디어는 메시지다』(1964) 이런 책들은 내가 지금 보아도 어려운 내용들인데, "200자 원고지 10장 이상"이라고 말한 것을 20장, 30장씩 써 오는 학생들도 있었고, 내용이 부족하다 싶으면 표지를 만들어 붙이고 빨간 리본으로 묶어서 예쁘게라도 보이려고 노력하는 게 귀엽기도 하고 애처롭기도 했다.

사실 그때만 해도 대학의 '시간강사'라는 자리는 사회적으로 존경도 못 받고 생활도 보장이 안 되어서 먹고살려면 여러 군데 대학을 뛰어야 하는 천덕꾸러기 신세였는데, 나는 젊다는 이유 때문이었는지, 나를 추천한 지순 학과장의 카리스마 때문이었는지 제법 '인기 있는 강사'였다. 다만, 나의 전임자였던 최 모 선배가 모종의 '스캔들' 때문에 사직을 했다던가 하는 일이 있었는데, 하여튼 나는 그 후임자여서 최이순崔以順 학장으로부터 사전 주의도 받고 견제와 감시가 심했다. 강의 시작하고 처음 얼마 동안은 내 강의 시간이 되면 최 학장이 공연히 강의실 앞 복도를 서성이곤 했다.

내 강의가 좋다고 소문이 나면서 이화여대 미대와 대학원에서도 강의 요청이 쇄도하여 동시에 세 군데를 나갔었는데, 젊은 여대생들 가르친다고 약간은 질투할 수도 있을 아내가 "여학생들에게서 업신여김을 당하면 안 된다."면서 아침마다 넥타이도 골라 주고 양복바지도 깔끔하게 다려 주던 일이 생각난다. 내가 스물일곱여덟 살 무렵이어서, 4학년 학생들에게는 선생님이라고 보이지 않을 수도 있을 만큼 나이 차도 많지 않았다.

두 학교 모두 캠퍼스가 아름다워서 나 역시 새로 공부하러 학교 다니는 기분을 느낄 수 있었고, 또 강의 준비를 상당히 해야지만 이야기가 자신 있게 줄줄 나오기 때문에 준비도 꽤 많이 했다.

봄에, 또는 초여름에 학생들이 좀 들뜨기 시작할 때면 이대 학생들은 공연히 강의실 바닥을 발로 구르기도 하고 웅성거리며 수업에 집중이 안 되는 모습들이 완연했는데, 연세대는 그와는 달리(남녀공학이라서 그 랬는지) 과대표가 활달하게 손을 들고 "선생님, 날씨도 좋은데 밖에 나가서 수업을 하시죠."라고 말한다. 그러면 나 역시 거절할 수가 없었다. 못 이기는 척 밖으로 나가 풀밭에 자리를 잡고 앉으면 이미배와 함께 몰려다니는 네 명의 통기타 그룹이 노래를 부르기 시작한다. 그러면 그날 수업은 끝장이 난 것이다.

이미배, 현문신, 윤성열, 김형숙 네 사람은 대학 축제에도 출연하는 준프로급들이었는데, 그중 이미배는 이미 대학가요제에서 입상한 경력의 소유자였다. 옛날 옛적 이야기지만, 당시 최이순 학장은 '학교 망신'이라면서 이미배의 방송 출연을 철저히 막았다. 졸업 전에 결혼을 못하게 하는 이대와는 달리 연대에는 캠퍼스 커플도 많았는데도, 그때는 세상 사람들, 특히 대학가에서는 '연예계'라는 것을 그렇게 달갑지 않게 생각했다.

그때쯤 해서 내가 학교를 그만두고 네덜란드로 떠난다고 하니까 그 네 사람 통기타 패들이 자진해서 우리 신촌 집에 와서 노래를 부르고 그걸 녹음해서 카세트테이프로 만들어 주었다.

이역만리 타국에서 고향 생각 나면 들으시라며 민요, 가곡, 유행가를 여러 시간 녹음해 준 것이다. 나는 로테르담에 있는 동안 정말 그 테이프를 많이 들었고, 나중에는 테이프가 늘어져서 못 듣게 될 때까지 듣고 또 들었다.

이미배는 졸업하고 나서야 방송도 나가고 음반도 내고 전업가수 생활을 하면서 상당히 유명하게 되었다. 최희준이 서울대학 덕을 보았듯이, 이 군도 대학 졸업한 여가수라며 관심을 보이는 사람이 많았고, 거기

이미배 군과 함께.

걸맞게 샹송 같은 고상한 노래만 부르는 가수로 정평이 났다. 방송에도 무슨 연예 프로그램보다는 김동건 아나운서의 〈가요무대〉 같은 데 나와서 한두 곡만 부르고 끝냈는데, 그러면 좀 섭섭하기도 했다.

그러다가 2003년엔가 나의 회갑 기념으로 나온 『행복을 그리는 건축가』라는 수필집의 출판기념회에 와서 노래를 좀 불러 달라고 청했더니 정말 기꺼이 달려와서 여러 곡을 신나게 불러 주었다.

개런티를 제대로 주었는지는 생각이 잘 안 나는데, 하여튼 참 고마운 일이었다.

그렇게 다시 연락이 되면서 『건축은 예술인가』(2008) 등의 출판기념회뿐만 아니라 내가 주관하는 북한 어린이 간염 백신 사업의 후원회 같은 사회사업에도 기꺼이 나와 노래를 불러 주었다. 어찌나 분위기를 북돋워 주었는지, 그날 '사단법인 봄'의 후원 금액은 예상을 훨씬 넘어섰다. 내가 이사장으로서 제법 체면이 서게 해 준 것이다.

그래서 내가 고마운 마음에 이미배 군이 출연하는 식당에도 졸업생들과 함께 갔고, 2018년에는 이미배 단독 콘서트가 있었는데 내가 주장을 해서 연세대 제자들을 모두 불러 모았다. 그리고 뒤풀이까지 아주 오랜만에 재미있는 하루를 보냈다.

2020. 12. 24.

김재춘 중앙정보부장

1

1963년, 김재춘金在春 중앙정보부장의 부인이 '미스박 테일러'의 단골 손님이었는데 그 인테리어가 너무 잘되었다고 나를 소개해 달라는 바람에 내가 약관의 나이에 후암동에 있는 현직 중앙정보부장의 집을 설계, 감리하게 되었다.

김재춘 중앙정보부장이라면 당시 박정희의 이름에 항상 뒤따라 다니는 실세 중의 실세, 정권의 제2인자였는데, 그래도 김 부장은 "집이 몹시 낡아서 이제 좀 손을 보아야겠다."며 박통의 구두 재가를 받았다고 했다.

우선은 김재춘 정보부장의 집에 가서 집터도 보고 부인의 요구 사항도 듣고 남편과도 인사를 해야 했다. 그 남편을 만나려면 그가 출근하는 아침 6시 전에 가야 한다기에 어느 날을 잡아 5시 30분에 그 집에 가서 응접실에서 기다리고 있었다. 아주 낡아 빠진 일제강점기 일본식 관사官舍 건물이었다.

잠시 후에 마룻장을 쾅쾅 구르며 뚱뚱한 거구가 문을 열고 들어오는데 나를 보자 몹시 실망한 표정이었다. 김원이 안 오고 누구를 대신 보낸 줄로 알았다는 것이다.

"아니, 이렇게 젊으신 분이… 그런 줄도 모르고…."

유명한 분이라 들었으니 꽤나 나이 든 사람일 것으로 생각했던 모양이다. 그때 내 나이가 아마도 24~25세 정도였던가?

김 부장은 바쁘게 나가면서 "유명한 분이니, 잘 부탁한다."고만 했고, 나머지 이야기는 부인과 이 소령이라던 그의 보좌관과 계속해야 했다.

초대 김종필, 2대 이후락, 3대 김재춘, 4대 김형욱으로 정신없이 넘어가던 와중이라 보좌관은 늘 실탄 장전된 권총을 차고 있었고, 나에게는 모든 중요 시설을 지하에 두고 유사시 지하 통로를 통해 뒷길로 해서 남산으로 탈출할 수 있는 터널을 만들어 달라고 했다. 의아해하는 나에게 이 소령은 어젯밤에도 어느 놈이 침입해서 서류를 훔쳐간 흔적을 발견했다면서, 오늘부터는 부장부터 보좌관까지 모두 권총을 머리맡에 풀어 놓고 자야 한다고도 했다.

김 부장의 부인이 설계도를 보러 조선호텔의 우리 사무실을 방문하던 날은 호텔 전체에 비상이 걸렸다. 504호실 내 방에 온 것은 부인과 여자 경호원 한 사람이었는데, 나중에 들으니 중앙정보부 요원들이 호텔 전체에 깔려서 출입을 통제하고, 엘리베이터 한 대를 부인 전용으로 잡아 놓고 도착 30분 전부터 5층 전체를 차단하는 바람에 미국인 사장과 총지배인이 항의를 했다는 소식이었다.

박정희 의장과 걸어가며 대화하는 김재춘 제3대 정보부장. 1963.

김재춘 부장은 다행히도 나를 '동

240

지同志'라고 부를 정도로 좋아하고, 자기 집 짓는 일 말고도 여러 가지 일을 의논했다. 국가의 장래를 걱정하는 마음을 가진 사람은 모두가 다 자기와 '혁명의 동지'라는 뜻이었다.

2

김재춘 부장은 공사가 끝나자 설계를 잘해 주었다는 감사의 표시로 서울대학교 관악캠퍼스 건설본부장이던 자신의 처남 이훈섭李勳燮 장군을 소개해 주었다. 내가 보는 앞에서 이훈섭 씨에게 전화를 걸더니,

"이렇게 훌륭한 인재가 있는데, 모교를 새로 짓는 일에 봉사할 수 있도록 자리를 마련해 보시오."

라고 했다. 그래서 나는 초창기 서울대학교 마스터플랜에 관여하게 되었고, 상당 기간 의미 있게 일을 했다.

건설본부장은 현장사무소에서 군화를 신은 채로 야전침대에서 잠을 자면서 철야 작업을 독려하고 있었다. 나는 『캠퍼스 플래닝Campus Planning』(업턴Upton · 패독Paddock · 도버Dober 공저)이라는 책을 소개했는데, 그날 이후 건설본부장의 구호가 "Unity within Variety(다양성 속의 통일)"가 되었다. 그 책의 주제가 캠퍼스 플래닝에서의 '다양성과 통일성'이라는 것이었는데, 현역 군인이었던 이 본부장은 자기 마음에 맞는 대로 'variety'보다는 'unity'가 중요하다고 해석하여 모든 건물에 '통일성'을 주장했다. 그래서 건물들이 획일화되었지만, 공사를 경제적으로, 그리고 빨리 끝내야 하는 본부장으로서는 그것이 아주 반갑고 고마운 교과서였던 것이다.

서울대학교 종합캠퍼스(1975). 특별히 'UNITY'가 강조되었다. (김원, 『현대건축의 이해』, 열화당, 1976.)

나는 김재춘 부장의 소개로 거기에 갔기 때문에 정말로 높은 대접을 받았다. 이 본부장은 매주 월요일 아침 나를 오른쪽에, 기획실장을 왼쪽에 앉히고 군 사령관 같은 모습으로 공정工程 회의를 했다. 그러면서 나에게는 늘 마지막으로 결론을 물었는데, 나는 회의 내용을 종합하여 본부장에게 앞으로의 방향을 건의했다. '자문관' 역할이었던 셈이다.

그때 내 맞은편에 늘 앉는 기획실장은 김웅세金雄世라는 이였는데, 이 본부장이 철도청장 시절 참모로 쓰다가 데려온 사람이었다. 그는 회의 때마다 본부장 이야기를 수첩에 받아 적는 척하면서 실은 혼자 낙서를 하고 있었는데, 그 장면을 본 나는 그가 좋지 않은 인간이라고 여기고 있었다. 게다가 늘상 본부장실에 조용히 들어와 귓속말로 "이 건은 리베이트가 얼마 얼마…" 하며 보고를 했다. 그때는 아마 모든 공사 발주에서 리베이트라는 것이 관행처럼 되어 있었던 모양이다.

나는 그런 분위기가 싫어서 얼마 후 건설본부 자문관 자리를 그만두고 나왔다. 이후 마스터플랜이 세워지는 단계에서는 김희춘, 조창걸, 이규목, 김석철 등 많은 재사들이 거기에 참여를 했다.

김웅세는 나중에 롯데그룹 산하의 어딘가에서 사장을 하다가 김영삼 대통령과 사돈을 맺고 사위 김현철金賢哲을 이용해 권력을 농단하기도 했던 사람이다.

결국 나중에 김현철이 대통령의 아들로서 한보철강으로부터 2000

억 원 '리베이트' 사건으로 구속되는 것을 보고, 그 리베이트라는 것 자체가 김웅세의 아이디어였겠다는 심중을 굳히게 되었다. 사람을 잘 써야 한다면서 YTN 사장 인사에 개입하고, 청와대 비서실에 경복고 동문들을 앉힌 것 모두가 김웅세의 농간이었다는 것도 사실일 것이다.

3

김재춘 부장은 가끔 후암동의 자기 집 주택 공사 현장을 보러 왔다. 그리고 기회 있을 때마다 '5·16혁명의 아슬아슬했던 순간'들을 재미있게 이야기하곤 했다. 그 이야기는 이렇다.

5·16 하루 전날인 1961년 5월 15일 밤, 박정희 소장이 육군 제6관구 사령부를 장악하고, 그날 새벽 한강 다리에 집결하기로 한 여러 전방 부대를 통솔하기로 되어 있었다. 당시 김재춘 대령은 제6관구 사령부의 참모장이었다.

5월 15일, 퇴근 시간이 가까워지자 김재춘 대령은 사령관인 서종철 徐鐘喆 대장에게 그날의 일과 종료를 보고하러 갔는데, 사령관은 보고가 끝나고도 돌아가라는 이야기를 안 하고 약 10분 동안이나 김 대령을 말없이 노려보고만 있었다.

그때 '혁명 모의'는 군 내에 대개 소문이 나 있어서 사령관이 김재춘의 주동 역할을 알고 있는 눈치였는데, 사령관 스스로 발설할 수는 없고 그 '긴 시간' 동안 김재춘 대령은 다리가 후들후들 떨리도록 대화도 없이 사령관을 마주 보고 서 있었다.

이윽고 사령관이 일어서면서 "훗날 역사가 심판하도록 맡기자."라며 퇴근을 했다.

등짝이 온통 땀으로 범벅이 된 김재춘은 이 상황을 '서종철 대장의 무언의 묵인'으로 받아들였다. 6관구의 병력이 혁명군의 주력이고 출발 지점이 이곳이었으니, 만일 서종철 사령관의 한마디로 "이놈들을 다 잡아넣으라."고 했으면 만사 도로아미타불이 될 상황이었다.

그런데 밤 12시에 오기로 한 박정희 장군이 집에서부터 미행하는 방첩대 요원들을 따돌리느라 늦게 도착하는 바람에, 누구의 명령을 받았는지 6관구 헌병대장이 박정희, 김재춘 두 사람을 구금하고 연행할 준비를 하고 있었다. 헌병대장은 평소 참모장의 직속 부하였지만 상부의 명령이라 어쩔 수 없다고 했다.

김재춘은 잠시 생각 끝에 헌병대장의 말을 무시하고 박정희와 함께 밖으로 나갔다. 그랬더니 헌병대장이,

"안 됩니다. 발포하겠습니다."

라고 엄포를 했는데, 김재춘은,

"쏘지 마라. 내 명령이다."

라고 하고는 박정희를 뒤에서 껴안고 그대로 걸어갔다.

김재춘은 등 뒤에서 정말 총알이 날아올 것 같았지만 그냥 걸었다. 헌병대장은 결국 쏘지 못하고 그들을 내버려 두었다.

이것이 5·16 쿠데타를 망칠 수도 있었던 역사의 순간이었다.

아마도 그때까지 쿠데타에 가담할까 말까 망설이던 장도영 육군참모총장이 이중의 포석으로 그 구금 명령을 내렸을 것인데, 쿠데타에 성공한 이들은 곧바로 자기들이 명목상 선봉에 모셨던 장도영을 반혁명

세력으로 몰아서 체포하여 재판에 넘겼다.

그리고 서종철 장군은 사실상 혁명에 동조한 것으로 알려져서 나중에 1군 사령관과 육군참모총장, 국방부 장관을 지냈고, 한미연합사령부 창설을 주도했다.

박정희와 김재춘 두 사람은 곧바로 한강으로 갔다. 김재춘 대령은 한강에 가 보니 김종필, 박종규 등 여러 명이 모여 있어서 놀랐다고 한다. 박정희가 자기하고만 혁명 모의를 한 것으로 알았는데, 다른 이들 모두 점조직으로 되어 있어서 서로 만나는 것은 처음이었던 것이다. 이것이 김재춘의 육사 5기와 김종필의 육사 8기가 사사건건 대립하는 시초였다고 한다.

이들은 곧이어 한강 인도교를 건너 시청 앞에 집결했다. 김재춘은 시청 앞 광장에 와서야 육사 8기 출신들이 '혁명의 주체 세력'인 걸 알았다고 한다. 육사 5기 출신인 자신이 박정희의 2인자라고 굳게 믿고 있었는데 그게 아니더라는 것이다.

4

후암동 집을 설계할 때 김재춘은 현직 중앙정보부장이었지만 공사가 끝날 때쯤에는 정치인이 되어 있었다. 그런데 누군가 공사 중인 집의 사진을 과장해 찍어서 "김재춘이 호화 주택을 짓는다."고 박통(박정희 대통령)에게 고자질하는 바람에 그해 공화당 공천을 못 받았다. 그는 1971년 민중당 후보로 당선되어 국회의원이 되었으나, 얼마 안 가서 다시 적을 바꾸어 공화당에 입당했다.

박통은 '호화 주택'에는 신경질적으로 반응한 사람이었다. 김재춘 '전 중앙정보부장'이 주택 공사 현장에 오더니 흥분해서 뒷짐을 지고 혼자 왔다 갔다 하며 고민하다가 박통에게 전달되었다는 사진을 나에게 보여 주었다. 그러면서 "어떡하든 호화롭게 보이지 않고, 작고 검소하게 보이도록 빨리 공사를 마무리하자."고 강력히 부탁했다. 과연 그 사진은 누가 찍었는지 광각렌즈를 사용해서 실제보다 집의 크기가 굉장히 과장되어 보였다.

이후 김재춘 의원은 무엇이든 나를 도와줄 일을 찾느라 열성이었다. 자기가 전국인삼업협동조합 이사장으로 있으면서 전국 인삼밭의 그늘막을 표준화하는 설계를 나에게 부탁하기도 했다. 그늘막을 세우는 목재의 규격이 중구난방이라서 알루미늄 같은 걸로 표준화된 조립식 부재를 만들어 전국의 인삼밭에 공급하면 "그 리베이트(말하자면 로열티)만 받아도 김 동지가 부자가 될 수 있다."는 것이었다. 나는 오래 생각한 끝에 "인삼이 예민한 작물이라 금속성이 토양과 뿌리에 영향을 미칠지도 모르겠으니 그냥 목재로, 재래식으로 쓰시는 게 좋을 것 같다."고 대답했다.

화곡동에 있던 자신 소유 인산농원仁山農園의 장기 마스터플랜을 세워 달라고 한 적도 있었다. 그리고 어찌 된 일인지, 지금의 서울대공원 전체와 청계산 만경봉 정상까지가 김 의원의 소유였다는데 그 땅을 어떻게 활용할 것인지 나와 함께 계획을 세우기도 했다.

이후 김 의원은 박정희와 담판해서 정치를 안 하는 조건으로 '미공법美公法 480호'에 의하여 10년 거치 20년 상환의 조건으로 도입되는 잉여농산물(미국산 옥수수)을 현금화시켜 쓸 수 있는 이권을 받았는데,

김재춘 전 중앙정보부장이 나에게 준 자신의 저서 『한국
중농사상 연구』와 책에 해 준 서명.

그것을 활용하여 무슨 사업을 하면 좋을까를 나에게 의논하기도 했다.
옥수수는 가축 사료로 팔아서 현금화하고 미국에는 '20년 거치 30년 상
환' 이런 식으로 갚으면 되는, 땅 짚고 헤엄치는 거대 이권이었다.

　하여튼 나에게는 그 모든 것이 격에 맞지 않는 것들이었고, 한 가지
도 성사되지 않았지만, 인간적으로는 참으로 감사해야 할 일이었다.

　그로부터 약 40년이 더 지난 2010년엔가 어느 행사장에서 오랜만에
만나 인사를 드렸더니, 치매가 있었는지 이분이 나를 몰라보아서 대단
히 섭섭했던 기억이 남아 있다. 또한 그 주택에 대해서는 사진이고 도면
이고 남아 있는 게 아무것도 없어서 조금은 유감이다.

2021. 9. 27.

천생 양반, 권태선 선생

권태선權泰宣 선생은 원래 개성의 부자 양반집 종손이라 항상 양반티가
흐르고 공부발이 넘치는 분이었다. 처음에는 우석대학友石大學의 김두
수金杜洙 이사장 밑에서 총무과장인가를 하다가 그 학교가 문을 닫으면
서 김수근 선생의 공간사로 이적하여 이것저것 김 선생의 부족한 부분
을 곰살궂게 챙기는 일을 참 잘도 했다.

　에티켓이랄까 매너랄까, 말투·문장·옷차림 그런 일상적인 것들 말
고도 1970년 엑스포 한국관의 '사랑방'을 맡아서 선비의 문방사우文房

우리는 함께 여행을 많이 다녔다.
왼쪽부터 권태선 선생, 박근자 선
생, 내 아내.

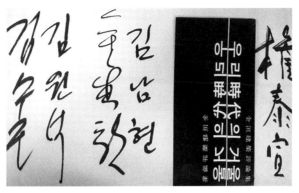

1975년 나의 첫 건축평론집 『우리 시대의 거울』이 출간되었을 때 한국일보사 13층 '타임스 클럽'에서 출판기념회를 했다. 그날 거기 오셨던 김수근 선생님의 '공간' 일행과 함께 권태선 씨가 방명록에 남긴 서명이다.

四友를 주제로 탁월한 디스플레이로 찬탄을 받기도 했다.

그러다 보니 나하고는 일에서 겹치는 경우가 많아서 가깝게 지내게 되었는데, 우리는 여러 면에서 의기투합했다. 그러나 공간사에 있는 동안 크게 경제적인 도움을 못 받다가 드디어는 롯데그룹이 새로 만든 롯데민속박물관 관장에 초빙되어 가서 사회적 지위뿐 아니라 상당히 높은 셀러리를 보장받았는데, 웬일인지 그리 오래 하지 못하고….

그리고 얼마 지나지 않아 지병으로 돌아가셨다.

생전에 나하고는 반포의 민영아파트에서 앞뒷집에 잠시 살았기 때문에 한동안 더욱 친밀하게 지냈다.

내가 옥인동에 집을 짓고 집들이를 했던 1986년, 우리 집에 권 선생이 와서 집을 둘러보면서 마당의 남쪽과 서쪽 경계에 둘러진 콘크리트 난간과 그 손잡이가 "아주 잘되었다."면서 그 손잡이 난간이 스테인리스 스틸 파이프로 된 것을 보고 "역시 부잣집은 다르구나."라고 감탄을 하시던 일이 지금도 그걸 볼 때마다 생각이 난다.

난간 손잡이를 보통은 쇠 파이프로 하기 마련인데 값비싼 스테인리스를 썼다는 것이다.

과연 35년도 더 지난 그 손잡이는 지금까지 한 번 닦거나 손보지 않고도 반짝반짝 빛을 내고 있다. 그냥 '녹 슬지 않는stainless' 게 아니라 '반짝이는' 쇠붙이 같다.

2021. 8. 23.

나의 친구 이두식 화백

화가 이두식李斗植은 안타깝게도 일찍 세상을 떠났지만 살아생전 나에게는 잊을 수 없고, 둘도 없이 좋은 친구였다. 덩치가 크고 눈이 크고 목소리가 커서 조금은 우락부락해 보이지만, 대단히 수줍어하고 얌전하고 겸손한 사람이었다.

우리는 처음 홍익대 한도룡韓道龍 교수의 소개로 알게 되었다. 한도룡 교수가 전두환 대통령 시절 이순자 여사와 잘 아는 사이였던 모양이었는데 엄청난 일을 한 건 맡아 왔다.

이라크의 사담 후세인 대통령이 '전쟁기념관'을 짓는다면서 한국의 독립기념관을 주도하고 있는 건축가를 초빙하여 자문을 받고 싶다는 것이었다.

당시 이라크는 이란과 전쟁 중이었는데, 역사를 보자면 원래 이란의 팔레비 국왕이 미국과 가까워서 그와 견원지간犬猿之間인 이라크는 소련에 빌붙어서 군사원조를 받았고, 그러다 보니 북한과 가까워져서 13

년 동안이나 소위 '형제지국'으로 지내 오던 터였다.

이란은 팔레비 왕조가 망하고 호메이니가 혁명을 일으킨 후 오히려 친소련 정책을 펴 왔는데 그러던 중 이란과 이라크 두 나라가 전쟁을 하게 되자 이란이 북한의 군사 고문단을 모셔다가 전쟁 자문을 받게 되고, 이라크의 후세인은 오히려 친미로 방향을 바꾸는 대혼란이 일어났다.

그런데 사실상 이란은 북한으로부터 군사 고문단만 지원을 받은 게 아니라 공군 조종사까지 파견을 받고 있었고, 전쟁이 나자 전투 현장에서 북한군이 전투병으로 참전했다가 포로로 잡혀 오는 것을 보고 사담이 대로大怒하여 "북한도 우리의 적국이다."라며 한국에 경제·군사적 도움을 요청했다고 한다.

그때 이라크가 크게 부족했던 군수품으로는 개인화기뿐 아니라 모든 종류의 군 장비가 포함되는데, 그것을 쉽게 공급해 주거나 팔기를 원하는 나라가 한국이었다. 이것을 간파한 한국의 중앙정보부가 사담 후세인의 —차지철 같은— 경호실장을 움직여서 현대건설을 파견하여 전쟁 복구를 위한 건설 사업을 지원하면서 물밑으로 무기 거래를 시작했다.

당시 한국은 미국의 도움으로 M-16 소총 공장을 짓고 처음으로 육군 전체 개인화기를 칼빈 소총에서 M-16으로 바꾸는 사업을 벌이고 있었는데, 미국은 M-16의 노하우를 한국에 이전하는 조건으로 "절대로 제3국에 팔아먹지 않겠다."는 약속을 하게 했다고 한다.

그러나 한국 정부는 그 약속을 어기고 현대건설의 위장 업체인 '현대문화사'라는 회사를 통해 M-16 소총과 탄약을 이라크에 팔고, 곁들여 군복·군화·탄띠·수통·철모 같은 모든 종류의 군수품을 대량으로 밀거래하고 있었다.

그 과정에서 사담 후세인은 한국의 산업 발전을 알게 되고 현대건설의 실력을 알게 되면서 급격히 한국 편으로 기울었다.

그때 아이디어를 낸 것이 후세인의 경호실장으로서, 그는 한국의 중앙정보부와 짜고 국제 규모의 군수품 비밀 거래를 하고 있었는데, 동시에 전쟁에 지친 국민의식을 한곳에 집중시키기 위해 '전쟁기념관'을 구상하고 한국의 '독립기념관 건축가'를 초빙한 것이다.

우리는 한도룡 교수를 단장으로 하고, '현대문화사'라는 중앙정보부 위장 업체의 위 전무라는 젊은이를 실무 책임자로 하여 이두식 교수와 나까지 모두 네 사람이 이라크에 갔다.

당시는 현대건설이 현지 전쟁 복구 사업을 대단히 많이 하고 있어서, 현장에 교대차 투입되는 노동 인력과 임기를 끝내고 귀국하는 인력만 해도 대한항공의 서울-바그다드 직항 노선이 늘 만석이었다. 보잉 747을 개조해서 1층 전부를 이코노미석으로 하고 2층(upper deck)에만 비즈니스석과 1등석을 두었는데, 400명 넘는 인원이 모두 '중동 노무자'로 가득 찼으니 기내 분위기가 아주 색달랐다.

떠나는 사람들은 모두 중년의 남자들인데 계약 기간인 2~3년 동안은 가족을 못 본다는 생각, 노동자로 해외에 팔려 간다는 생각들이어서 모두들 표정이 어둡고 침울했다.

비행기가 이륙하자 기내 방송이 나왔다. 아주 예쁘고 차분한 목소리로 이 젊은이들을 위로하는 멘트가 계속되었다. 그러자 거의 전원이 더욱 침울해졌다. 방송 끝에,

"여러분, 부디 고국에서 기다리는 사랑하는 가족들을 생각하며 해외에 지내는 동안 자중자애하시고 몸을 상하거나 병들지 않도록 건강 유의하시어 건강한 몸으로 가족들 품에 돌아올 때까지…"

라고 하는데, 멘트가 끝나기도 전에 한쪽 좌석에서 어느 마음 약한 사람 하나가 울음보를 터뜨리자 비행기 객석 전체가 울음바다가 되었다.

우리도 공연히 울컥해져서, 이두식 교수는 커다란 눈에 눈물을 글썽거리며 스튜어디스에게 술을 청했다.

사실 이두식 교수와 나는 만난 지가 오래되지는 않았지만 술에 관한 그야말로 '괄목상대'였다. 술자리만으로도 급격히 가까워졌고, 그는 나이 차이가 두 살밖에 안 되는 나에게 "선생님"이라며 항상 깍듯했다.

바그다드 공항에 내리니 거의 의장대에 가까운 환영객이 사담 후세인의 경호실장을 필두로 줄을 서 있다가 우리를 반갑게 맞았다.

바그다드에서 우리는 비록 대통령은 만나지 못했지만 명색이 대통령의 빈객으로서 너무도 융숭한 대접을 받았다. 불만이 있다면 음식이 삼시 세끼 양고기뿐이라는 점과 술은 한 방울도 못 먹는다는 것이었다.

열흘 후 돌아오는 비행기 안에서 옆에 아무도 없이 우리 네 사람만

어느 날 술자리에서 또 재미있는 이야기로 여성들을 웃기고 울리고 있는 이두식 교수. 박명자 현대미술관장이 노래를 하려고 마이크를 잡고 있고, 이두식 교수 뒤에는 김홍희 씨가 서 있다. (사진 천호선)

2층 일등석에 퍼지고 앉아서 열 몇 시간을 오는 동안 그 비행기에 실은 술을 나와 이두식 둘이서 모두 마셨다. 우리는 바그다드 여행 이후 정말 거의 매일 만나서 마시고 또 마셨다.

그러다가 2013년 어느 날, 이두식 교수가 '사망'했다는 부음을 들었다. 나는 이두식 교수가 왜 갑자기 죽었는지 너무 충격이 커서 사인을 물을 생각도 못 하고 그냥 슬프기만 했다.

그런데 그의 빈소에는 사람들이 너무 많이 몰려들어서 무슨 슬픈 내색을 못 할 만큼, 속된 말로 '장바닥' 같았다. 나하고는 비교도 못 할 만큼 생전에 그를 좋아하는 사람들이 그렇게 많았다는 뜻이다.

이두식은 술도 잘 마셨지만 술만 마시면 이야기도 잘했다. 주제가 끝도 없을 뿐더러 '구라'와 '뻥'을 섞어 가며 너무도 재미있게 이야기를 하기 때문에 술자리에서는 늘 좌중을 압도했다. 그에 비해 나는 술을 마셔도 이야기를 듣기만 하는 편이었다.

하기야 듣는 사람이 있어야 하는 사람도 신바람이 나는 것이다.

2021. 5. 8.

'자매' 한채순 사장님

해마다 '부처님 오신 날'이면 생각나는 사람이 일식집 '자매姉妹'의 한채순韓采順 사장님이다.

옛날 옛적에 서울 하고도 북창동北倉洞 골에 '자매'라는 일식집이 있었다. 유명하고 비싼 집이었다.

내가 처음 그 집을 알게 된 것은 나의 부산사범부속국민학교 친구 이영일李瑛一의 외삼촌 되시는 영화감독 양종해梁宗海 씨를 따라 가면서였다. 내가 그 부인 배동순裴東舜 씨를 『동아일보』 여기자로 알게 되었을 때 남편이 양종해 감독이라는 말을 듣고 깜짝 놀란 적이 있을 만큼 양종해라는 이름은 〈팔도강산〉, 〈범종梵鍾〉 등 초창기 문화영화의 수작秀作들을 만든 감독으로 유명한 분이었다.

그분은 특히 일본식 '다치노미立飲み'(서서 마시기)를 좋아해서 겨울이면 늘상 북창동 '자매'의 카운터에 놓인 오뎅 솥에서 덥혀 주는 정종 한 잔과 오뎅 국물을 함께 마시곤 했다. 그 집은 1층에 선술집 같은 오뎅

카운터가 있고, 홀에서는 초밥과 도시락을 팔고, 2층에 올라가면 방이 여러 개 있는 요정 스타일이었다.

처음엔 그렇게 가볍게 드나들던 술집이 나에게도 그만 단골 술집이 되었고, 정말로 수십 년을 다녔다.

한채순이라는 예쁜 이름의 주인 할머니는 항상 흰 모시 치마저고리를 해 입고 단골손님 방에만 들러서 점잖게 술을 따라 주었다. 그러면서 "내가 화류계 생활 40년입니다."라고 늘 말했다.

아마도 나하고 이곳에 가장 많이 간 분은 문공부의 김○호 기획관리실장과 한○삼 국립박물관장일 게다. 한 관장은 한 사장과 종씨인 데다가 고향이 같은 함북 북청 사람이라며, 연애라도 할 것처럼 서로 좋아했다.

정말로 그 집에 많이 갔다. 거의 매일 갔고, 거의 매일 1시, 2시까지 마셨다. 그러니 심지어는 그게 소문이 나서 김중업 선생이 손보기 교수와 함께 청와대 손재석 교문수석을 찾아가서 "김원이 매일 박종국과 술 마시면서 독립기념관을 통째로 말아 먹는다."고 고발할 정도로 소문이 났다. 손 수석으로부터 "그런 고급 술집에 다니지 말라."고 주의를 받았지만 나는 오기로라도 더 열심히 '자매'를 다녔고, 한 사장은 월말 정산 때 술값이 너무 많아 미안하다며 세금도 빼고 봉사료도 빼고 거기다 또 10프로를 깎아 주기도 했다.

정말로 그때 어찌나 '자매'에 자주 갔던지 좀 오해가 생길 만도 했다. 그때 내가 마흔 살이었는데, 하도 매일 늦게 들어오니까 아내가 내 옷 주머니에서 매일같이 나오는 성냥을 보고 '자매'를 알게 되었다.

아내의 친구들이 "아무래도 이상하다, 우리가 그 집을 한번 가 보자."고 했더란다. 그런데 아내가 겁이 나서 나에게 이실직고를 했다. 그

래서 내가 한 사장에게 전화를 해서,

"우리 집사람이 친구들이랑 간다고 하니 잘 접대해 주시오."

라고 했고, 한 사장은 일행을 푸짐하게 대접한 다음 정중하게 인사를 올리면서,

"제가 40년 화류계 생활에 김 사장처럼 술 잘 마시지, 또 매너 좋은 사람은 본 적이 없습니다."

라고 안심을 시켰다고 한다. 그렇게 해서 나에 대한 아내의 오해는 완전히 풀렸다.

한편, 나는 늘 한 사장의 그림이나 글씨에 대한 안목과 컬렉션에 감탄하곤 했다. 젊은 시절부터 화가, 문인들 단골이 많았던지, 그 집에는 방마다 좋은 그림과 글씨가 걸려 있었고, 수시로 전시품을 바꾸기도 했다.

이 그림은 어느 해인가 추석 선물이라고 한 사장이 나에게 준 그림이다. 어느 날 내가 늘 마시던 방에 그림이 바뀌었기에,

"아, 이 그림 참 좋다. 정재鼎齋 최우석崔禹錫이네!"

라고 했더니,

"그림쟁이 아니고서 낙관만 보고 '정재'를 알아보는 사람 처음 보았네요."

하면서 며칠 후 그림을 새로 표구를 해서 내 차 트렁크에 실어 주었다.

명절이면 갈 때마다 술이니 안주니 과일이니 선물을 기사에게 주어서 차에 실어 놓곤 했는데 그림을 선물로 받기는 처음이었다.

지금도 내가 아껴 쓰고 있는 미키모토 진주의 커프스 보튼도 그때 한 사장의 선물이다. 심지어 술집 여사장이 '부처님 오신 날' 내 이름으로 등燈을 달아 주기까지 했다.

한채순 사장님이 나에게 선물로 준 정재 최우석의 그림과 낙관(왼쪽), 그리고 추사 김정희의
글씨를 새긴 목판(오른쪽).

　한 사장은 얼마 후 식당을 닫았고, 또 얼마 후 세상을 떠났다. 그때 지
배인을 하던 아저씨가 무슨 물건을 들고 찾아와서 할머니가 돌아가셨다
며, 임종 전에 가게에 있던 물건들을 모두 정리하고 "이것을 광장의 김
사장에게 갖다 드리라."고 했더란다.

　추사秋史 김정희金正喜의 글씨를 새긴 목판이었다.

2021. 5. 27.

헝가리 여인, 미라

주일날 성당에서 미사 중에 가슴을 치며 "내탓이요, 내탓이요, 나의 큰 탓이로소이다."라고 외칠 때마다 나는 헝가리 부다페스트에서 만난 여인이 생각난다.

노태우 대통령 시절 부다페스트에서 우리 정부와 영진공(영화진흥공사)이 주최한 「한국 영화 주간Korea Film Week」이라는 행사는 참으로 근사한 추억거리다.

나는 그때 '남양주 종합촬영소'를 설계하고 있었는데 마침 김동호金東虎 영진공 사장께서 그 행사에 초청해 주셔서 그 유명한 마자르 필름 스튜디오Majar Film Studio를 보러 함께 헝가리에 갔다.

부다페스트 시내의 영화관을 세 군데 빌려서 일주일 동안 좋은 한국 영화를 보여 주는 행사였는데, 정부의 '동방정책東方政策'에 힘입어 동유럽 여러 나라에 처음 진출하여 한국을 소개하고 문화를 교류하며 우호조약을 체결하는 거창한 프로그램이었다.

한국 정부는 대통령을 비롯하여 관련 장·차관, 문화예술인, 기자단이 대거 출장했으므로, 대한항공 전용기를 타고 가서 시내의 가장 큰 특급 호텔 전체를 전세 냈고, 셰프들도 동행했으며, 음식 재료까지 싣고 가서 숙식을 함께했다.

주빈은 김동호 영진공 사장과 김지미金芝美 한국배우협회 회장이었는데, 나는 사실 영화제와 직접적인 관계가 없는 손님이었지만 이분들이 특별히 챙겨 주셔서 아침저녁 밤늦게까지 매일 특별 대우를 받았다. 모든 공식 행사뿐만 아니라 공식 만찬 아닌 비공식 술자리까지 함께했다. 그리고 때로는 내가 일행을 저녁과 술자리에 초대하기도 했다.

김지미 씨는 김포공항에서 처음 만나 내가 출국 수속을 해주었는데,

"앞으로 열흘 동안 함께 여행을 할 텐데, 호칭을 무어라고 부르면 좋을까요?"

하고 물으니 즉답이,

"미스 킴이라고 불러 주세요."

라고 했다.

배우협회 사무국장으로 김지미 회장의 수행 비서처럼 따라온 배우 윤일봉尹一峰 씨도 처음 만났는데, 그는 별 재미 없는 근엄한 사람으로, 특히 일행의 돈주머니를 신경 써야 했으므로 늘 긴장해 있었다.

우리 한국 대표단에 배정된 통역 겸 안내양이 미라Miroslava라는 젊은 헝가리 여성이었는데, 세련된 매너와 뛰어난 미모로 모든 이들의 눈길을 빼앗는 독보적인 존재였다.

그런데 무엇보다도 기특했던 것은 이 아가씨가 너무도 일을 열심히 해서 모든 사람에게 감동을 주는 것이었다. 이 아가씨는 일만 열심히 하

는 게 아니라 한국과 한국 사람들을 너무 좋아해서 어떻게든 한국말 한 마디라도 더 배우려 하고, 심지어는 처음 먹어 보는 김치나 고추장을 눈물을 흘려 가면서 참고 먹는 것이 귀엽다 못해 안쓰럽기도 했다.

열흘간의 일정이 끝나 갈 무렵, 내가 김 위원장과 김지미 씨에게 미라 양을 칭찬하면서 "저 사람 서울에 한번 초청하면 어떨까요?"라고 했더니, 일행 모두가 적극 찬성하며 좋은 생각이라고 했다.

나는 말을 꺼낸 책임이 있는지라 왕복 비행기 표는 내가 사겠다고 서두를 꺼냈다. 그랬더니 모두들 나머지 비용은 함께 나누어 내면 별로 부담이 안 되겠다며 분위기가 좋았다. 사실 미라의 여러 행동은 우리 팀 모두에게 그런 칭찬을 받고도 남을 만한 것이었다.

나는 제일 먼저 에어프랑스에 가서 부다페스트-파리-도쿄-서울 노선의 왕복 편을 예약하여, 오픈으로 된 티켓을 미라에게 주었다. 아무 때나 서울에 올 수 있었다. 미라는 눈물을 글썽이며 좋아하고 우리 모두를 일일이 포옹하며 "감사합니다."라고 우리말을 했다.

우리 대표단이 귀국하고 한 달쯤 지나서 미라가 서울에 왔다.

내가 공항에 가서 영접을 하고 내 차에 태워 미리 예약해 둔 스위스 그랜드호텔에 짐을 풀었다. 그리고 예정했던 일주일 동안 미라의 서울 여행이 시작되었다.

김동호 사장과 김지미 씨와 함께 만나 만찬으로 환대를 해 주었고 따로 또 나하고, 돌아가며 매일 저녁을 같이했다. 모두들 바쁜 분들이었기 때문에 보통 날은 미라 혼자서 서울 시내를 구경하게 했다. 시내의 궁궐과 종묘, 사직단 등 내가 골라 준 곳들을 하루에 두세 곳씩 열심히 혼자 다녔다.

젊으니까 씩씩하게 다니는 것 같았고, 하루하루의 감상을 이야기할 때는 아주 감동 어린 소회를 피력했다. 미라는 동서양의 문화 차이, 현재와 과거의 시간 차이, 그리고 한국과 헝가리의 공통점을 큰 충격과 감동으로 느끼고 받아들이는 듯했다.

또 한 번 내 차례가 왔을 때 그날은 내가 너무 바빠서 자동차와 운전기사를 보내 주고 용인의 민속촌에 다녀오라고 했다. 그것 역시 미라에게는 정말 재미있는 경험이었던 듯했다. 왜냐하면, 알다시피 헝가리의 마자르족은 우리 몽골리언과 같은 핏줄이라, 생김새는 달라도 어딘가 공통점이 있고 정서적인 공감대가 형성되어 있기 때문이다.

문장의 구성, 즉 주어와 동사의 배열이 우리와 같고, 성을 먼저, 이름을 나중에 쓰는 풍속이 서로 같다는 것만으로도 왠지 가깝게 느껴지는 정겨운 감정이 있는 것이다.

서울 여행 마지막 날은 주일이었다. 내가 성당에 같이 가자고 했다. 처음엔 조금 의아해하는 듯하더니 "메아 꿸파Mea Quilpas?"하면서 주먹으로 가슴을 치는 시늉을 했다. "내 탓이요, 내 탓이요. 나의 큰 탓이로소이다."를 알고 있었던 것이다.

돌이켜 보면 러시아제국이 볼셰비키 혁명으로 무너진 1900년 초에 러시아에서는 모든 종교 활동이 금지되고 수도원은 국유화되고 교회들은 폐쇄되었는데, 동유럽의 위성국가들도 모두 같은 일을 당했으며, 헝가리에서도 독실했던 가톨릭 신앙이 지하 교회로 묻혀 들어갔던 것이다.

그런데 80년이나 지나간 옛날의 성당 미사들을 젊은 아가씨가 기억하고 "내 탓이요"를 흉내 내다니 놀랍고도 기특했다.

다음 날 미라는 서울을 떠났다. 서울에 올 때보다 짐보따리가 많이 불어 있었다. 모두들 크고 작은 선물들을 챙겨 주었고, 특히 김지미 씨는 미라를 데리고 하루 동대문의 옷가게를 돌며 짝퉁으로 프랑스, 이탈리아 라벨을 붙인 국산 명품 드레스들을 열 몇 벌이나 사 주었다고 했다.

내가 공항에 배웅을 했고, 미라는 눈물을 글썽이며 나를 포옹하고 출국장으로 들어갔다. 나는 그녀가 안 보일 때까지 손을 흔들며 서 있다가 돌아서 왔다.

며칠 후에 잘 도착했다는 편지가 왔다. 그날 공항에서 출국장을 지나 탑승하려던 직전에 갑자기 나를 어쩌면 생전에 다시 못 볼 것이라는 생각이 들어서, 나를 한 번 만 더 멀리서라도 보겠다며 출국장 직원들과 싸움을 해 가며 마구잡이로 돌아와서 나를 찾으니 내가 거기 아직 있을 리가 없었던 것.

당연히 내가 그냥 우두커니 서 있으리라 생각은 안 했지만 눈곱만큼의 가능성이라도 한 번 더 얼굴이나마 볼 수 있을까 생각했다는 말에 가슴이 아팠다.

나는 그 편지를 잘 간직한다고 깊이깊이 넣어 두었는데, 너무 깊은 곳에 넣었는지 지금은 도저히 찾을 수가 없어서 안타깝다.

그녀가 바로 주일마다 성당에서 "내 탓이요"를 말하며 가슴을 칠 때마다 생각 나는 사람이 있다는 내 옛이야기의 주인공이다.

2021. 4. 24.

김대중 대통령의 성당 미사

김대중 대통령은 잘 알려진 대로 독실한 천주교 신자였다. 그가 1997년 대통령에 당선되어 청와대로 거처를 옮긴 직후부터 주일 미사 참례를 위해 청와대의 관할 본당이 어디인지 알아보라고 비서실과 경호실에 지시를 했다고 한다.

그래서인지 어느 날 청와대 경호실이라면서 나에게 전화가 왔다. 내가 세종로성당의 신도회장(사목협의회)을 하고 있었기 때문이다.

전화의 내용인즉, 대통령께서 지역 본당의 주일 미사에 참례하고 싶어 하시는데 경호 업무상 미사 시간 전에 경호실에서 성당 내부를 점검하고 성당 출입구에 검색대를 설치하여 모든 출입자들의 소지품을 검색해야 하니, 회장님께서 신자들에게 공지하여 협조해 주십사 하는 내용이었다.

나는 그 이야기를 듣고 즉석에서 "안 된다."고 대답했다. 검색이니 검색대니, 도대체 있을 수 없는 일이니 다른 방도를 찾아보라고 했다.

그들은 아주 난감한 태도에 불쾌한 반응을 보이며 '협조'라는 말을 자주 쓰면서 도와달라고 하더니, 어느 주일날 갑자기 대통령이 주일 미사에 오신다며 성당에 들이닥쳐서 '경호 업무'를 시작했다.

검색대는 안 만들었지만, 성당 입구에서 날카로운 눈매로 신자들을 보고 있다가 무슨 큰 짐 든 사람은 모두 열어 보라 하고, 심지어 여성들의 핸드백도 열어 보자고 했다.

내가 그 얘기를 듣고 성당에 달려가 보았을 때는 성당 건너편 건물 옥상에 장총을 든 경호원들이 여럿 보였고, 성당 앞 도로에는 사복한 청년들이 왔다 갔다 하고 있었다.

성당 내부에는 앞줄을 모두 비워 놓았고, 미사 시작 직전에 대통령 일행이 도착하자 맨 앞줄에 대통령 내외 둘만 앉고, 뒷줄 한 줄은 비워 놓고, 그다음 줄에 경호원 네 명이 앉고, 그다음 줄부터 일반 신자를 앉게 했으니, 도무지 미사 분위기가 전 같지 않고 딴판인 데다 분심이 생겨서 도저히 이래서는 안 되겠다 싶었다.

그런데 대통령은 매주 빠짐없이 미사에 나왔다. 열심히 강론 듣고 기도하고 영성체하고 평화의 기도에 모두 눈을 맞추며 자리를 지켰고, 미사 후에는 신부님은 물론 관리인과 보일러실 기사에게까지 찾아가 인사하고 성당을 떠났다.

그러니 성당 전체에 야단이 났다. 대통령 내외 때문에 교중教中 미사가 자연스럽게 안 되는 것이다. 하여튼 그런 모든 불편함과 부자연스러운 것들을 알아차렸는지 대통령은 몇 주 후부터 미사에 안 나왔고, 신부님과 이야기하여 매주 금요일 아침에 신부님이 청와대에 가서 미사를 드리는 것으로 결론이 났다고 했다.

안병철 신부님은 수녀님을 대동하고 청와대로 가서 수녀님이 미사 준비를 하는 약 20~30분 동안 대통령과 차를 마시며 대화를 하고, 대통령 내외 두 분을 앉혀 놓고 미사를 집전하고 성당에 돌아왔다. 당연히 대화 중에 대통령은 바깥세상 이야기를 듣고 싶었을 것이다.

그런 일이 소문이 나자 신부님 주변에 사람들이 찾아오기 시작했다. 그중에는 대통령과 대화 중에 이것 한 가지만 부탁해 달라는 사람들이 있었다. 그런데 안 신부님은 "어떤 일이라도, 아무리 중요한 일이라도 나에게 부탁하지 말라."고 했다.

그때쯤 해서 강혁준이라는 젊은 신부 한 분이 건강상의 문제로 조금 쉴 겸 우리 성당에 와서 몸을 의탁하면서 신부님을 대신해 어린이 미사, 청년 미사, 교리 공부 등을 도와드리면서 함께 지내게 되었다. 그 신부님은 평소 경찰사목警察司牧을 깊이 염두에 두고 있었던 것 같다.

강혁준 신부님에 따르면, 당시 군대에는 군종신부軍宗神父가 있고, 불교의 군승軍僧이 있고, 개신교의 군목軍牧이 있었는데, 경찰에는 스님과 목사가 각기 선교와 사목을 담당하고 있지만 공식적으로 신부님은 없어서 형평이 안 맞았다. 특히 힘든 일을 하는 의경(의무경찰), 전경(전투경찰) 등 젊은이들 가운데 가톨릭 신자들은 정신적 지주가 없어서 주일에도 갈 곳 없이 방황하며 의지할 곳이 없다는 것이다. 이상하게도 우리 경찰에는 초창기부터 지금까지 간부들의 개신교 세력이 강한 것 같았다.

강 신부님은 본인이 자원하여 경찰 사목을 하고 싶은데 경찰에서는 관심이 없다며, 대통령께 한 말씀만 해 줄 수 없느냐고 안 신부님에게 졸랐다.

안 신부님은 당신이 말한 원칙대로 "나는 대통령께 어떤 부탁의 말씀도 드리지 않는다."며 당연히 거절을 했다.

그러던 어느 날 청와대 미사가 끝나고 자리를 정돈하고 인사를 하던 중에 따라갔던 수녀님이 그 이야기를 꺼내고 말았다.

"저… 대통령님, 드릴 말씀이 있는데요."

말 없던 수녀님이 이야기를 하니 대통령도 신기했는지, 반가웠는지 즉시,

"무슨 말씀이신데요?"

라고 물었다. 신부님은 즉각 수녀님의 의중을 알아채고 눈을 부릅떴지만 이미 사태는 벌어졌다.

"저, 말씀드리기 죄송하지만 경찰에 신부님이 없어서…."

이렇게 시작된 이야기를 대통령이 자세히 듣더니 깜짝 놀라면서,

"아, 정말로 그렇군요. 즉시 조치하겠습니다."

라고 했다.

안 신부님과 수녀님이 청와대를 나와서 성당에 돌아가기도 전에 경호실에서 나에게 전화가 왔다.

"회장님, 서울경찰청 16층에 신부님 방을 마련해 두었습니다."

없다던 방이 금방 생긴 것이다.

그다음 날 내가 서울경찰청 16층의 열 평 남짓한 그 방엘 가서 보고 '경신실警神室'이라는 이름을 붙여 주고, 절반은 신부님 사무실로, 절반은 30명이 미사할 수 있는 공간으로 만들어 드렸다. 북향의 방이었는데 무엇보다도 청와대와 북악산과 멀리 북한산의 연봉까지 보이는 경치가 좋았다.

일단 그렇게 해서 작게나마 자리를 잡고, 신부님은 얼마 후 경찰청

경찰청에 마련된 소성당.

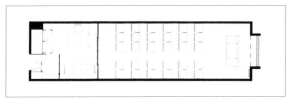

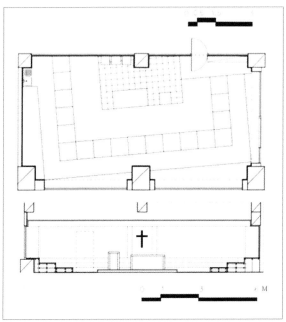

경찰청 16층의 경신실敬神室(위)과 경찰청 반지하층의 소성당(아래) 도면.

반지하층에 약 20평 되는 공간을 얻어 역사상 처음으로 경찰본부에 성당을 차리고 미사를 드리게 되었다. 건축가 김원의 설계로….

김대중 대통령은 재임 중 청와대에서 꼭꼭 금요 미사를 드렸는데, 또한 가지 못 잊을 일은 대통령 재임 기간 중 해마다 성탄절, 음력 설, 추석, 세 번씩 명절 때면 청와대에서 봉투가 석 장씩 나에게 전달되던 일이다. 신부님께 100만 원, 수녀원에 50만 원, 관리인에게 30만 원 그렇게 현금이 들어 있고, 뒷면에는 대통령의 친필로 "김대중 올림"이라고 쓰여 있었다.

나는 정치에는 관심이 없지만, 그분의 신자로서의 기본 자세에 깊은 인상을 받았다.

2022. 3. 19.

피아니스트 임동혁

1999년경 내가 주한 러시아연방국 대사관 설계일로 모스크바에 왔다 갔다 하던 때, 삼성물산 건설 부분의 박창선 사장으로부터 개인적인 도움을 많이 받았다. 그는 나의 대학 동기로 특히 가까웠던 터였는데, 마침 그때 모스크바의 건설 시장에 진출하기 시작했던 삼성은 그곳에 아무 연고가 없는 나에게 해 준 것이 많았다.

구소련 연방이 붕괴되고 고르바초프의 페레스트로이카(1985)라는 개혁·개방정책이 그 나라를 풍미하면서 가히 혁명적인 국가 변혁이 일어나고 있었다.

건설 시장이 개방되자 한국의 건설업체 아홉 곳 정도가 모스크바에 진출했는데, 아직 상호 신뢰가 구축되지 않은 상태여서 어느 정도 서로 탐색전을 벌이는 단계였다. 삼성은 과감하게도 구동독에서 철수하여 귀국하는 대규모의 러시아 군대가 자국 내에 주둔할 병영 시설을 수주하여 선발대가 모스크바에 진출해 있었다.

나는 박창선 사장의 소개로 모스크바에 가 있던 임홍택이라는 후배를 소개받아서, 모스크바에 체류하는 동안 그 댁에 초대받아 우리 음식도 얻어먹고 외로움도 달래는 등 따뜻한 대접을 받았다.

임홍택 이사는 자기 상관의 친구인 나를 깍듯이 모시며 집에 초대하여 맛있는 음식을 차려 주곤 했는데, 무엇보다도 그 부인의 따뜻한 마음씨와 음식 솜씨가 감동을 주었다.

그 댁에는 임동혁, 임동민 아들 두 형제가 있었다. 10세, 14세의 어린 이들로, 아버지를 따라 모스크바에 가서 국립음악학교에서 피아노 공부를 하고 있었다.

두 아들이 특히 나를 좋아하고 따르는 바람에 만날 때마다 여러 가지 이야기를 해 주곤 했는데, 그 부모님은 그런 관계가 아이들 교육에 큰 도움이 된다며 아주 좋아했다.

어느 날 두 아이가 미리 약속이라도 한 듯이 나에게 할 말이 있다며 자기 부모들에게 '미국에 보내서 공부시키는 게 어떻겠느냐.'고 이야기를 좀 해달라는 것이었다.

도대체 왜 그러느냐고 내가 물었더니, 얼마 전에 원경수元京洙 씨라는 유명 지휘자가 모스크바에 왔다가 이 아이들을 만난 적이 있는데 그분이 아주 단호한 어조로 '미국에 가서 공부해야 한다.'고 아이들에게 일렀다는 것이다. 아이들은 그 이야기에 들떠서 자기들 학교에 관한 불평을 늘어놓으며 미국에 보내 주어야 피아노를 계속하겠다고 고집을 부리고 있었다. 학교는 난방도 안 되고 유리가 깨져도 갈아 주지 않아서 너무 춥고 힘들며, 실력 있는 선생들은 모두 미국으로 가 버리고 실력 없는 선생들만 남아 있다는 것이었다.

나는 그 아이들과 조용히 앉아 이야기할 시간이 많지 않았는데, 어느 날 그 부부가 나와 아이들을 태우고 모스크바 교외에 있는 솔제니친의 기념관에 다녀오게 되었다. 그때 자연스럽게 가고 오는 몇 시간 동안 차 속에서 아이들과 이야기할 시간이 꽤 있었다.

나는 그 아이들에게,

"러시아의 음악적 전통은 미국에 비할 수 없을 만큼 깊고 웅장하며 배울 것이 많다고 나는 생각한다. 그리고 지금 나라 형편이 안 좋다고 사랑하는 조국을 등지고 미국으로 가는 교수들은 인간적으로 배울 것이 없는 자들이다. 역경 속에서 모국에 남아 학교를 지키고 있는 너희 교수들을 나는 존경한다."

라고 간단히 이야기했다. 그러자 이 아이들은 눈을 반짝이며 듣고 있더니, 그러고 보니 과연 선생님 말씀이 옳다고 긍정을 했다. 그러고는 그 이후로 미국 이야기를 꺼내지 않더라며 두 부부가 나에게 정말로 고맙다고 했다.

그때 그 두 꼬마 아이들이 오늘날 세계적인 피아니스트로 성장했다. 아마도 모스크바의 한겨울 추위와, 얼마 후 병으로 세상을 떠난 그들 엄마에 대한 우울한 추억 때문에라도 이 아이들은 내적으로 크게 성장한 것 같다. 꼭 내 말대로 되었다고 하기는 뭣하지만, 나는 30년 가까이 지난 오늘 이 아이들의 소식을 들을 때마다 공연히 내 마음이 뿌듯해진다.

2022. 3. 23.

백건우와 함께한 날들

1

내가 처음으로 '백건우'라는 이름을 들은 것은 경기중학교 3학년 때인 1957년쯤이었을 것이다.

알다시피 그때는 일본 식민지의 잔재랄까, 중고등학생은 모두 머리를 박박 깎아야 했다. 학교마다 규정에 조금씩 차이가 있어서 서로 비교하며 불만이 많았는데, 그나마도 경기중학교는 그게 좀 덜해서 '니부가리二分제'나 '고부가리五分제' 정도로 봐주었다. 머리카락 길이를 6밀리(2푼)까지, 나중에는 머리 가운데 높은 곳은 15밀리(5푼)까지 봐주었다는 말이다.

당시 내수동에 살던 이건종 군이 배재중학교를 다니고 있었는데, 그 학교 학생들은 머리를 정말로 면도하듯 박박 깎고 다녔다. 전두환이 교복 자유화, 두발 자율화를 할 때까지 그 악습이 계속되었으니, 우리 교육이란 것이 상상 이상으로 무지하고 덜 되어먹은 것이었다.

그때 이건종 군이 제일 부러워한 사람이 한 반에 있던 백건우였는데,

중학교 2학년 김원(가운데)의 까까머리.

그는 피아노 연주를 해야 하니 머리를 박박 밀지 않아도 되었던 것이다. 다만 그때 나는 백건우라는 이름만 들었지 연주회 같은 것은 엄두도 못 낼 처지라 그냥 그렇게 듣고 지냈다.

백건우 씨는 중학교를 졸업하고 바로 미국으로 가서 줄리아드 음대를 거쳤다. 오랜 세월이 흘러서 그가 파리를 중심으로 유럽에서 연주 활동을 하는 동안 당시 톱 배우였던 윤정희 씨가 파리에서 백건우와 결혼한다고 해서 온 나라를 떠들썩하게 했던 기억이 난다. 그때 윤정희 씨는 박정희의 마수를 피해서 파리로 갔다고 헛소문이 났었다.

이후 가끔 귀국 연주회가 있을 때마다 열심히 찾아가곤 했으나 특별히 가깝게 지내지는 않았다. 그런데 현대미술관회 멤버들이 워낙 그를 좋아해서 함께 어울리는 기회가 자주 생겼고, 그래서 도쿄 연주에도 몰려갔고, 멀리 코스타리카까지 함께 간 적도 있고, 백건우 씨가 음악감독을 하던 노르망디의 소도시 '디나르Dinard 음악제'에 다녀오기도 했다.

그는 국내 연주가 있으면 공식 스케줄이 끝난 후에 울산이나 인천의 공단에서 일하는 청소년들을 위해 무료 공연을 다니는 착한 아저씨로 유명했고, 파리에서는 유명 여배우와 유명 피아니스트 부부이면서도 자가용 자동차도 없이 지하철 타고 다니면서 검소하게 사는 것으로도 유명했다.

2000년에 백건우 씨가 호암상을 받는 날 저녁에 축하 만찬이 있었다. 그런데 주인공인 백 씨가 호텔에서 택시를 못 잡아서 만찬장에 많이 지각을 했다. 이건희 회장이 전용차를 배차하지 않은 삼성재단 관계자들을 크게 질책한 후 미안하다며 만찬 후에 뒤풀이로 자기 집에 초대를 했단다.

이건희 회장 댁에서 이런저런 이야기를 하던 끝에 이 회장이 상금(2억인가 3억인가 했다)을 어디다 쓸 생각이냐고 촌스런 질문을 하니, 백 씨가 쇼팽이 쓰던 피아노를 사려고 적금을 들고 있다고 했다. 이 회장은 모자라는 돈이 얼마인지를 묻고는, 즉석에서 그 돈을 드리라고 했단다.

나는 이 얘기를 홍라희 관장에게서 나중에 전해 들었다.

2

2011년 어느 날 모르는 사람이 이메일을 보내 왔는데, 그 내용이 재미있었다. 자기는 현재 중미의 코스타리카에 재직 중인 한국 대사라면서 다짜고짜로 백건우 선생을 좀 소개해 달라는 것이었다.

권태면權泰勉이라는 이 대사는 코스타리카 재임 3년째로서, 그 나라에 한국을 쉽게 알리는 방법으로 여러 형태의 문화 프로그램을 교환해 왔는데 그것이 대단히 성공적이라고 했다.

그런데 마침 백건우 씨가 이웃 멕시코에 연주하러 온다는 소식을 듣고, 거기 편승해서 코스타리카 연주를 주선하고 싶은데 손이 닿지를 않아 고민하며 자료를 찾던 중, 내가 백건우의 팬클럽으로 일본 연주에 함께 갔었다는 신문 기사를 보고 연락을 하게 되었다는 것이다. 백건우 선생이 수락하시면 아름다운 이 나라에 모셔다가 구경도 시키고 일주일 정도 휴식을 취할 프로그램을 준비하겠다고도 했다.

나는 공적으로나 사적으로나 여러 차례 재외 공관의 우리 대사들이나 공관원들을 만나 볼 기회가 있었지만, 한마디로 이렇게 적극적으로 나서서 일하려는 착한 공무원을 본 적이 없어서 많이 감동을 했다.

즉시 그분의 생각이 구현될 수 있는 방법을 찾아보려고 백건우 씨에게 전화를 했다. 마침 런던에 있던 부인 윤정희 씨와 통화가 되었고 그 일을 설명하자, 옆에서 피아노 연습을 하던 백건우 씨를 바꾸어 주었다. 처음에 그의 대답은 별로 신통치 않았다. 그런데 내가 그 대사의 열정에 대해 길게 이야기를 하니까, 알았다면서 좀 생각을 해 보겠다고 말하고 전화를 끊었다.

며칠 후에 백건우 씨가 전화를 걸어왔다. 11월 초 멕시코시티 연주가 끝나면 바로 코스타리카로 건너가, 11월 11일과 13일 두 번 연주를 하기로 저쪽과 결정을 했다는 것이다. 연주할 곡목은 라흐마니노프의 피아노협주곡 3번이라는 것까지 아주 똑 부러지는 화끈한 대답이 돌아온 것이다.

나는 내 일처럼 기분이 좋았다. 그리고 즉시 대사에게 이 기쁜 소식을 알려야겠다 생각하고 전화를 했다. 대사가 이미 알고 있을지도 모를 일이었지만.

전화를 받은 대사는 무조건 그게 다 내가 수고해 준 덕택이라면서 대단히 감사하다는 이야기를 여러 번 하고는, 정색을 하며 나더러,

"꼭 백 선생과 함께 오셔야 합니다."

하는 것이다. 너무도 당연하다는 듯이 말이다. 그러면서,

"정중히 모시겠습니다. 절대로 실망하시지 않으실 것입니다."

라고 자신 있게 초청을 했다.

나는 처음에 공무원으로서의 그 사람 이야기가 너무 기특하다는 생

각이 들어서 백건우·윤정희 두 분에게 전화로 열심히 그 공무원 이야기를 하고 승낙을 받아 냈던 것인데, 내가 그렇게 중간에서 큰일을 성사시켰다고 하니 그 보답으로라도 나 역시 연주 여행에 동행하지 않을 수 없게 되었음은 물론이다.

마침 그 이야기를 듣고 김용원金容元·신갑순申甲順 부부가 같이 가겠다 했고, 굴업도에서 첼로 연주를 해 준 최윤희 양이 또 같이 가겠다고 하여 여섯 명의 빵빵한 코스타리카 방문단이 구성되었다.

백건우 씨는 거기서 두 차례 연주했는데, 수도 산호세의 국립극장 공연장이 무대가 좁아서 풀 오케스트라full orchestra를 옆으로 전개시킬 수가 없는 게 백 선생의 불만이었다.

하지만 코스타리카 연주는 대성황이었다. 한마디로 거의 온 나라가 들썩들썩할 정도였다.

우리는 연주회가 끝나고 권 대사의 약속대로 그 아름다운 나라를 일주일 동안 구경할 시간을 가졌다. 이 나라는 국토의 3분의 2가 국립공원이다. 우리는 거의 원시림에 가까운 유황 온천장에 가서 여러 날 개울물

코스타리카에서 열린 백건우 피아노 연주회.

처럼 흐르는 노천 온천을 즐겼다.

마지막 날 밤 권 대사가 초청한 대사관 만찬에는 문화부 장·차관, 산호세 시장, 코스타리카 부통령 내외 등 그 나라의 실력자들이 모두 모였는데, 그날 밤 화제가 그 오래된 공연장을 새로 짓자는 데 미치자 당연히 한국에서 온 건축가가 설계자로 거론되었다.

바로 다음 날 신축 후보지를 보러 가자며 현장에서 회의가 열리고 금방이라도 설계 계약을 할 것처럼 흥분들을 했다. 그러나 중남미 사람들의 특성대로 내가 떠나는 날까지 이야기가 더 진전되지 않더니 그 후에도 그 이야기를 다시 꺼내는 사람이 없었고, 그 후 장관과 차관, 국립극장장 등 여러 사람이 한국을 다녀갔고 만찬 초대도 했으나 그 이야기는 없던 일이 되고 말았다.

권태면 대사는 그 후 서울로 돌아와 본부 근무를 하면서 지금까지도 친하게 지내고 있다.

2011년 12월 4일, 코스타리카에서 돌아온 얼마 후 내가 백건우·윤정희 부부를 7PM이라는 식당에 초대했다. 우리 부부와 백 선생 부부, 김용원· 신갑순 부부, 김태윤 부부, 그리고 최윤희 씨와 김성우 고문이 함께했다. 김성우 고문은 『한국일보』의 파리 특파원으로 오래 명성을 날린 터라 백건우·윤정희 부부와 잘 알고, 미당 서정주 선생을 모셔다가 그 집에서 낭송회도 하고, 또 윤정희 씨의 육성과 백건우 씨의 피아노 반주로 된 '화사집花蛇集'을 CD로 만든 분이다.

나는 코스타리카에서 많은 것을 얻어서 돌아왔다. 무엇보다도 '푸라 비다'란 말을 배운 것이 아주 마음에 든다. 코스타리카 사람들은 이렇게 인사를 한다.

"푸라 비다Pura Vida!"

스페인어로 '순수한 삶', '인생은 좋은 것', 혹은 '다 잘될 거야'라는 뜻이란다. 무언가 깊은 함의가 느껴진다.

3

백건우의 차이코프스키 피아노협주곡 1번과 교향곡 5번이 러시아 국립 심포니오케스트라와의 협연으로 2019년 4월 2일 롯데콘서트홀에서 열렸다.

내가 김용원·신갑순 부부와 최윤희 씨를 초대했고, 연주 끝나고 분장실에서 장일범 씨와 상트페테르부르크 총영사 부인 김미자 씨가 함께 기념사진을 찍었다.

안타깝게도 윤정희 씨의 모습이 보이지를 않는다. 항상 콩깍지처럼 붙어 다니던 두 사람이었는데 사람들이 물으니 "조금 아프다."고만 했다.

실은 두 해 전인가 우리 부부가 백 씨 부부를 초대해서 저녁을 먹던 날, 윤정희 씨는 유난히도 같은 이야기를 또 하고 또 하고 했다. 나는 술을 마셔서 그런가 하고 말았는데, 아내의 말로는 아무래도 좀 이상하다는 것이었다. 그러고 보니 그 밥 먹는 한두 시간 동안에 윤정희 씨 아버님이 와세다대학을 졸업했다는 이야기를 다섯 번 이상 들은 것 같았다.

2~3년 전 백건우 씨가 굴비를 먹고 싶다고 해서 내가 부부동반으로 '콩두'에
초대했다.

그런데 다음번에 같이 만나자고 했더니 알츠하이머가 심해져서 여
의도 친정집에 혼자 두고 파리에 왔다 갔다 한다고 했다. 시집 안 간 동
생이 뒷바라지를 하고 있다는데, 그 동생을 못살게 굴 정도로 증세가 심
하다고 하면서 백 선생은 전화통에 대고 울먹거렸다. 그 이야기를 듣고
아내도 울먹거렸다.

그러고 보면 백 선생은 나의 어려운 청을 많이 들어주었다.

'올키즈스트라All Kids Orchestra'라는 지적장애아들의 교향악단을 운
영하시는 분이 우리 '권미혁 후원회'에 계셨는데, 어느 날 나는 그 연주
회가 있다는 이야기를 듣고 마침 그때 한국에 와 있던 백 선생에게 조심
스레 부탁을 드려 보았다.

"혹시, 이 아이들하고 한 번만 함께 연주를 해 주시면⋯."

"그러지요 뭐!"

대답이 시원하게 나왔다.

올키즈스트라와 백건우의 협연 연주회를 마치고 나서.

이것이 그날 세종문화회관 연주 장면과 연주회 끝나고 함께 찍은 사진인데, 아무리 생각해도 그 아이들에게는 평생 잊지 못할 영광스런 추억이 될 것이고, 백 선생에게도 즐거운 기억으로 남을 것이라 우리 모두가 그날의 따뜻했던 분위기에 오랫동안 행복해했다.

2021. 12. 17.

추기追記

윤정희 씨는 2023년 1월 19일 파리에서 세상을 떠났다. 따님 진희 씨가 바이올린 연주하는 것을 행복한 표정으로 들으며 눈을 감았다고 들었다. 신문에는 "시詩처럼 세상을 떠났다."고 쓰였다.

디나르 페스티벌

남불南佛을 코트다쥐르Côte d'Azur라고 하는 것은 바닷물 색깔이 쪽빛 Ajour이어서라는데, 디나르가 있는 북쪽 해안을 프랑스 사람들은 코트 데메로드Côte d'Emeraude(에메랄드 색)라고 부른다.

한국의 피아니스트 백건우가 음악감독으로 있는 디나르 페스티벌 Festival International de Musique de Dinard에 구경을 왔다.

음악제를 보기 위해 파리에서 400킬로미터를 달려온 사람들이 우리 말고도 아주 많은지, 이 축제 때문에 온 시가지가 떠들썩하고 교통이 대 혼잡이다.

일단 백 선생이 잡아 준 호텔에 짐을 풀었다. 이 호텔을 잡는 것도 인 구 1만 명의 이 조그만 도시에서 축제 기간 동안에는 정말로 '하늘의 별 따기'였다고 한다.

작은 호텔이지만 고가구의 컬렉션이 이 집의 자랑인 모양이다. 내가 잔 침대는 1820년이라고 새겨진, 나무로 조각된 상여 같은, 아니면 가마 같은 '공예 작품'이다. 침대에 누우려면 미닫이 문 두 개를 열어야 하고, 너무 높아서 거기 붙은 툇마루에 올라가서 침대로 들어가야 했다.

아래층의 바닷가 식당은 마치 우리네 횟집 같은 분위기인데, 스테이크가 맛있기로 소문난 집이란다. 그러나 나는 바닷가에 온 것이 반가워서 '물 마리니에르'(홍합 요리)를 시키고, 옆에 있는 김동순 씨에게는 '프뤼 드 메르'(모둠회)를 시키라고 꼬드겼다. 그랬더니 모두들 나더러 왜 전채만 시키냐고, 입맛이 없냐고 걱정들을 했다.

그러나 음식이 나온 걸 보고는 모두가 감탄을 연발했다. 우리 것들이 훨씬 푸짐하고, 보기도 좋고, 바다 분위기에도 어울리고, 더구나 맛도 좋았기 때문이다.

우리 호텔에서 음악회가 있는 공원의 샤토까지 가는 바닷가의 산책로는 드뷔시가 〈달의 정령Clair de l'Une〉을 작곡한 곳이라고, 백 선생이 걸어 보기를 권했다.

드뷔시는 바로 이곳에서 살았고, 일했다. 그는 이곳 성당에서 오르가니스트로 있었다고 한다. 그 성당엔 다음 날 가 보기로 했다.

우리는 그 '드뷔시의 길'을 걸어서 음악회장인 르 파르크 드 포르-브르통Le Parc de Port-Breton으로 갔다. 과연 그 산책로는 '악상의 순간'을 이해할 수 있을 만큼 좋았다. 길의 구석구석이 마치 개인 집의 정원처럼 예쁜 꽃들로 잘 가꾸어져 있었다.

음악회가 열리는 공원에 도착해 보니, 한국에서 온 백 감독의 친구들은 몇 안 되는 VIP 좌석에 앉혀졌고, 나머지 청중 모두는 공원의 언덕진 풀밭에 앉았다. 어떤 사람들은 집에서 조그만 접이 의자를 가져와 앉기도 하고 둘둘 만 담요를 가져와 깔고 눕기도 한다. 다시 말해 복장이건 자세건 아주 캐주얼하다는 뜻이다.

처음에 브르타뉴 오케스트라Orchestre de Bretagne의 베토벤 교향곡 4번
과 탕기의 신포니에타Symphonietta가 연주되었고, 다음에 백건우의 협연
으로 프로코피예프의 피아노협주곡 3번이 연주되었다.

원래 이 음악제는 이 소도시에 살던 스테판 부테라는 사람이 시작을
했고, 그가 백건우를 좋아해서 몇 차례 초청을 했었는데 1994년에 그가
34세의 나이로 갑자기 세상을 떠나자 그 가족들과 조직위원회가 백건
우를 음악감독으로 모셔 온 것이다. 지역 유지들인 여섯 명의 자원봉사
자들이 꾸려 나가는 이 작은 음악제는 이제 유럽에서 이름난 음악제가
되었다.

당연히 유료 입장이지만 이날 밤의 개막 공연만은 무료였다.

공연은 대성황이었다. 대도시의 값비싼 음악회보다 감동은 더욱 진
하다. 이 작은 마을에서 3천 명의 관중이 모였다니, 거의 마을 사람 전체
가 모인 것 같았다. 그리고 사람들은 모두 행복해 보였다.

뒤풀이는 이 공원에 있는 샤토에서, 와인으로 시작되었다. 그러고 나
서 2차 뒤풀이는 이곳 백건우 후원회의 좌장 격인 은행가의 저택에서
열렸다. 이 부인은 자기 집이 르 코르뷔지에와 라이벌이었던 어떤 건축
가의 작품으로 지정문화재이며, 자기들이 그 집을 사서 가능한 한 원형
에 가깝게 복원을 하였노라고 자랑이 늘어졌다.

내가 건축가라는 윤정희 씨의 소개에 이 아줌마는 너무 반가워하면
서 다짜고짜로 내 팔을 붙들고 2층의 자기 침실로 끌고 간다. 그 침실은
바다 한가운데 돌출되어 있어서 270도가 바다의 파노라마이다. 마치 바

다 한복판에서 자는 것처럼 느껴지게 만들었다.

　우리는 새벽 3시까지 산해진미와 훌륭한 와인을 마시며 놀았다. 새벽 6시에 일어나 7시에 출발해야 하는 다음 날 일정도 잊은 채.

2003. 8. 23.

장관 변창흠 교수

변창흠卞彰欽 교수를 나는 김진애 의원과 함께 만든 '인간도시 컨센서스'에서 이사理事로 처음 만났다. 이사장인 나보다 나이로는 한 20년 아래지만, 처음 만날 때부터 생각이 뚜렷하고 표현이 정확했던 것이 기억에 남아 있다.

2019년에 김진애 씨가 다시 국회의원에 당선되어 축하로 식사나 함께하자고 했더니 대뜸 변 교수와 함께하자고 하던 것이 이유가 있었던 것 같다.

변 교수는 경북 의성 출신의 촌사람답게 사투리를 많이 썼는데, 능인고등학교라는, 이름도 못 들어 본 학교를 나와서 서울대학교 경제학과를 들어갔다는 것부터 관심을 끌었지만, 환경대학원에서 도시계획으로 석사를 하고 결국은 서울대학교에서 행정학 박사학위까지 받은 것은 그가 상당한 의지의 인물임을 실증하는 것이다.

인간도시 컨센서스 1주년 기념식에서. 앞줄 왼쪽부터 변창흠, 김진애, 서왕진, 김원, 온영태. 2011. 11. 30.

그 후에 서울시 주택공사(SH) 사장과 토지공사(LH) 사장을 지내면서 주택 문제에 관해 상당한 고민과 식견을 쌓았을 것인데, 그의 주장은 한마디로 개발이익은 사회가 환수해야 한다는 것이었다. 그것은 바로 내가 1970년에 네덜란드에서 배우고 그 이후 주창해 온 일종의 '토지 공개념'에 속하는 개념과 이론이다. 나는 토지는 투기의 대상이 되어서는 안 되며, 토지 거래의 이익을 정부와 토지 소유자와 매수자가 3등분해서 가져야 한다고 늘상 주장을 하고 있었는데, 오랫동안 '1가구 1주택' 정책이 정착되어 있음에도 작금에는 그 말을 입에 올리는 사람이 별로 없다.

우리 주변에서는 '공개념' 이야기만 하면 사회주의, 좌빨로 직결시키기 때문에 나 역시 그 이야기를 덮고 있었지만, 이제 변 교수가 건설부 장관이 되면서 '문재인 빨갱이'라고 하는 꼴통들과 싸워야 하는 입장을 조금은 이해할 것도 같다.

그는 12월 28일 국회 국토조성위원회에서 청문보고서가 채택되지 못한 채 임명되었는데, 26명 중 19명 찬성, 9명이 기권했다고 한다. 청문보고서를 채택 못 한 채 장관 임명을 강행한 것이 문재인 정부에서 26번째라고 했다.

그리고 그는 100일 만에 국토부를 떠났다. 2013년 국토교통부가 출범한 이후 최단명 장관이 되었다.

일부 언론도 토지공공성을 강조한 그에게 '색깔론'을 폈다. 그가 수년 전 학회에서 재개발사업에 대한 사유재산권의 제한과 사회운동을 제안한 것을 "사유재산권 침해하는 이념적 편견"이라고 공격했다.

부동산 안정이라는 공익을 위해 사유재산권은 일부 제한하는 '토지공개념'은 이미 국민적 공감을 얻었고, 헌법재판소도 합헌 결정을 내린 바 있음에도….

2020. 12. 29.

우하 서정태 선생

우하又下 서정태徐廷太 선생은 미당 서정주 선생의 친동생이다. 미당 선생보다 여덟 살 아래여서 형제간에 나이 차이가 많은 편이지만, 미당은 늘 그 동생을 칭찬하고 좋아했다고 한다.

'우하'라는 아호雅號는 '또 아래'라는 뜻이니, 형님이 엄연하시고 자기는 '그 아래'라는 뜻이라고 한다. 우하 선생은 미당 생가 옆에 초가 한 칸을 짓고 사셨는데, 형이 동생을 보고 늘 "자네가 신선일세."라며 부러워했다고 한다.

내가 문학관 설계를 위해서 고창에 왔다 갔다 하던 80년대, 나는 갈 때마다 우하 선생께 들러서 함께 술 마시고 옛날이야기를 듣고 생각을 다듬곤 했다. 그것은 건축가로서 자료 수집 차원이 아니라 어쩐지 이끌리게 되는 인간적인 유대 같은 것이었다.

우하 선생 역시 나의 그런 기분을 알아채셨는지 만나면 그렇게 반가워하시며 이야기가 끝이 없었다. 우리는 만날 때마다 '수대동 14번지'

우하 서정태 선생과 함께.

라는 막걸릿집에 갔다. 마침 그 주막의 여주인 이름이 '금녀'였다. 우리
는 취하면 미당의 수대동, 미당의 금녀로 착각을 하고 '눈썹이 검은 금
녀 동생'이라는 미당의 「수대동시水帶洞詩」를 함께 읊었다.

2013년에는 당신도 『그냥 덮어둘 일이지』라는 시집을 내시고 나에
게도 친필 서명을 해서 보내 주셨다.

선생은 2020년 3월 11일 세상을 떠나셨다. 송하선 시인은 "우하 선
생이 오히려 미당보다 더 형님 같으신 분이었다."고 했다. 부드럽고, 온
화하고, 겸손하신 것을 말한 것 같았다.

작년에 뵈었을 때 "나 내년 5월 5일에 죽기로 정했어."라고 하며 껄
껄 웃으셨다. 위 사진이 그날 사진이다. 그리고 돌아가셔서 형님의 산소
'또 그 아래' 묻혀 계신다.

2020. 9. 16.

권영빈과 필화 사건

한국문화예술위원회의 권영빈 위원장은 신문사 시절보다는 좀 여유가 있었던지 우리 사무실에 놀러 오기도 하고, 나에게 전화해서 그쪽 위원장 사무실로 점심 먹으러 오라기도 했다.

가끔씩은 놀고 있는 허술許述을 부르기도 했는데, 한때 허술이 베트남에서 큰일을 하자고 나하고 하노이에도 함께 갔다 오고, 우리 사무실에 자주 오던 때가 있었다.

권영빈과 허술을 함께 만나면 재미난 이야기가 많았는데, 그중 압권이 바로 소설가 한수산韓山水의 '군홧발' 필화 사건이다.

신군부의 서슬이 시퍼렇던 시절, 한수산이 소설 속에 '군홧발'이라는 단어를 쓴 모양인데, 신군부와는 관계도 없이 쓰인 그 단어가 검열에 걸렸다. 한수산은 괘씸죄로 국보위(국가보위비상대책위원회)에 끌려가 허리가 부러지도록 얻어맞고 나와서 "한국이 싫어졌다."며 일본으로 가 버렸다.

신문사에서 그 소설과 한수산을 담당했던 허술 기자도 함께 불려 가 치도곤을 맞았고, 허술 위의 편집장이던 권영빈도 함께 불려 가 "네가 시켰냐, 허술이 혼자 했냐?"를 사실대로 불지 않는다고 엉치뼈가 부러지도록 몽둥이질을 당했다.

두 사람 다 지금도 날이 궂으면 다리와 엉덩이가 저리고 아프다고 했다.

권영빈은 한국문화예술위원회 위원장 임기가 끝났는데도 블랙리스트의 예술인 지원 문제를 스스로 마무리하고 물러나라고 하는 바람에 혼자 몽땅 책임을 지라는 뜻 같다고 고민을 했고, 그렇게 사표 수리가 안 되면서 시간만 흘러갔다.

2016년에야 블랙리스트의 존재가 사실로 드러났는데, 국정감사에서 거론되면서 권영빈 위원장의 당시 회의록이 공개되어 파문을 일으키기도 했다. 최순실 국정농단 사건 때 그것을 폭로한 사람은 '재단법인 봄'을 크게 도와준 박병원朴炳元 경총회장(전 은행협회회장)이었다.

2021년 7월 권영빈의 부고가 아침 신문에 실렸다. 나는 '한중문화포럼'이던가(베이징北京)에 같이 갔던 생각이 나서, 그때 한국 대표단장이었던 최정호 교수에게 전화를 해서 한참 권영빈 이야기를 나누었다.

2021. 7. 23.

우리나라 제1호 여성 건축사, 지순 교수

우리나라 '여성 건축사 제1호'라고 전설적으로 회자되던 지순池淳 교수가 2021년 9월 21일 오랜 지병 끝에 세상을 떠났다. 지 교수는 옛날부터 내가 좋아하고 존경했던 대학 선배였고, 지 교수 또한 나를 늘 챙겨 주고 기억해 주는 선배였다.

1970년대 연세대에 가정대 주생활과를 만들면서 나를 거기 불러 건축 인테리어, 주택, 가구설계의 강의를 맡겼기 때문에 오늘날 그 학생들이 50년이 지나도록 당시의 '시간강사'를 잊지 않고 스승으로 모시는 '기현상'을 만드신 분이다.

또한 1965년 목구회를 함께 만들어 오래 함께 지냈던 원정수元正洙 교수와는 대학 선후배로 결혼하여 따님만 넷을 두었는데, 막내인 원혜성 씨가 우리 딸 지영이를 언니라고 부르며 좋아해서 늘 살갑게 느끼는 사이가 되었다.

지순 교수의 빈소에서.

　내가 지순 선배를 생각할 때마다 떠오르는 사건은 이광로 교수님 관련한 필화筆禍 사건이다.

　아주 여러 해 전에 『여원女苑』이라는 월간잡지에서 「한 길을 가는 부부」라는 연재물을 실으면서 원정수·지순 두 분을 인터뷰해 달라고 나에게 부탁을 했다. 두 분의 인생 경로를 내가 제일 잘 알고 있다며 두 분이 이구동성으로 나에게 글 써 주기를 부탁한 것이다.

　내가 쓴 글 중에, 두 분이 일양一洋 건축설계 사무소를 운영하면서 설계 작업의 마감 날이 되어도 원 교수는 "좀 더 고치자." 하고, 지 교수는 "납품해서 돈을 받아야 월급 주고 월세 내고…" 하여, 매번 그런 싸움이 벌어질 때마다 원 교수가 지 교수를 보고 "이 여자가 이광로를 닮았나?" 했다는 이야기가 있었다. 나는 '이광로'를 '이○로'라고 써서 잡지사에 주었다. 그런데 그 기자가 재밌다며 "이○로"를 지우고 "이광로"라고 밝혀 버렸다.

　잡지가 나온 후 처음으로 황일인 선배가 전화를 했다.

　"어이, 김원 씨가 이래도 되는 거야?"

놀라서 당장 책을 사서 보았더니 내가 이광로 교수를 세상의 수전노로 묘사한 꼴이 되었다.

나는 즉시 이 교수님에게 전화를 하고, 책을 들고 광화문의 광안光安빌딩으로 달려가 무릎을 꿇고 빌었다. 그랬더니 이 교수님이 한참 동안 어이없다는 표정으로 앉아 있다가 밖으로 나가자고 하신다. 길 건너 다방에 가서 커피를 한 잔 마시고 아마도 마음을 좀 가라앉히신 듯,

"어이 김원, 내가 부자라고 소문난 건 전부 거짓말이야."

라는 말로 시작해서 고생해서 돈 벌던 이야기를 오래 하셨다.

지순 선배를 생각하면 이 이야기가 제일 먼저 떠오르는데, 참으로 특별한 기억이다.

2021. 10. 1.

유영제약 유영소 사장

유영소柳瑛召 군은 나의 고등학교 친구이다. 나보다 나이가 많은데, 원래 나이 들어 보이는 얼굴에다 머리까지 일찍 하얗게 세어서 모르는 사람들은 우리를 친구 사이로 보지 않았다. 그는 아주 점잖고 교양 있는 신사였다.

그가 수원 근처의 명문이라는 남부컨트리클럽의 멤버였기 때문에 나도 가끔 초대를 받아 같이 골프를 치곤 했는데, 거기 캐디 아가씨들이 도무지 우리를 친구라고 인정을 안 해서 때로는 일부러 내가 말을 높이며 "선생님, 선생님" 하면 캐디들도 그런 줄로 알았다.

그러다가 공이 잘 안 맞아서 내가 영소에게 반말을 하고 짜증을 부리면 아가씨들이 선생님에게 못되게 군다며 나를 윽박질렀다. 나는 그런 게 재미있어서 일부러 "야 선생님, 그것도 못 집어넣냐?" 하고 놀리면 또 까르르 웃곤 했다.

그는 충북 진천에 있는 유영제약柳瑛製藥이라는 의약품 회사의 사주였는데, 아주 돈을 잘 버는 회사였다. 요즘 찾아보니 2010년 현재 총자산 790억 원, 매출액 716억 원이고, 1981년에 한중제약을 인수하여 창립했다고 하니, 가업을 이어받은 건 아닌 것 같고 자기가 회사를 세운 것 같지도 않았다.

한국인이면 다들 좋아하는 해열제, 진통제, 소화제, 그런 걸 모두 만드는 모양인데, 본인은 친구들에게 회사 이야기를 꺼낸 적이 없다. 내가 보기에 그는 일주일에 한두 번 정도 공장을 둘러보러 가는 것 같았다.

이 친구는 웬일인지 나를 좋아해서 늘 깍듯하게 대하며 윗사람 모시듯 점잖게 골프나 식사에 자주 초대를 했다. 마침 집도 가까워서 이근범·이낙용·한수걸·허계성 등 효자동 패들과 함께 어울리기도 했는데, 이 친구는 나만을 따로 챙겨 주곤 했다. 함께 골프 가는 날이면 기사 딸린 차로 같이 가고 끝나면 집까지 바래다 주는 호강을 했다. 가끔 그의 집에 가서 부인도 만나곤 했지만, 집안 이야기도 잘 안 해서 딸 하나가 상명여고에 다닌다는 것만 들어 알고 있었다.

유영소 사장. 그는 점잖은 친구였다.

이 친구에 대해 내가 가장 잊을 수 없는 기억은, 나의 경기중학교 조각반 졸업작품이었던 말도 안 되는 '추상조각' 작품을 자기가 사겠다며 겸연쩍은 표정으로 물어볼 때의 모습이다. 물론 나는 작품을 팔아 본 적도 없고 얼마를 받아야 하는지도 몰랐기에, 서로 쑥스러워하면서 '거래'를 마쳤는데, 그 후 나는 그 작품을 본 적이 없고 그도 그 이야기를 꺼내지 않아

졸저 『행복을 그리는 건축가』 출판기념회가 열린 고궁박물관에서. 2003. 왼쪽부터 강영진, 정희주, 김윤기, 박정륭, 김원, 최동욱, 유영소, 배순훈, 이용실, 오해성.

서 그냥 그런 기억과 어떤 작품이었던가만 '추상'처럼 남아 있었다.

그러다가 우리 나이로 예순 살이 넘어서 언젠가 그의 집에 초대를 받아 갔다가 나의 그 옛날 그 웃기는 작품이 현관에 귀중하게 놓여 있는 것을 보고 큰 충격을 받았다. 물론 반갑고 고마워서였다.

지금 돌아보면 이 친구 어찌나 말라 빠졌는지, 정말로 평소에도 피골이 상접한 노인네 모습이었는데, 그러다 보니 먹는 것도 아주 조금만, 먹는 둥 마는 둥 하는 것 같았고, 또 그러니 당연히도 술은 한 잔만 마셔도 새빨개져서 그 마음씨 좋은 웃음을 만면에 떠우고 취흥을 돋우었다.

그런데 정말로 좋은 일은 오래 못 가고 좋은 사람은 일찍 간다더니, 이 친구 역시 일찍 세상을 떠났다. 무슨 암이라고 했다.

2020. 12. 21.

하와이에서 만난
내 친구 이용진

원아,

방금 우리 경남중고 카톡방에 하와이 있는 용진이가 급환으로 세상 떴다고 부고가 올라왔더라. 하와이 시간으로 오늘(9/07/21) 새벽 5시였단다. 며칠 전에 행일이가 하와이 가족여행 가서 잠시 만나 봤다고 전화가 왔었는데…. 8월 7일 행일이 만나고 나서 Lefty Lee한테서. 어제 만나서 점심 먹고 디저트로 아이스크림 하고 두어 시간 얘기하다 헤어졌어. 오늘 간다더라. 65년 만에 만났는데 얼굴도 모르고 그랬어. 좋은 시간 보냈어. 방금 전해 들었는데… 코로나였다네요. 두 분이 함께 입원했었는데, 부인은 일어나고 친구는 끝내. 5월에 2차 접종하고 건강하게 지내며 8월 6일 행일이 만나고 했는데… 모나하고 같이 감기가 걸려 혹시나 하고 테스트했는데 코로나로 확인, 17일에 입원, 산소마스크 쓴 지 20일 만에…. 코로나가 이렇게 무섭네요. 우리 샛별들 코로나 각별히 조심합시다. 용진이 명복을 빕니다.

이용진은 나의 부산사범부속국민학교 친구이다. 사실은 그때 하와이에서 만날 때까지 그걸 모르고 있었다.

내 친구 이용진.

그해 겨울방학에 맞추어 외손녀들을 보려고 우리 부부가 뉴욕으로 가는 길에 늘 그랬듯이 중간 기착지인 LA에 들러 며칠 묵고 가곤 했다. LA에는 최성섭, 오원용, 오행일, 그리고 멀리서 도광사, 인수창이 나를 만나러 오면 거의 8~9명이 되었다.

뉴욕으로 떠나기 며칠 전 사부회 모임에서 내가 LA에 들른다고 자랑을 하니 친구들이 부러워하며 중간에 하와이에도 그냥 지나치지 말고 들러서 이용진이를 만나라고 했다.

그때는 용진이를 못 만났고, 오래 지난 후 내 처형이 하와이에 콘도를 하나 사서 여름에 우리를 초청했는데, 그때야 용진이 생각이 나서 연락을 했다. 전화로만 했지 서로 70년 전의 얼굴도 기억이 안 나서 콘도의 현관 로비에서 만나 통성명을 하고서야 알아볼 수가 있었다.

그는 아주 일찍 하와이에 와서 자리를 잡았는데, 처음에 왜, 어떻게 여기에 왔는지는 모르겠고 묻지도 않았다. 아마도 내놓고 이야기하기는 좀 무엇한 모 정보기관의 주재원이라는 일로 시작이 되었던 것 같다.

여기 와서 한국 여인을 만나 연애결혼을 했는데, 당시에 그녀는 프로 골퍼로서 하와이 주state 챔피언이었다고 한다. 그 여파로 골프숍을 경

잊혈없는 책들
***
116

토우

글, 사진/이난영

대원사

이용진의 누나 이난영 씨의 저서 『토우』.

영하며 '그럭저럭' 산다고 했다.

이용진은 고급의 미제 대형 SUV 차에 장애인 스티커를 붙이고 매일 아침 나를 모시러 왔다. 하와이라는 작은 섬이지만 구경거리가 많아서 멀리 떨어진 곳은 모두 용진이 덕에 구경을 했다. 산을 넘어가야 하는 먼 시골, 진주만 공격 때 격침된 함정 미주리호 등등.

그 후로도 하와이에 두세 번 들렀는데 우리는 그때마다 만나서 즐겁게 돌아다니고 신세를 졌다.

가장 기억에 남는 일은, 한번 우리 처형의 콘도 마당에서 바비큐 파티를 하면서 용진이 부부를 초대했는데 버번 위스키 한 병을 들고 왔다. 내가 좋아하는 술이어서 기분 좋게 마셨는데, 용진이는 운전한다고 안 마시고 그 부인하고 나하고 둘이서 그 한 병을 주거니 받거니 다 마셨다. 부인이 운동선수 출신이라 '술이 아주 쎄구나' 했다.

용진이는 사진에서 보듯이 아주 터프하게 생겼지만, 술도 많이 안 하고 마음씨가 여리고 부드러웠다.

그 누님은 이난영 씨라고 서울대 사학과를 1회로 나온 고고학자로, 나도 만난 적이 있었다. 가깝게 지낸 한병삼, 정양모 관장들과 대학 동기 동창이었는데, 그 두 사람에 밀려서 경주박물관장을 끝으로 은퇴를 하셨다. 즉 서울의 중앙박물관장을 한 번 못 했다는 이야기인데, 용진이는 그 누나 이야기가 나오면 아주 자랑스럽게 표정이 변하곤 했다. 그 누님이 쓴 『토우』라는 책을 내가 좋아한다고 하면 자기도 더욱 좋아했다.

아마도 용진이가 나보다 나이가 한두 살 위였을 것이니 살아 있다면 올해 80세일 텐데, 그러면 일찍 죽었다고 말할 수는 없겠지만 건장하던 친구가 이렇게 황망하게 떠나다니 몹시 서운하다.

그것도 미국이라는 최고 선진국에서, 까짓 코로나 때문이라니….

2021. 10. 25.

온화한 카리스마,
김성수 주교님

김 주교님의 '콩나물공장'에 불이 났다는 신문 기사를 보고 위로를 드린다며 강화도의 '우리마을'에 가 뵈었다.

약소한 금일봉을 멋쩍게 내밀었더니 직원을 불러서 기념촬영을 하라고 하셨다.

영수증처럼 이 봉투 전달식 사진이 그래서 기념으로 남았다.

김성수 주교님을 내가 처음 뵌 것은 정동의 성공회 성가수녀원을 설계하던 때였다.

수녀원 옆 대지에 모 신문사가 사옥을 짓는데, 지하실 공사를 하면서 너무 바짝 붙어서 너무 깊게 파는 바람에 수녀원 담장과 건물 여러 곳에 금이 갔다. 그래서 신문사 측에서 담장 보수 비용이라며 몇억 원인가를 들고 찾아왔더라는 것이다.

수녀님들은 담장이 금 간 것 정도는 별것 아니라고 생각했는데 의외

강화도 우리마을에서. 2020년 1월 18일.

의 거금(?)이 들어오자 그것을 기반으로 수녀원의 숙원사업이던 성당 개보수, 피정집 신축 등 새로운 계획을 세우기 시작했다.

마침 그때 내가 정동의 프란치스코 수도회의 교육관을 설계 감리하던 직후여서, 수녀원장이던 오가타리나 수녀님이 그 수도회의 이요한 원장 신부님과 건축 담당의 박 수사님을 만나서 설계자를 소개해 달라고 부탁했던 모양이다.

수녀원의 설계가 모두 끝났을 때 성공회 성당 내부에서 수녀원이 아주 크게 자리를 잡는다고 생각한 신부님들이 약간의 반대 의견을 냈던 것 같다. "정동 같은 비싼 땅에 수녀원을 더 크게 짓지 말고, 수녀님들을 교외로 내보내고 성당에서 그 땅을 쓰면 어떠냐." 하는.

나는 명동의 샬트르 성 바오로 수녀원 설계 당시에도 똑같은 경험을 했던 적이 있어서, 주교님과 신부님들께 정동의 장기 마스터플랜을 만들어 가지고 명동에서와 똑같은 설명을 드렸다.

그때 나의 이야기를 경청해 주신 주교님이 내게는 아주 인상적이었다. 그리고 주교님 방 벽에 붙어 있던 손바닥만 한 흑백사진 한 장이 100

년 전에 대성당 건축가 아서 딕슨의 원설계 모형이란 것도 처음 알았다. 내가 대학 시절부터 감탄하고 들여다보곤 했던 성공회 대성당이 사실은 원설계대로 완성을 못 보고 공사 도중에 중단이 되어 미완성인 채로 있었다는 것도 그때 처음 알았다.

주교님은 항상 온화한 미소를 띤 모습으로 계셨기에, 나는 교회의 최고 어른으로서의 엄숙한 카리스마라든가 또 흥분하거나 화내실 일은 없으실 것으로만 알고 있었다.

그러나 실은 우리나라의 민주화운동 시절 내내 세실극장에서는 거의 매달 민주화를 외치는 청년들의 집회, 담화와 기자회견이 열렸고, 주교님은 그 모든 일을 충분히 인지하고 지원하고 계셨으니, 내가 알듯이 마냥 온화하기만 하신 게 아니라는 것은 분명했다.

나는 지금도 그때의 세실극장 운동이 우리나라의 민주화를 크게 촉진했을 뿐 아니라, 그 힘으로랄까 성공회의 존재를 국민에게 선명하게 알린 계기가 되었고, 그에 따라 상당한 교세 확장이 이루어졌다고 믿는다.

이제야 성공회 주교좌대성당을 원설계대로 완성할 큰 그림을 이룩할 기회가 왔다. 신앙심이 깊었던 강태희 여사님의 쾌척으로 대략 60억 원으로 추정되는 공사비의 절반이 해결되었고, 그것을 계기로 또한 일반 모금이 어렵지 않게 목표액을 달성했다.

대성당의 설계와 시공에 관해서는 주교님 대신 최기준 회장님께서 사무적인 처리를 맡아 주셨지만, 나는 그 일을 하는 내내 원설계자 아서 딕슨 경의 그림자가 늘 내 주변에 맴돌고 있었음을 고백해야 하겠다.

다른 데서도 여러 번 이야기했지만, 사실 나는 대성당의 원설계도를 찾기 전까지는 '건축가 김원의 작품'으로 증축 설계를 구상하고 있었고, 현대적 설계와 재료로 증축된 부분이 기존 부분과 '잘 조화를 이루고 있다'는 칭찬을 기대하고 있었다.

그러나 아서 딕슨 경의 원설계도를 받아 펴 보는 순간, 이 100년 전 선배 건축가의 부탁 말씀이 그 도면에 쓰여 있는 것 같았다. 그래서 '당연히' 김원의 '작품'을 버리고 원설계도에 가장 충실하게 대성당을 완성할 수가 있었다.

그리고 지금 생각해 보면 그 모든 과정에서 김성수 주교님의 온화한 카리스마가 사실상 그 바탕에서 확실하게 모든 사람을 선도하고 있었음을 알게 되었다. 사실상 그런 부드러운 카리스마가 진짜 카리스마라는 것도 새삼 알게 되었다.

뒤늦게 지금에야 말하지만, 나는 아주 어렸을 적에 어른들이 "아버님 성함이 무엇이냐?" 하고 물으면 "쇠북 종鐘 자, 물가 수洙 자, 김종수 씨입니다."라고 대답을 잘해서 칭찬을 많이 받았는데, 우리 아버님과 주교님은 함자가 비슷해서 나는 개인적으로도 별도의 친근감을 따로 느끼고 있다.

이런 느낌은 집안 어른처럼 다가오는 친근감이어서, 내가 이 어른을 사회에서 사무적으로 만나 사귀게 된 사이만은 아닌 것으로 자리매김이 되는 것이다.

사실 어른들은 후배들에게 존경과 사랑의 감정이 겹쳐져야 진정한 존경의 대상이 되는 거라고 믿는다.

김 주교님은 나에게 그런 분이다.

2021. 10. 13.

내 인생 최고의 스승,
이어령 선생님

이어령 선생님은 1959년 내가 경기고등학교 2학년 때 국어 선생님이셨다. 서울대 국문과를 갓 졸업한 신참 교사였다. 꼬장꼬장하고 깐깐했지만 그 누구보다도 열정적인 분이셨다. 수업 시작하는 종이 울리기 전에 들어와 마치는 종이 울려도 아랑곳하지 않고 침 튀기며 열강하시던 기억이 생생하다. 선생님은,

"너희는 머리가 텅 비어 있다. 그걸 치료하는 방법은 독서밖에 없다."

라며 혹독하게 책 읽기 훈련을 시키셨다. 1년 독서 프로그램을 만들어 일주일에 적어도 두 권을 읽게 하고, 원고지 스무 장 이상씩 독후감을 써서 교단에 올려 둬야 했다. 제출하지 않으면 출석부가 날아왔다.

오래전에 『조선일보』에 이런 일화를 쓴 적이 있는데, 선생님은 "김원이 때문에 내가 폭력 교사 됐다."며 허허 웃으셨다.

덕분에 고2 때 내 평생 가장 많은 책을 읽었다. 어려운 실존주의, 구

조주의 문학 책까지 읽었다. 그중에서도 베르나르 베르코르의 저항 소설『바다의 침묵』은 내 인생의 책이 되었다.

그해에 선생님께서 평론집『저항의 문학』을 내셨다. 우리에게 저항 정신을 가르치고 싶으셨던 것일까?

사제지간으로 시작된 인연이 지금껏 이어져서 최근까지도 한 달에 두 번쯤 뵈었다. 2월 9일 마지막으로 뵈었을 때, 올 초 발간한 저서『메멘토 모리』를 건네시며 첫 장에 "50년 동행자의 사랑과 감사의 마음을 담아"라고 써 주셨다. "선생님 이제 60년입니다."라고 말씀드리고 싶었지만 꾹 참았다. 그런데 그게 마지막이 될 줄이야.

선생님은 이 시대 최고의 달변가셨다. 말씀이 당신의 발전기 같았다. 암 투병 중에도 말씀하시는 시간만큼은 육신의 고통을 잊는 듯하셨다. 최근까지도 만나면 두 시간 동안 열변을 토하셨다. 그러고는 이틀을 앓

돌아가시기 보름 전, 60여 년 가까이 인연 맺어 온 경기고 제자들과 함께한 이어령(앞줄 가운데) 선생님.. 애써 손가락으로 하트 모양을 만들었다. 뒷줄 왼쪽부터 천호선 컬처리더인스티튜트 원장, 문학평론가 김화영 고려대 명예교수, 유승삼 사회적기업지원네트워크 이사장, 김원 건축가. 2022. 2. 9.

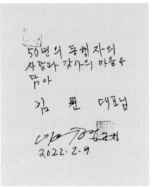

찾아뵌 날 이어령 선생님께서 친필로 서명해 주신 『메멘토 모리』.

으신다고 했다. 구닥다리 얘기는 절대 안 하셨다. 감상에 젖지도 않으셨다. 끝까지 차가운 머리를 유지하셨다. 최근 뵀을 땐 '코로나 이후의 건축과 도시'를 주제로 대화했다.

얼마 전 사모님께서 선생님이 고향 아산에 묻히겠다고 하셨다면서 묘지를 설계해 달라고 부탁하셨다. 선생님 모시고 같이 묘지 터를 둘러보자고 하셨는데 이렇게 빨리 가실 줄이야. 내 혼을 담아 묘지를 디자인하겠다. 그렇게 해서라도 은사님의 한없는 은혜에 조금이라도 보답하고 싶다.

선생님은 컴퓨터 여덟 대를 서재에 두고 세상이 어떻게 돌아가는지 늘 촉수를 곤두세우고 계셨다. 천당에서도 컴퓨터 켜 놓고 지상의 모든 일을 살펴보고 계실 것 같다. 장례식장 방명록에 누가 뭘 썼는지 다 보시고 계실 듯하다. 방명록에 적은, 선생님께 남기는 나의 마지막 말은 이것이었다. "사랑합니다."

엄격하셨지만 젊은 시절 내 인생 최고의 스승이셨다.

2022. 3. 5.

김동호 위원장님

김동호金東虎 위원장님은 부산국제영화제 조직위원장으로 20년을 일하시면서 그 영화제를 세계에서 가장 성공적인 영화제로 만드신 분이다.

그래서 자연스럽게 그 성함 뒤에 '위원장'이라는 호칭이 붙게 되었으나, 내가 1980년대 초반 독립기념관에 깊이 관여하던 때에는 문화공보부의 기획관리실장으로 처음 뵈었기 때문에 나에게는 '김 실장님'이라는 호칭이 더 정답고 익숙한 느낌이다.

실로 40년이라는 긴 세월 동안 가까이 알고 지내면서 참으로 존경스런 마음이 저절로 우러나오는 분이다. 실력 있고 추진력 있고, 그러면서도 청백리의 대명사라고 할 만큼 청렴결백한 공무원이다.

나에게는 경기고등학교와 서울대학교의 5년 선배이신데, 개인적으로 만날 때도 나에게 너무 깍듯하셔서 오히려 좀 불편하고 어려울 때도 있을 만큼 예의 바른 분이시기도 하다.

주량酒量으로 말할 것 같으면, 한마디로 내가 80 평생 살면서 그렇게 술이 센 분을 본 적이 없다. 오랜 기간 모셔 보았지만 단 한 번도 조금도 자세가 흐트러진 것을 뵌 적이 없다.

그런데 한 20년 전 어느 날 갑자기 술을 딱 끊으셨다. 세상 사람들이 그 소식을 듣고, 평소에 경악할 만큼 술을 많이 드시던 분이 그렇게 철저히 단주하시는 것을 보고 정말 자제력이 강한 분이라고 생각했다.

사실 이분의 술 이야기를 하기 시작하면 끝이 없다.

문정수文正秀 부산시장으로부터 부산국제영화제의 조직위원장을 부탁받았을 때, 세계 각국의 영화감독, 배우들을 부산에 불러 부산의 명물 '자갈치시장'에서 땅바닥에 신문지를 깔고 앉아 그 세계적 명사들과 소주잔을 기울이던 모습은 가히 명품 사진작품 감이었다. 그 많은 세계의 유명 영화인들이 그 '신문지 바닥 소주 사건'을 평생 못 잊을 추억으로 간직하고 있다고 들었을 때, 이분의 소탈하고 솔직담백한 생활 태도와 사고방식에서 배운 것도 많았다.

박재동 화백의 캐리커처와 함께한 김동호 위원장님.

이분의 주량에 관한 스토리 또한 많지만, 내가 가장 놀랐고 지금도 잊지 못할 광경이 있다.

남양주에 '종합촬영소'를 지으려 했을 때 그곳 주민들이 오염수를 방출할 것이라고 반대 투쟁을 벌였는데, 어느 날 하루를 잡아 주민 대표들을 모두 강변의 장어집에 초대하여 점심을 대접한 일이 있었다.

내 기억에 아마 남자들만 54명인가 57명인가 모인 자리였는데, 건배

하는 순서가 되자 나를 설계자라고 소개시키면서,

"이분은 환경건축가로 이름난 분입니다. 이분에게 설계를 부탁한 이유가 바로 그것입니다. 이분이 오염수를 방출하실 분이 아닙니다."
라고 말하시고, 모인 사람들 한 사람씩 돌아가며 꿇어앉아 소주잔을 권하는데, 그 모든 사람에게 권하고 받아 마시고 하느라고 한 시간 안 되는 동안 50여 잔을 받아 드시는 것을 보았다.

나도 이분의 뒤를 따라다니며 중간중간 몇 잔을 받아 마셨는데, 내가 먼저 나가떨어지고 이분은 멀쩡했다.

자기 관리가 철저하신 것이 또한 놀라운 일인데, 새벽 2시까지 술을 마시고 귀가해서도 4시에 일어나서 6시까지 테니스를 치고 8시에 틀림없이 사무실에 출근하시는 분이다.

나하고의 관계에서 정말 잊을 수 없는 사건은 김영삼 씨가 대통령이 되던 해에 일어났다.

당시에 민주당 김영삼 후보와 맞싸운 민정당 후보가 이종찬 씨였는데, 김 실장님은 이종찬 씨와 경기고 동기 친구여서 김 실장님 공무원 카드의 '친우 관계'에 이종찬 이름이 쓰여 있었던 모양이었다. 김 대통령 당선 직후 선거전의 상대였던 이종찬 의원의 정치자금을 조사하라는 명령을 받은 감사원 감사팀이 종합촬영소 현장에 들이닥쳤다.

이종찬의 선거 자금이 어디서 나왔는가를 조사하던 중, '아마도 친구 김동호가 자금줄 중 하나가 아니었을까', '그러고 보니 김원에게 설계를 수의계약 시키고 거기서 리베이트를 받지 않았을까' 하여, 드디어 나에게까지 감사원의 감사를 받으라고 통보가 왔고, 우리 광장 사무실의 경리 장부 일체가 압수수색을 당했다.

그때는 '예술의 전당' 감사 결과 허만일 사장이 구속되던 때였다.

나는 그런 꼴을 처음 당해 보았는데, 그나마 감사원의 감사관들은 점잖은 편이라고 나중에 들었다. 처음부터 "당신은 민간인 신분으로 감사 대상이 아니지만 협조하는 의미에서 감사에 응해 주겠는가?"를 물었을 때 나는 흔쾌히 "그렇게 하겠다."고 했다.

네 명씩 4개 조 16명이 매일 오후 2시부터 4~5시까지 나를 불렀는데 시시콜콜 장부상의 출처와 근거를 따지는 것이다. 예컨대, "오래 같이 일하던 비서가 그만두었을 때 퇴직금으로 상당한 금액이 정산되었는데 위로금이라며 수십만 원을 더 준 것은 무슨 이유였느냐?"라든가 "여비서와 특별한 관계가 아니라면 이것은 비자금 조성의 일부가 아니냐?"고도 따졌다.

내가 그런 푼돈까지 언제 다 뒤지느냐고 항의를 하자 그들이 말하기를,

"선생님, 비자금 조성은 푼돈에서 하는 거지 큰돈에서 하는 게 아닙니다."

'멘토포럼' 모임에서 김동호 위원장님과 함께. 2022. 3. 11.

라고 했다. 약 보름이 지나도 아무런 꼬투리가 잡히지 않자 자기들끼리 한탄하는 소리가 들렸다. "보름 동안 뒤져도 성과가 없다."면서….

그래서 내가 대들었다. "청백리 한 사람을 찾아낸 것이 큰 성과 아니냐?"라고.

그러고는 그 지독한 감사가 종결되었다. 만일 세상 사람들 하는 대로 내가 그때 돈 봉투라도 갖다 드리고 했더라면 아마도 훗날 감옥에서 둘이 만났을는지도 모를 일이었다. 하기야 내가 세상 물정을 몰랐던지, 내 주변의 사업하는 친구들은 나에게 "김 실장에게 신세를 졌으면 인사를 해야 한다."고 충고를 하기도 했다.

나는 그때 이후 40년이 넘도록 이분을 가까이 뵈면서 배우고 느끼는 바가 많다.

2022. 3. 17.

5부

예술인가?

『전각篆刻, 세상을 담다』 서문

내가 어렸을 적, 우리 아버님에 대한 여러 가지 기억들 중 오래 남아 있는 한 가지가, 벽에 걸린 그림을 감상하시는 모습이었다. 어린 나이에 나는 그 별것 아닌 걸 그렇게 오래 바라보고 앉아 계신 모습이 잘 이해가 되지 않았다. 벽에 걸린 그림들뿐 아니라 여러 개의 양복 상자에 수북이 쌓인 그림과 글씨들을 또 가끔씩 꺼내서 오래오래 들여다보시곤 했다.

액자에 넣지 않고 배접褙接만 해서 차곡차곡 쌓아 놓은 그림들이 아주 많았다. 지금 나에게 남아 있는 아버님의 유품으로는 소당小塘 이재관李在寬과 현재玄齋 심사정沈師正의 작은 그림 두 점, 그리고 일본 그림 몇 점이 남아 있을 뿐이다. 소당의 그림은 몇 년 전 어느 옥션에서 큰 그림 하나가 2억 원에, 작은 그림 하나가 2,100만 원에 팔리는 것을 보았으니 귀한 그림이기도 하지만, 나에게는 아버님의 유품일 뿐 아니라 그림이 좋아서 지금도 늘 들여다보며 지낸다.

전쟁 때 아버님이 돌아가신 후 갑자기 다섯 아이들의 생계와 교육의

내가 늘 들여다보는 소당 이재관(왼쪽)과 현재 심사정(오른쪽)의 그림.

책임을 떠맡게 된 어머니는, 하늘이 무너지는 슬픔에 젖는 일 말고도 더 크고 급박한 생활 문제에 시달리게 되셨다. 그때 위로차 드나들던 친척 중 한 분이 그림에 안목이 있고 언변도 좋고 주변에 아는 사람이 많다며 집안의 그림들을 내다 팔아 어머니의 고민을 조금이나마 덜어 주었던 것 같다.

그런 일이 주변에 조금씩 알려지면서 우리 집은 부산에 피란 내려온 가난한 예술인들의 연락처가 되었다. 어머니는 주변에 아시는 분이 많았고 존경받는 위치에 있었기 때문에 그분들을 도울 수 있었던 것 같다.

그 시대, 척박했던 부산의 문화적 배경 속에서도 어머니는 그렇게 우리 다섯 남매를 잘 키우셨다. 내가 지금 생각해도 대단한 발상이라고 감탄하는 부분은 어머니의 '병풍계併風契'라는 아이디어였다.

어려운 시절 서로를 돕기 위해 그때 부산에서는 '계契'라는 것이 크게 유행했었는데, 계원 여러 명이 매달 모여 작은 돈을 걷어서 순서대로 돌아가며 한 사람에게 목돈을 마련해 주는, 실용적인 '서로 돕기'의 좋은 방법이었다.

어머니의 아이디어인 병풍계에 가입하면 유명 작가의 값비싼 병풍을 큰 부담 없이 구입, 소장하게 되는 방식인데, 화가, 서예가들에게는 크게 도움이 되었고, 수집가들에게도 큰 부담 없이 유명 대가들의 병풍 작품을 소유할 수 있는 멋진 '문화사업'이었다.

지금 나에게 남아 있는 어머님의 유품이 여러 가지가 있으나, 내가 가장 가까이 두고 매일 아침 먹을 때마다 쳐다보는 식탁 맞은편 벽의 그림은 정재鼎齋 최우석崔禹錫의 〈채국도彩菊圖〉이다. 시인 이태백李太白이 아침 산보를 나갔다가 이슬을 잔뜩 먹은 국화를 따서 돌아오는 장면이다. 그는 국화에 맺힌 이슬을 받아서 먹을 갈아 글을 썼다고 한다.

그때 우리 집에 자주 오신 선생님들이 청남菁南 오제봉吳濟峰, 운전芸田 허민許珉, 청사晴斯 안광석安光碩, 그리고 의재毅齋 허백련許百鍊과 그 동생인 목재木齋 허행면許行冕, 내고乃古 박생광朴生光, 유당惟堂 정현복鄭鉉輻, 정재鼎齋 최우석崔禹錫 등 기라성 같은 분들이 많았다.

정재 최우석, 〈채국도〉.

나는 어렸기 때문에 개인적으로 그분들과 교류할 기회가 없었지만, 훗날 어느 책에서 의재와 목재 두 분 형제 간

목재 허행면의 글씨.

의 대화를 읽고 깊은 감명을 받았다.

형님이 말씀하기를,

"너의 그림에는 문기文氣가 없다."

고 힐난을 하자 동생이 대답하기를,

"나는 죽기 살기로 그림을 그립니다. 여기餘技로 하지 않습니다."

라고 했다고 한다. 문인화文人畵에서 주장하는 '여기의 그림'은 화가를 '환쟁이'라고 무시하던 시절에 흔히 듣던 말이었다.

그래서 동생 목재 선생이 써 주신 "生也死也 吾意成(죽거나 살거나 내 뜻을 이루리라)"라는 글귀를 나는 지금도 거실에 걸어 놓고 매일 그것을 바라본다. 그 글씨는 목재 선생이 취중醉中에 휘갈겨 쓴 것으로, 아마도 돌아가시기 얼마 전에 쓰신 것 같다고 어머니에게서 들었다. 지금 나에게 작품을 가장 많이 남기신 분은 목재와 청남 선생이다.

나는 그 많은 작품들 중에서도 특히 청사 선생의 전각篆刻 작품들에 매료되었다. 주어진 작은 공간 안에 원하는 글씨와 그림을 배치하고 구성하는 솜씨는 글씨와 그림과 조각을 내용으로 종합하는 차원 높은 '디자인'의 정신세계였다.

집안 이야기가 길어졌지만, 내가 어른이 된 후에 운여雲如 김광업金廣業 선생의 전각을 접하게 되면서 왜 건축가 김중업 선생이 형님 되시는 운여 선생을 늘 그렇게 존경스럽게 이야기하였는지를 알 것 같았다. 김수근 선생도 말년에 전각에 심취하여 몇 작품을 남기셨는데 남은 생애가 너무 짧았다.

청사 선생은 특별히 나의 개인 도장, 심지어 장서인藏書印까지 여러 개를 새겨 주셨고, 다른 전각 작품들도 주셨으며, 당신의 인보印譜인 『법계인류法界印留』에 "金洹 君, 持誦(김원 군 갖고 읽어라)"라고 친히 써 주시기도 했다. 사실 '지송持誦'이라는 말은 나중에 알고 보니 '불교의 경전을 진언眞言으로 독송讀誦함'이라는 뜻으로, 그냥 '갖고 보아라'가 아니라 훨씬 더 엄숙한 차원의 말씀이셨다.

『법계인류』라는 책은, 일찍이 신라의 의상義湘 대사가 화엄경을 법계法界의 도인圖印으로 만든 칠언七言 삼십구三十句의 심벌 글자들을 청사 선생이 예술적 안목으로 전각이라는 새 옷을 입힌 것인데, 나는 그것을 '지송'은 못할지언정 그저 소중히 간직하고 가끔 그 내용을 음미하며 생각에 잠기거나 한다.

후에 위창葦滄 오세창吳世昌의 『근역인보槿域印譜』를 보고, 또 나중에 지식산업사가 집대성한 『조선서화가인보朝鮮書畵家印譜』(1978)를 보면서, 들여다보면 볼수록 그 작은 전각의 세계가 참으로 무궁무진한 우주 공간처럼 느껴졌다.

나는 오늘날 우리나라에서 전각이라는 이 훌륭하고 아름다운 예술의 한 분야가 어떻게 발전하고 쇠퇴했는지를 모르고 지내 왔지만, 그것이 어떻게 되었든, 내가 경험한 그 어려웠던 한국전쟁 시절 부산에서의 예술인들, 그 생활과 창작 활동의 편린들을 조금이나마 알리고 소개한다는 사명감으로 이런 책을 만들게 되었다.

아무쪼록 이 작은 책이 그 어려움 중에도 아름다웠던 시절의 기록으

『전각篆刻, 세상을 담다』 표지에 사용한 청사晴斯 안광석
安光碩의 전각 〈유음遊吟〉("세상 밖에 노닐며 읊조리다
遊吟物外"—『여유당전서』 19권).

로 오래 남아, 몰랐던 사람들에게도 전각의 세계에 눈을 뜨게 하는 귀중
한 역할을 할 수 있으면 더 바랄 나위가 없겠다.

또한 그 어려운 내용들을 상세하게 풀이하고 쉽게 해설해 주신 석한
남石韓男 선생님께 깊은 감사를 드린다.

2021. 3. 16.

백남준과 함께한
〈다다익선〉

1984년인가, 나의 고등학교 친구 천호선千浩仙 군이 덴마크 코펜하겐의 한국문화원에 문정관文政官으로 가 있을 때, 내가 유럽 여행 중 거기 들러서 유명한 인어상人魚像을 구경하고 며칠을 함께 지낸 적이 있었다.

그때 이 친구는 유럽 미술의 새로운 사조에 눈을 떠서 요셉 보이스 Joseph Beuys(1921~1986)와 플럭서스 동인들의 작품들을 사 모으고 있었다. 값진 것은 없었지만, 주로 오리지널 판화들을 잔뜩 쌓아 놓고 나에게 자랑스럽게 펼쳐 보이곤 했다.

그때 내가 그의 권유로 보이스의 비행기가 추락했을 때를 상징하는 사슴(순록?)과 작가의 상징인 중절모가 그려진 판화 한 점을 샀다. 여행 중이라 그림 살 여유도 없었고 둘둘 말아 통에 넣어 주는 판화를 들고 오기도 힘들었지만, 지금도 그때 이 그림을 사 오기는 정말로 잘했다고 생각하고 있다.

내가 소장하고 있는 요셉 보이스의 판화.

아주 조심스럽게 모셔 온 그림을 액자에 넣고 싶어서 당시 가장 잘한다던 '현대화랑'에 맡겼는데, 무식하게도 그림 뒤에다 풀을 발라 배접을 해서 그림을 망쳐 놓았다.

나는 보이스의 이 그림으로 인해 백남준이라는 이름도 알게 되었다. 보이스는 백남준의 멘토이자 동료였다.

그것이 어떤 인연의 연결고리가 되었을까. 1986년 어느 날, 이원홍 문화공보부 장관 당시 문화예술국장으로 있던 천호선 군이 나에게 전화를 했다. 백남준 선생의 비디오 작품을 국립현대미술관에 설치하려고 하는데 내 도움이 필요하다는 것이었다.

한편, 천호선의 부인 김홍희金弘姬 씨는 해외 공보관으로 뉴욕에 근무했던 남편을 따라 미국에 가서 백남준을 연구하기 시작한 미술사학자였다. 그녀는 백 선생의 뉴욕 공연장에서 백 선생이 부숴 버린 레코드판과 바이올린 조각들을 모두 긁어모아 온 열성으로 유명한데, 아마도 한국에서는 누구보다도 백 선생을 일찍 만나 가장 많이 이야기하고 선생에 관해 가장 깊이 공부한 여성일 것이다.

나는 그때쯤 프랑스의 자크 랑 문화부 장관의 소위 '5대 그랑 프로제 Grand Project'에 빗대어 한국의 다섯 개 대규모 문화 프로젝트라고 불리던 독립기념관, 예술의 전당, 국립국악당, 중앙청박물관, 과천 현대미술관을 모두 자문하고 관여하던 상황이었기 때문에 천 국장의 제의를 흔쾌히 받아들였다.

실은 과천의 국립현대미술관을 위한 건립추진위원으로서 후보지를 정하는 데 내가 결정적 역할을 했고, 다음에는 운영자문위원으로서 국제 현상설계 과정을 주도했던 사람으로서 그 입지立地와 설계가 모두 타당했었다는 사실을 증명해서 보여 주고 싶었던 입장이었다.

국립현대미술관에 대한 당시 청와대의 지시는 "야외 조각장을 겸비한 현대적인 미술관을 지으라."는 것이었다. 나는 당연히 뉴욕 인근의 스톰 킹 아트센터Storm King Art Center를 생각했다. 그리고 내가 가장 좋아했던 코펜하겐 교외의 루이지애나 현대미술관Louisiana Museum of Modern Art을 떠올렸다. 그런데 서울 근교에 그런 넓은 땅이 없었다. 그나마 후보지로 나온 땅들 가운데서는 과천이 가장 가까운 편이었다.

내 경험으로 보아 미술관이란 그 내용만 좋으면 아무리 멀어도 크게 문제 되지 않는다고 보았다. 당시 과천에는 '서울대공원'이 1984년 완공되어 한참 인기를 얻고 있었고, 공원과 미술관이 함께 있다는 설정은 근사할 것 같았다.

다만 서울시와 진입로 문제에 대해 합의를 보지 못해 엄청난 거리를 돌아 들어가야 하는 것이 문제점으로 남아 있었다. 하여튼 멀어서 접근성에 문제가 있다는 비평을 나는 기꺼이 받아들이지만, 지금 보아도 그 입지는 좋았다.

현상 공모에서 김태수의 안이 당선된 후 다들 좋다고 건설을 서둘렀는데, 대체로 골조가 완성되어 가림막을 걷던 날 장관과 관계자 일행이 현장을 시찰했다.

로툰다 홀에서 누군가가,

"구겐하임을 닮았네요!"

라며 감탄을 했다. 물론 좋은 뜻으로 한 말이었지만 장관은 몹시 기분이
언짢았던 모양이었다.

"어떻게든 구겐하임 닮았다는 소리를 안 들도록 뜯어고치시오!"

라는 명령이 떨어졌다.

당시에 김태수 씨는 국내에 없기도 했지만 설계를 수정할 생각이 없
었다. 그때 누군가가 좋은 아이디어를 냈다.

"이 공간이 교통 공간으로 보이지 않고 어떤 의도된 전시 공간으로
보이려면 이 공간에 맞는 거대한 작품을 설치하면 됩니다. 그리하여 시

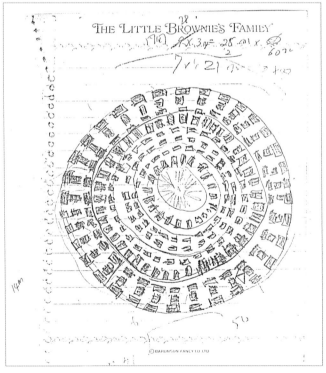

〈다다익선〉을 위한 백남준의 오리지널 스케치.

선을 작품에만 빠지게 하는 거죠. 그러려면 백남준 같은 번쩍이고 움직이는 작품이 꼭 맞겠습니다.”

백 선생이 그 이야기를 듣고,

“TV 수상기를 400대만 얻어 주면 내가 그 공간을 채우겠소.”
라면서,

“거대한 구조물이 될 것이니 건축가를 한 사람 소개해 주시오.”
라고 했다.

그렇게 해서 문화공보부 ‘집사’였던 건축가 김원이 공짜로 동원되어 요즘 말로 ‘재능 기부’를 하게 된 것이다.

백 선생은 그 사실을 알고 나에게 무척 미안하게 생각했다. 그분은 한번 신세 진 것은 꼭 갚는 분이다.

그 엄청난 일이 그렇게 시작되었다. 200대의 수상기는 삼성전자에서 협찬하기로 했는데 — 당시 그것도 큰돈이었다 — 나중에 설계를 하다 보니 1000대가 되었다. 삼성에서 난색을 표했을 때 내가 그랬다.

“돈으로 따지면 한 5억 원 되겠지만 앞으로 역사에 남을 일이니 그 5억 원을 광고비에 썼다고 생각하시면 아주 싼 값에, 두고두고 영구히 큰 광고를 하시는 겁니다.”

그때만 해도 브라운관 TV는 우리나라에선 귀물貴物이었다. 대체로 대당 가격이 50만 원 정도.

또 한편으로 무게가 만만치 않았다. 남자 한 사람이 겨우 들 수 있을 정도로 무거운 물건을 1000대씩이나 쌓아 올리자니 도무지 로툰다홀 바닥 슬래브가 견딜 수 없는 무게였다. 그 무게를 받치도록 홀 바닥 슬래브를 뚫고 그 아래 기계실 바닥이 얹힌 암반岩盤에 기초를 새로 하고, 거기서부터 철골구조물을 올려서 〈다다익선〉의 구조체를 만들었다. 백 선생이 "건축가의 도움이 필요하다."고 한 말씀은 정확한 예측이었다.

백 선생은 그때 나에게,

"30년 이내에 '양방향 TV'가 보편화되고, 극소형이 되어, 모든 사람이 자기 손바닥 안에 TV를 하나씩 갖고 다니게 될 것이다."

라는 명언을 남겼다. 그건 바로 지금의 휴대폰이다.

확실한 연도가 기억나지는 않지만, 그때쯤 해서 뉴욕의 휘트니 미술관Whitney Museum of American Art에서 「미국 현대미술 100년」전이라는 대규모 전시회가 열렸다. 그때 내가 미국 출장 중이어서 그 전시회를 구경했는데, 마침 또 백 선생과 약속이 잡혀서 미술관 앞 어느 식당에서 늦은 아침 식사를 함께하기로 했다.

전시를 둘러보니 고전미술이건 근대미술이건 미술의 역사가 일천한 미국으로서는 대단히 자랑스럽게 최근 100년간의 미술 활동을 늘어놓았는데, 가장 중요한 부분은 백남준의 '비디오 아트'가 미국으로서는 처음이자 유일하게 세상에 내놓은 현대미술의 새로운 장르라는 주장이었다. 그러니 내 눈에는 「미국 현대미술 100년」전은 「미국 작가 백남준전」이라고밖에는 안 보였다.

지금도 그렇듯이 미국뿐 아니라 독일, 일본, 한국, 네 나라가 모두 백남준을 자기 나라 작가라고 주장하고 있다.

그날 아침을 간단히 함께하며 〈다다익선〉 이야기를 하고 헤어지려는데, 백 선생이 식탁에 남은 빵 몇 개를 주섬주섬 종이 냅킨에 싸서 호주머니에 넣고 일어서시면서 이런 말씀을 하셨다.

"난 오랫동안 다음 끼니가 어떻게 될지 모르고 살았으니깐, 먹을 것 있을 때 잔뜩 먹어 두고, 남으면 챙겨서 싸 갖고 가는 버릇이 지금도 남았어."

2022. 4. 5.

백남준의 여인들

백남준은 여복女福이 많았다.

내가 김수근 선생의 『공간』 잡지에 편집을 관여하고 있을 때, 한국에는 전혀 알려지지 않았던 백남준이라는 재미在美 작가의 짧은 글을 실은 적이 있었는데, 거기에 언급된 '백 선생의 첫 번째 여인'이 바로 유치원에 함께 다닌 이경희 씨였다.

대여섯 살 유치원 아이들이었을 텐데, 백 선생은 유치원이 끝나면 운전기사 딸린 자가용이 데리러 왔고, 때로는 그 차로 친구 이경희를 집에 태우고 가서 창신동 넓은 집 정원을 뛰어다니며 놀았는데, 뛰어 놀다가 숨이 차고 힘들면 어디 헛간 같은 데 들어가 쉬었다고 한다. 그때 둘이서만 있으면서 "춘春을 느꼈다."라고 그 글에서 고백을 했다.

나중에 내가 백 선생과 〈다다익선〉을 함께하면서 도쿄의 '와타리움'이라는 작은 미술관 이야기를 들었다. 백 선생은 그 주인 되는 '와타리'라는 여성을 찾아가 만나 보라고 했다. 그녀가 바로 백 선생의 두 번째

도쿄 와타리 뮤지엄에서 와타리 씨와 함께.

백기사와 백남준아트센터가 공동으로 주최한 마리 바우어마이스터 초청 강연회에서. 왼쪽부터 이경희, 마리 바우어마이스터, 김원.

여인이다.

내가 도쿄 시내 오모테산도表参道에 있는 와타리움에 찾아갔을 때, 와타리 여사는 나를 만나 백 선생 이야기를 나누면서 마치 옛 애인을 생각하듯이 즐겁고 기쁜 상념에 젖으며 반가워했다.

이 여성의 놀라운 점은, 그때까지 세상에 잘 알려지지 않았던 마리오 보타를 도쿄에 불러 조그만 그 와타리움 건물의 설계를 맡길 만큼 트인 사람이었다는 것이다. 마리오 보타는 그때 일본까지 갈 시간이 없다고 했다는데 와타리 씨가 비행기 표는 물론 특별 보너스를 주겠다며 일본까지 데려와 설계하도록 설득했다는 것이고, 그때 무명이었던 백남준과 일본의 일류 건축가 이소자키 아라타磯崎新와의 좌담을 마련해 주는 등 백 선생의 일본 체재 기간 충실한 패트런 역할을 했던 것 같다.

얼마 안 되어 와타리 여사도 서울에 초청받아 왔고, 나하고도 반갑게 다시 만났다.

백 선생의 세 번째 여인은 바로 오노 요코. 잘 알려지지는 않았지만 비틀스의 존 레넌과 결혼한 오노 요코도 백 선생을 좋아해서 미국에 따라갔는데, 거기서 존 레넌을 만나게 되었다고 한다.

꼭 언급되어야 할 백 선생의 네 번째 여인은 바로 마리 바우어마이스터Mary Bauermeister이다. 우리 '백기사(백남준을 기리는 사람들)'가 한국에 초청해서 강연을 시켰을 때 그녀의 회고담은 마치 옛 애인을 회상하는 아름다운 사랑 이야기처럼 들렸다.

또 한 사람, 백 선생과 나중에 알게 된 크리슈텐 셰멜Kristen Schemel이라는 독일 여성 건축가.

그녀는 용인에 세워질 '백남준 아트센터 설계를 위한 국제 공모전'에 당선된 후 뉴욕의 백 선생에게 찾아가 설계자로서 인사를 드렸다고 하는데, 백 선생은 세 가지 이유로 기분이 좋다고 했단다.

"설계가 마음에 들고, 설계자가 독일인이어서 좋고, 그리고 당신이 미인이어서 좋다."

나도 나중에 베를린에 가서 셰멜을 만났는데, 그녀는 백 선생의 말대로 미인이었다.

결국 백 선생을 마지막에 차지한 것은 구보타 시게코라는 일본 작가였다. 그녀는 미국에서 백 선생을 14년 동안이나 일방적으로 쫓아다니다가 드디어 결혼에 성공을 했다.

2021. 8. 9.

인류세* 시대의 현자賢者

『백남준의 드로잉 편지』 발문

'백기사(백남준을 기리는 사람들)'는 여전히 백남준을 생각한다. 시간이 지날수록 그분의 삶과 예술에 대해 예전에는 미처 몰랐던 깊은 진실을 알게 된다. '후생가외後生可畏'라고 무섭게 치고 나오는 젊은 정신에 포착된, 생각하는 사람 백남준의 면모에서도 역시 뒤늦은 배움이 있다. 살아 계실 때, 같이 어울렸을 백남준 선생과의 인연 속에서는 왜 어렴풋했을까. 하지만 선가禪家에서는 깨달음이란 늘 늦게 도착한다고 하니, 이것이 한 줄기 위안이 될까.

＊ 인류세人類世(Anthropocene)는 새롭게 제안된 지질시대로서, 현재 우리가 살고 있는 신생대 홀로세 이후를 지칭한다. 이는 인류가 18세기 산업혁명기부터 현재까지 문명 생활을 하는 동안 저지른 자원고갈, 환경오염, 기후변화 등에 의해 지구의 환경에 큰 영향을 미쳤다는 의미를 담고 있다. 백남준은 일찍이 이러한 문제를 예견하는 예술가의 선구적인 발언을 이어 왔으며, 환경오염을 감안하지 못한 미래학 비판, 문명의 깨끗한 에너지원에 대한 비전, 인간종을 대체하는 새로운 종의 상상력 등이 구체적으로 작품 세계 속에 녹아들어 있다.

문화란 무엇인가?

문화는 잠자는 내 영혼을 침 주듯이 깨우는 것이다. 문화인은 나의 위치, 민족의 위치, 세계의 위치를 파악하는 사람이다. 나를 통해서, 세계를 통해서 나를 바라보는 것이 문화라고 본다.

어느 인터뷰에서 백 선생은 늘 깨어 있어야 하고, 그러면서도 무의식 속에서 자기 좌표를 확인해야 한다고 강조했다. 그 깨어 있음을 "잠자는 내 영혼을 침 주듯이" 깨운다는 구슬리는 말법과 의도적인 감각으로 표현한 것이 그분답다. 깨어 있다면 위치를 파악해야 한다는 말씀이 현재의 우리에게 더욱 와닿는다.

문명의 미래에 관심이 많으셨던 그분은 인터넷 같은 테크놀로지의 발명보다는 인류세 같은 시대의 예견이 더 어울린다. 예술가는 장대로 균형을 잡으며 시대의 외줄을 타는 사람인데, 그 장대의 한쪽은 과거의 전통이고 또 한쪽은 미래의 비전이라고 말했다. 그리고 그 비전의 내다보는 길이가 과거로는 만 년이 될 수 있고, 미래로는 천 년이 될 수 있다고도 덧붙였다.

1988년 과천 국립현대미술관 중앙홀에 설치된 백남준의 대표작 〈다다익선〉에도 이 만 년의 과거, 천 년의 미래라는 시간관이 깃들어 있는지 모른다.

건축가 김원이란 사람에게 그분은 어느 날 불쑥 그림 한 장을 내밀었다. 거기에는 위에서 내려다본 TV 수상기의 빛이 생명의 알처럼 배치되어 있었다. 그 알알이 모두 탑처럼 우뚝한 건축적 형식 속에 함축되었다.

스톤 헨지, 바벨탑, 스파이럴 형태의 〈제3인터내셔널〉, 신라시대의 삼층탑 등이 〈다다익선〉의 건축 형식에 참고되었는데, 어느 것을 선택한 것이 아니라 그 모두가 마치 시간의 꽃처럼 한꺼번에 녹아들지 않았나 생각한다. 『화엄경』에 "일중일체다중일 일즉일체다즉일一中一切多中一 一卽一切多卽一"이란 말이 있다. '하나' 안에 '다수'가 중첩되어 있고, '순간' 안에 '영원의 시간'이 포괄되어 있다는 뜻이다.

인류세라는 대격변의 시대는 지난 2천 년간 지속되어 온 '축의 시대'가 끝났음을 알리는지 모른다. 이제는 새로운 현자賢者가 필요하다. 그가 어느 때 누구로 올지 아무도 모른다. '백기사'는 이러한 맥락과 함께 백남준에 동조하여 살아왔던 것이 아닐까 겸허하게 생각해 본다. 백기사의 주요 구성원들은 새로운 책을 펴내며 이러한 시대의 책임감과 함께 유연한 활동의 필요성을 다시금 느낀다.

2020. 2. 21.

백남준의 예언,
'손안의 양방향 TV'

2007년 1월 아이폰이 처음 등장한 이후 15년 동안 우리의 낮과 밤은 거의 무한정 스마트폰 속으로 빨려 들어가고 있다. 이 단말기로 영화를 보고 게임도 하고 외국에서 온 문자 메시지를 확인한다.

내게는 거의 모든 필수적인 데이터가 이 안에 들어 있다. 거의 이것 없이는 꼼짝도 못 할 지경이다. 송금도 하고 택시도 부르고 쇼핑도 한다. 연극과 영화, 책도 본다. 사진을 찍고 그것을 지구 반대편까지 실시간으로 보낼 수도 있다. 심지어 서로 바라보며 화상 통화도 가능하다. 사진기 치고는 어지간한 소형 카메라 못지않게 해상도가 높으며, 지구 반대편과의 전화 통화는 옛날 국제전화처럼 비싼 요금을 걱정하지도 않는다.

우리는 오늘날 휴대폰 없이는 도저히 살 수가 없는 세상을 살고 있다. 하루에도 수십 번을 켜고, 들여다보고, 끄곤 한다. 아니, 수백 번일는지도 모르겠다. 하여튼 아침에 눈 뜨자마자 이것부터 확인을 해야 하고,

밤에 잠들기 전 마지막 하는 것이 이놈 스위치를 끄는 일이다. 나만 그런 가?

이놈이 정말로 우리의 일상생활을 뒤바꾸어 놓았고, 나아가 21세기라는 첨단의 과학기술시대에 우리 모두를 꼼짝없이 움켜쥐고 있다.

그런데 그 하루에 수십 번, 수백 번—항상 그렇다면 과장일까?—휴대폰을 켤 때마다 생각나는 분이 있다. 켤 때마다, 대부분, 정말 대부분 생각나는 사람, 바로 백남준이다.

내가 백 선생과 〈다다익선〉이라는 작품을 함께하던 1988년부터 3년 동안, 백 선생은 이런 말을 자주 하셨다.

"20년 안에 우리는 양방향 TV를 갖게 될 것이다. 그것도 극도로 소형화되어 모든 사람이 자기 TV를 손안에 들고 다니게 될 것이다."

지금 돌이켜 보면 섬찟하도록 전율이 돋는 놀라운 투시 능력이었다. 나는 이 휴대폰을 켤 때마다 그분의 천재적인 혜안을 생각한다.

2021. 5. 25.

〈클린턴 엿 먹이기〉의 전말

백남준은 1993년 미국 클린턴 대통령의 선거 기간 중에 미국 대륙 전체를 인터넷 하이웨이Internet Highway로 깔아서 누구든지 실시간으로 인터넷에 접속하고 대화할 수 있도록 하자고 캠페인 팀에 제안을 했다. 월드와이드웹(www: world wide web)이 태어나기 전 이야기이다.

클린턴 캠프에서는 선거운동 당시 백남준의 그 제안을 무시했는데, 클린턴이 대통령에 당선되자마자 대통령 공약 사업으로 미 대륙 인터넷 하이웨이 아이디어를 발표했다. 그런데 그걸 마치 자기네들의 기발한 아이디어인 것처럼 위장을 했다. 백남준은 그 발표를 보고 화가 나서 『뉴욕 타임스』 신문에 "Bill Clinton stole my Idea!(빌 클린턴이 내 아이디어를 훔쳤다!)"라는 전면광고를 냈다. 백악관에서는 논의 끝에 그 광고에 대꾸하지 않고 묵살하기로 결정을 했다. 백남준은 무시당한 데 더욱 화가 나서 '이 녀석을 엿 먹이는' 아이디어를 생각하고 있었다.

그러던 차에 마침 1998년 김대중 대통령이 미국을 국빈 방문하게 되

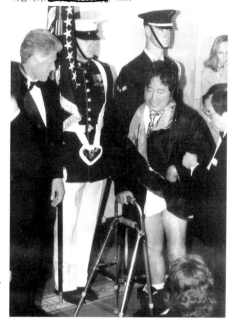

이 사진의 장면은 행위예술가 백남준이 만든 일생일대 최고의 행위예술 작품이다.
(사진 김녕만)

***** 사진이 문제를 불러올수도 있으니 신중을 기해주시기 바랍니다. ▓▓▓▓▓ *****

었는데 백악관 만찬에 한국 측 초대 손님의 한 사람으로 백남준이 가게 되었다. 백남준은 '이때다!' 하고 면밀하게 클린턴을 '엿 먹이는' 계획을 세웠다.

'리셉션 라인에서 클린턴과 악수하는 순간 실수인 척 바지가 흘러내려 거시기를 내 보임으로써 르윈스키 사건을 상기시키고 클린턴이 당황하는 꼴을 세상 사람 모두에게 보여 주자.'

내복은 안 입은 채 미리 멜빵을 풀어 놓고 그 앞에서 악수하는 순간 바지가 흘러 내려가도록 하는데, 좀 바보 같은 늙은이가 실수하는 것처럼 보이도록 어눌한 표정에 보행보조기를 짚고 나타난 것이다. 물론 사전에 대통령을 수행한 한 청와대 출입 기자에게 자신의 계획을 이야기하고 사진이 잘 나올 각도에 자리 잡도록 부탁을 해 두었다.

그렇게 해서 빌 클린턴이 당황해 어쩔 줄 모르는 모습의 사진이 전 세계에 전송되었고, 『조선일보』 문화부의 윤호미 기자가 전송된 자신을 보고 놀라서 나에게 전화를 했다. 천하에 괴상한 사진이 들어왔는데 무슨 장면인지 도대체 이해를 못 하겠노라고.

내가 즉시 만나서 그 사진을 보고 백남준 작가의 행위예술 작품 〈클린턴 엿 먹이기〉라고 제목을 달아 주었다.

그러나 사진 윗부분에 쓰여 있듯이 "사진이 문제를 불러올 수도 있으니 신중을 기해 주시기 바랍니다. ─ 청와대 사진기자단"이라는 주의 사항까지 외신을 타고 들어왔으니, 이것을 우리가 우리 신문에 썼다가는 외교 문제가 생길 수도 있는 일이었다.

『조선일보』도 당시에 그 사진을 싣지 못했고, 아직도 윤호미 기자가 보관을 하고 있다.

나는 백 선생의 설치 작품으로는 〈TV 붓다〉를 제일 좋아하고, 행위 작품으로는 바이올린을 줄에 매달아 길에 끌고 가는 장면을 제일 좋아했는데, 이 사건 이후로는 〈클린턴 엿 먹이기〉가 가장 좋은 작품이라고 생각하고 있다.

백남준 자신의 당황한 듯 꾸민 표정뿐 아니라 클린턴의 황당한 표정, 그리고 옆에 선 경호실 해병대의 굳은 표정과 그 옆의 백악관 여성 보좌관의 놀란 표정이 재미있다.

2022년 2월 13일 주일날 성당에 갔다가 대자代子 김신金信 부부와 점심을 먹고 집으로 가던 길, 우연히 '사진 위주 갤러리 류가헌'에 사진 전시회가 있는 것을 보고 그냥 들어갔다. 오랜만에 사진작가 이한구와

「대통령이 된 사람들」 사진전이
열린 류가헌에서 김녕만 사진작
가와 함께 〈클린턴 엿 먹이기〉
옆에서.

부인 박미경 씨라도 잠깐 볼 수 있을까 해서였다.

사진작가 김녕만金寧滿은 『동아일보』 사진기자를 오래 했다고만 알고 있었고, 며칠 전 신문에서 '대통령 사진을 오랫동안 찍은' 사진 전시회 기사를 보았기에 들어간 것이다.

그런데 거기서 낯익은 백남준 선생의 사진을 발견하고 반가워서 현장에 있던 작가와 인사를 나누며 백남준 이야기로 잠시 즐거웠다.

김녕만 기자는 백 선생의 그 유명한 '누드 퍼포먼스'를 잘 모르고 사진만 재미있게 찍었다고 했다. 내가 백 선생의 "Bill Clinton stole my Idea!" 이야기를 해 주었더니 너무 반갑고 고맙다며 비싼 작품집에 사인까지 해서 증정해 주었다. 예상치 않았던 또 하나의 한바탕 해프닝이었다.

나는 이 사진이 '행위예술가 백남준' 일생일대 최고의 '행위예술 작품'이라고 생각한다. 그리고 사진작가가 나 때문에 이제야 그 해프닝의 배경을 알게 되었다 하니 나 역시 기쁜 일이 되었다.

백 선생의 평소 말버릇처럼 '도대체가' 그분의 모든 행위, 그 자체가 예술이었으니까.

2022. 2. 15.

성미술과 성당 건축

오래전 한국가톨릭미술가회 모임에서 김수환 추기경께서는 우리 미술 가회의 수호자인 이탈리아 화가 프라 안젤리코Fra Angelico(1387~1455)를 말씀하시면서, 그가 산마르코수도원 벽에 그린 〈수태고지受胎告知〉 그림의 성모님 얼굴을 보면 화가가 자신을 한껏 낮춰 기도하는 마음으로 그렸기에 그 성모님이 더없이 아름답다고 하셨다.

　이 프레스코 연작은 수사들이 묵상하는 데 도움을 주고자 제작된 것으로, 오랜 세월 많은 화가들이 정성을 쏟아 그린 성모상이 많지만 그 가운데서 그의 그림이 그렇게 감동적인 것은 그가 화가로서의 자신을 내세우지 않았기 때문이라는 것이다. 그때 추기경님이 회원들에게 그 이야기를 하신 것은 매우 적절하고도 단순명료한 설명이었다.

　교회미술, 소위 성미술품을 다루는 화가와 조각가와 공예가, 그리고 건축가들에게 프라 안젤리코의 성모님 이야기는 하나의 귀중한 가르침이다. 기도하는 것은 자신을 낮춰야 성립되는 일이다.

프라 안젤리코, 〈수태고지〉, 산마르코수도원.

프라 안젤리코는 화가이기 이전에 수도자였다.
저명한 미술평론가 윌리엄 마이클 로세티는 이렇게 말했다.

안젤리코는 열정적으로 기도한 다음에야 그림을 그렸다. 기도 없이는 절
대로 붓을 들지 않았다.

프라 안젤리코는 기도 행위로 그림을 그렸다. 십자가에 못 박힌 그리
스도를 그릴 때는 눈물을 흘렸고, 자주 무릎을 꿇고 그림을 그렸다.

앙리 마티스Henri Matisse(1869~1954)는 말년에 그가 은퇴해 살던 프
랑스 남부 방스Vence에서 도미니코수도회 수녀님들의 부탁으로 개보수
하는 수도회 성당에 성모자상과 14처를 그리게 됐다. 이미 세계적 명성

앙리 마티스의 14처가 그려져 있는 프랑스 방스 로사리오 예배당 내부. (© *The Architectural Review*)

을 얻었고 부유한 노년을 보내고 있던 그는, 그때 갑자기 자신이 그 그림을 그릴 수 없다고 생각하게 되었다. 지금까지 수없이 많은 종교화를 그려 온 노대가가 갑자기 십자가에 이르는 고난의 길에서 보인 예수 모습을 자기 마음대로 상상해 그린다는 것에 자신이 없어졌기 때문이었다.

극심한 고통에 신음하는 예수의 마지막 가는 길을 마치 자기가 본 듯이 그린다는 일은 나름의 과장된 생각을 남들에게도 강요하는 것 같았다. 그것은 진실이 아니거나, 아무리 좋게 말해도 마티스 자신의 생각(상상력)에 불과한 것이기 때문이다. 결국 그는 열네 점의 예수님 그림을 단순한 몇 개의 선으로 추상화할 수밖에 없었다. 성모자상에서도 성모님과 아기 예수님 얼굴을 윤곽선만으로 그렸다.

그가 남긴 또 다른 십자가상 그림을 보면, 예수님과 그 아래 성모님의 얼굴을 그리지 않았다. 그는 자신의 예술을 종교에 양보했다. 누구든

조토가 그린 스크로베니 예배당 벽화 부분.

지 그 추상화된 선화線畵들에서 스스로, 마음대로, 각자의 예수님과 성모님을 마음속으로 그려 볼 수 있게 한 것이다.

오늘날 방스 도미니코수도회 성당의 성모자상과 14처 그림은 마티스의 어떤 걸작보다도 더 유명한, 불후의 명작으로 남았다.

위대한 화가 조토Giotto di Bondone(1266~1337)는 '오직 자연의 제자일 뿐'이라고 불릴 만큼 철저히 사실적인 화가였다. 그는 파도바Padova의 스크로베니 소성당 벽면과 천장을 가득 채운 36개의 성경 장면들을 그리면서, 모든 인물을 그린 다음 대부분의 프레스코 화면 배경을 파란 하늘과 푸른 색깔로 그려 자신만의 하느님을 표현했다.

성경의 이야기들 중에서도 예수의 신적神的 면모를 보여 주는 기적 장면들을 대폭 축소하고 성모 마리아의 일생, 예수의 어린 시절과 수난을 강조해 초자연적 현상보다는 인간적 기록에 관심을 두었다. 성경 장면을 마치 우리가 보는 듯이 사실적으로 그린 것이다.

그러나 그는 하느님을 그림으로 그릴 수가 없었다. 사람이 어떻게 하느님 모습을 상상할 수 있는가. 그는 '하늘에 계신 우리 아버지'를 그림으로 형상화하지 않고 푸른 하늘색으로 추상화했다. 그 하늘색은 파도바 지방에서 늘상 보게 되는 가장 평범한 푸른색이었다.

지오토가 그린 스크로베니 예배당의 입구 쪽 〈최후의 심판〉이라고 불리는 그림은 이 예배당을 지어서 봉헌한 엔리코 스크로베니를 주제로 한 것이다. 그는 대부업(고리대금업)으로 재산을 축적한 자기 아버지의 영혼을 구제받기 위해 건물을 짓고 이 그림을 그리게 했다. 그 아버지는 단테의 『신곡』 중에 지옥편 17곡에서 돈주머니를 목에 건 채 지옥불에 불벼락을 맞고 있는 장본인이다. 지오토의 그림에서도 무시무시한 지옥 장면 가운데 불에 타 고통받는 인간을 그렸다.

셰익스피어 작 「베니스의 상인」에 나오는 유태인 샤일록과 같은 시대였을 것이다.

건축은 본질적인 구조 요소들로 이루어진다. 네 개의 기둥 위에 지붕을 얹은 건축의 기본형은 어떤 대규모 성전에서도 같다.

그 뼈대 위에 외벽을 바르고 내벽을 씌우고 그것을 디테일로 마감하는 것은 사실상 건축의 구성과 구조에서 본질이 아니다. 따라서 그 벽 위에 프레스코(벽화를 그릴 때 쓰는 화법)로 성화를 그려 성당 내부를 장식하는 일은 건축을 구성하는 본래적 요소가 아니다.

건축은 벽화 없이도 서 있는 것이다. 사람들은 너무 오랫동안 그런 여분의 장식으로 벽화를 그려 왔기에 그것에 식상해지기도 했다.

그다음으로는 벽화 대신 그림 액자를 벽에 걸기 시작했는데, 그것은 벽화보다 간편하게 그림을 바꾸거나 치울 수 있어서 좋았다.

그때까지 소위 성미술이란 순수하게 성당을 장식하려는 신자들의 작은 정성들이 모인 것이었다. 그런데 직업적인 화가, 조각가, 건축가를 동원하여 대규모로 성당을 짓고 화려하게 장식하는 일은 이탈리아에서 국제교역으로 재정적 성공을 거둔 메디치가의 로렌조 시대에 와서였다.

상업과 돈놀이로 이윤을 남기는 행위가 하느님 섭리에 어긋나는 것으로 치부되어 파문까지 당하던 시절이어서, 기독교 교리와 부딪히지 않으면서 이자 놀이와 같은 이윤 추구 사업을 합리화하는 방안을 모색해야 했던 메디치 가문을 비롯한 이 신흥의 거부巨富들은 하나의 속죄 행위로서 대규모 미술 장식을 교회에 헌납했고, 이러한 신앙 행위로써 면죄받을 수 있다는 공감대를 형성했다.

건축은 갈수록 장식화되고 성미술은 거창하고 화려해졌다. 교회건축에 거금을 희사한 거상巨商들은 교회 안에 또 가족교회를 만들고 이것들을 별도로 운영하며 별도의 장식을 했다.

문맹률이 높았던 당시에 성서의 내용을 전달하는 데 그림과 조각은 글보다 더욱 효과적이었다. 이것이 예술의 르네상스를 이룬 것은 어느 면에서 아이러니다. 그러나 이후 이런 현상은 더욱 고조되었다.

장식과 기교가 지나치면 지루해지고 드디어는 쇠퇴하기 마련이어서, 뒤이어 모든 종류의 장식을 배제하는 '현대건축'의 시대가 자연스럽게 도래했다.

단순하고 명쾌한 순수성을 강조하는 현대의 성당건축에서 그런 장식 그림들은 조금씩 자취를 감추기 시작했다. 특히 '현대적'이라고 이야기되는 미니멀 시대의 건축에서는 오히려 아무 장식 없는 흰 벽만이 순수한 느낌을 준다는 의미로 많은 사랑을 받았다.

사실 아무것도 그려지지 않은 흰 벽은 사람들에게 모든 것을 스스로, 마음대로 상상할 수 있는 여백으로 남는다.

그래서 어쩌면 아시시에 있는 프란치스코 성인의 작은 기도방은 아무런 장식이 없어야 했는지도 모르겠다. 가장 기도하기 좋은 방은 아무 장식도 없이, 자유로운 정신 상태에서 가장 깨끗하고 가장 조용한 채로 있어야 할 것이다.

그러므로 완전히 자유로운 느낌 속에서 기도하는 분위기가 보장되려면 성당 벽을 장식하는 성미술품들은 있어도 좋고 없어도 좋은 것이다.

예술은 인간이 만든 최고의 아름다움이다. 종교는 하느님이 만들어주신 최고의 아름다움이다. 모든 예술가들은 인간이 만든 것이 하느님의 아름다움에 군더더기 덧칠이 되지는 않을지 생각해야 한다.

2020. 12. 29.

널빤지에 올린 가시덤불

미켈란젤로가 조각한 바티칸 성베드로성당의 〈피에타상〉은 너무도 아름답고 사실적이다. 그것은 너무도 사실적이어서 아름답다.

그는 죽은 예수를 무릎에 안은 성모님의 '슬픔'을 표시하기 위해서 성모님을 30대 초반의 여인으로 그렸으며, 반면에 죽은 그의 아들은 50을 훨씬 넘은 남자로 묘사했다.

어머니와 아들의 나이가 뒤바뀐 것은 미켈란젤로가 성모님의 지극한 슬픔을 '지극한 아름다움'으로 표현하려 했기 때문이다. 우리는 그 아름다움 때문에 더 큰 슬픔을 느낀다. 보통의 조각가는 그런 욕심을 부려서도 안 될 뿐 아니라 보통의 조각가가 만든 성모님의 슬픔을 보고 같은 슬픔을 느낄 사람도 없을 것이므로, 성모님의 그 슬픔의 장면을 자기가 본 듯이 묘사하는 일은 미켈란젤로라는 천재 조각가에게만 있을 수 있는 일이었을 것이다.

오래전에 내가 개보수 설계를 맡아 했던 상도동성당의 소성당에 걸

미켈란젤로, 〈피에타〉, 성 베드로 대성당.

릴 십자가를 두고 나는 꽤나 고민을 했다. 그런데 그 고민을 쉽게 풀어 준 사람은 조각가인 김겸순 테레시타 수녀님이었다. 수녀님은 간단한 모양으로, 여유 있는 비례감으로 널찍한 십자 모양의 널빤지를 만들고 그 위에 녹슨 가시 철망을 닮은 단순한 가시덤불 한 가닥을 올려놓았다. 그것은 보는 사람에 따라 십자가이며 고통의 가시관이며 동시에 영광의 면류관이기도 했다.

이 작품에서 고통은 상징이며 추상이며 은유이다. 따라서 보는 이들에게 고통에 동참하기를 강요하거나 고통의 크기가 어느 정도인가를 측정해 보여 주려 하지 않는다. 한마디로 조각가는 (또는 건축가는) 보는 이들에게 자신의 느낌을 지나치게 주장하며 공감하기를 강요해서는 안 되는 것이다.

상도동성당 개보수 설계 작업 당시 김겸순 테레시타 수녀님이
만들어 준, 가시덤불을 올린 나무 십자가.

　　내가 이 작품을 좋아하고 그 조각가의 태도와 자세를 옹호하는 이유
는, 이처럼 사람들 각자의 느낌을 존중하고, 스스로 느끼도록 유도하고,
자유롭게 느끼도록 방임하는 것이 옳다고 생각하기 때문이다.

　　그런데, 그럼에도 불구하고 거기에는 추상화된 강렬한 메시지와 호
소력이 내재해 있다. 나는 그것이 진정으로 성미술품이 가져야 할 품위
와 격조라고 본다. 성당에 그림이나 조각이 있어야 한다면 그것은 작가
의 기도를 통해서 보는 이들의 기도로 전달되는 하나의 새로운 일치를
이루어야 하는 것이다.

2020. 12. 29.

진주 귀걸이를 한 소녀

『플란다스의 개』

나는 어렸을 적에 그림을 잘 그린다는 이야기를 주위에서 많이 들었다. 그래서 내가 정말 그림을 잘 그린다고 믿고 있었다.

그때, 그러니까 초등학교 중반쯤에 읽게 된 『프란다스의 개』라는 소년소녀 문고 책이 있었다.

옛날에 프란다스라는 곳에 그림을 잘 그리는 소년이 있었는데, 그 아이는 너무 가난해서 수레를 끄는 개를 데리고 우유를 배달하며 산다. 그리고 어느 해 미술대회에 그림을 출품하고, 수상작 발표가 나기 전에 소년과 그의 개는 추운 겨울날 배가 고파서 거리에 쓰러진다. 소년은 쓰러지기 전, 마지막으로 대성당에 들어가 존경하는 화가(아마도 루벤스였을 것이다)의 명작 그림을 보고 돌아서 나온다. 수상작을 발표하는 날, 입상 소식을 들은 심사위원장의 딸이 친구인 그 소년을 찾아다니다가, 개와 함께 끌어안고 숨진 현장을 발견한다.

너무 오래전의 책이라 기억이 희미하지만, 뭐 대강 그런 줄거리인데, 나는 어린 마음에 그 책을 붙들고 많이 울었다. 그 나이에는 감동적인 이야기의 주인공이란, 항상 읽는 이에게 동일시기제同一視機制(Identification mechanism)의 대상인 것이다.

그리고 그 소설 속의 이야기가 오래 내 마음속에 남아 있었던 모양이다.

나이 30이 가까워서 네덜란드에 공부하러 갔을 때, 그 프란다스라는 곳이 플랑드르 지방, 즉 지금의 벨지움에 있고, 내가 있던 로테르담에서 가까운 앤트워프 서쪽 지방이라는 것을 알고 찾아가 보기도 했다.

옛날에는 반 아이크를 비롯한 훌륭한 화가들을 많이 배출했고, 우리가 건축에서 배우는 플래미시 벽돌쌓기Flemish Bond의 고향이라는 것도 알게 되었다. 또 네로 소년이 그토록 보고 싶어 했던 화가가 이곳 출신의 루벤스라는 것도 확인했다.

벨지움 호보켄Hoboken의 동화박물관 앞에 세워져 있는, 네로 소년과 애견 파트라슈의 동상. (ⓒ Shoestring)

잘은 모르지만, 그 근처에서 활동했던 렘브란트와 페르메이르와 반 다이크, 반 아이크가 모두 비슷한 계열이 아니었을까. 그리고 결국 그 지역적 전통은 빈센트 반 고흐로 이어지는 게 아니었을까 하는 생각을 했었다.

얀 페르메이르

그 많은 화가들 중에서도 내 눈이 번쩍 뜨이도록 놀라운 화가는 얀 페르메이르(1632~1675)였다.

그에 대해서는 루벤스나 렘브란트에 비해 많이 알려져 있지 않다. 사후 200년간 잊혀졌다가, 갑자기 각광을 받게 된 그는 미술사의 다른 천재들과는 달리 평생 고향 델프트에서 살았고, 길드에 속하여 그 대표를 지내기도 했지만, 한평생 평범한 화가로 살면서 중산층의 일상생활과 델프트의 풍경을 주로 그렸다. 그의 그림은 오늘날 35점이 남아 있을 뿐이다.

지금도 마찬가지지만, 당시 네덜란드는 프로테스탄트(개신교), 특히 칼뱅파Calvinism라는, 상당히 원리주의적인 교파가 장악하고 있었다. 그런 분위기에서 그는 독특하게도 소수파인 구교로 개종한 별난 인물이었다.

네덜란드가 프랑스와 전쟁해서 패하고(1667~1668) 나라가 어려워졌을 때, 페르메이르도 몰락했다. 아이가 열 명이나 되었지만, 그래도 그는 부유했던 처가의 덕으로, 2~3년에 한 점 정도의 그림을 그렸어도 그걸 팔아 생계를 이어 갈 수 있었다.

이런 정도가 그에 대해 알려진 전부이다. 이런 모호한 점들이 그를 더욱 신비에 쌓인 화가로 만들고 있다.

2003년 8월에 덕수궁미술관에서 열린 「위대한 회화의 시대—렘브란트와 17세기 네덜란드 회화」전은 헤이그의 마우리츠하위스 왕립미술관 소장품들이었다. 그 전시회에서 나는 다시 한번 그 화가들의 '빛'을 보았고 페르메이르의 '빛'을 보았다.

그림들을 따라온 큐레이터는 설명회에서 페르메이르가 그린 〈진주 귀걸이를 한 소녀〉는 못 가져왔다고 했다. 그 그림은 아직까지 단 한 번도 해외에 반출된 적이 없는데, 그 그림을 가져오려면 "대통령이 나서야 할 것"이라고 했다.

어렸을 적 미술책 표지에 실렸던 노란 스웨터를 입은 〈우유 따르는 하녀〉라는 그림이 그의 가장 유명한 그림이다.

페르메이르의 그림 가운데 내가 가장 좋아하는 것은 〈진주 귀걸이를 한 소녀〉이다. 이 그림을 두고 사람들은 "북구의 모나리자"라는 찬사를 보내지만, 내가 보기에 〈모나리자〉가 차라리 "남구의 귀걸이 소녀"다.

그림 속 소녀의 아름답고 커다란 두 눈망울은 약간 놀란 듯 쳐다보면서도 방심한 듯 슬프고, 두렵고, 그러나 갈망하듯, 유혹하듯, 어쩌면 절망적인, 그리고 어쩌면 처절한 기다림의 눈빛이다. 정면이 아니고 약간 옆으로 그려진 이 불가사의한 소녀의 표정을, 도저히 언어로 표현할 수 없는 소녀의 슬픔을, 화가는 붓으로 그려 내었다. 〈모나리자〉의 불가사의한 미소보다도 이 소녀의 슬픔은 더욱 불가사의하다. 모나리자의 신분과 이름이 알려지지 않은 것보다 훨씬 더, 이 소녀에 대해서는 알려진 게 없다.

페르메이르의 그림들에서 가장 많이 공통적으로 나타나는 인물의

얀 페르메이르, 〈진주 귀걸이를 한 소녀〉, 1665년경, 마우리츠하위스 왕립미술관.

특징들은 고요함, 그리고 무언가에 몰두해 있는 표정들이다.

〈우유 따르는 하녀〉는 항아리에서 그릇에 우유를 붓는 일에 정성을 다하고 있고, 〈레이스 짜는 여인〉은 수놓기에 몰두해 있으며, 〈지질학자〉는 고개를 들어 깊은 상념에 빠져 있다. 〈편지 쓰는 여인〉의 표정에는 그녀가 쓰고 있는 편지의 내용이 묻어난다. 〈진주를 저울질하는 여인〉은 시선을 저울대에 집중하여 그 균형에 긴장한 표정이고, 〈진주 목걸이를 한 소녀〉는 거울 속에 비친 자신의 목걸이에 만족한 그 한 가지 생각뿐이다.

그러나 이렇게 고요한 상황 속에 그려진 정지된 균형은 그 속에 역동적인 에너지를 감추고 있다.

〈진주 귀걸이를 한 소녀〉는 그 고요 속에 엄청난 비밀을 감추고 있다. 페르메이르는 그림의 가장 강조하는 부분을 소녀의 작은 귀에 매달린 진주 귀걸이에 두었다.

북유럽의 어두운 햇빛 아래서는 한 방울의 빛이라도 아껴야 했던 이곳 화가들의 가장 고유한 주제가 '빛'이었다. 그들은 자기 그림의 하이라이트를 모델의 흰 이마, 날카로운 코끝, 반짝이는 양복 깃 등에 두었는데, 이 그림에서는 소녀의 귀걸이가 그림의 중심이다.

마르셀 프루스트는 그의 『잃어버린 시간을 찾아서』에서 이 그림을 '세상에서 가장 아름다운 그림'이라고 했다. 나도 그의 말에 동감이다. 그래서 나는 페르메이르의 화집을, 그때 내가 가장 좋은 것을 선물하고 싶었던 여인에게 사 보냈다.

〈우유 따르는 하녀〉

〈레이스 짜는 여인〉

〈지질학자〉

〈편지 쓰는 여인〉

〈진주를 저울질하는 여인〉

〈진주 목걸이를 한 소녀〉

페르메이르의 그림들.

소설 『진주 귀고리 소녀』

〈진주 귀걸이를 한 소녀〉가 그려진 지 300년이 더 지난 1998년에 미국 소설가 트레이시 슈발리에는 이 그림 속 소녀를 주인공으로 한 소설을 쓴다.

그녀 역시 그 그림을 좋아해서 그림의 복사본을 침대 머리에 걸어 놓고 살았다. 그 그림을 붙여 놓은 지 10년이나 지난 어느 일요일 아침, 그날도 그녀는 잠에서 깨어나 그림을 물끄러미 바라보고 있었다.

그런데 갑자기 그 귀걸이에 대해 여러 가지 의문이 일어나기 시작했다. 겉옷과 머릿수건으로 보아 평범한 집안의 소녀임이 분명한데 진주 귀걸이를 하고 있었던 것이다. 화가에게 초상화를 의뢰할 만큼의 부잣집 딸 같지도 않다. 진주라면 당시에는 동방에서 가져오는 귀중한 보석이었다. 더구나 이 소녀의 애매모호한 표정의 매력을 매일 보아 온 터다.

소설가는 그녀를 대신하여 그녀가 하고 싶어도 못 하는 이야기를 풀어 놓기로 결심한다. 소설가는 그 소녀가 화가 선생님에게 못다 한 이야기를 풍부한 상상력으로, 아름다운 이야기로 그려 낸다.

그렇게 그 소녀에게는 생명의 숨결이 불어넣어진다. 그리고 그 소녀의 부끄러운 듯 방심한 표정은 고요하지만 격정적인 사랑 이야기로 다시 태어난다.

소녀와 진주 귀걸이를 사랑이라는 주제로 묶은 것은 아주 자연스럽고도 당연해 보인다. 누가 보아도, 아무리 생각해 보아도 이 화가의 이 그림의 주제는 '사랑'일 수밖에 없는 것이다. 그리고 그 사랑의 주인공들은 어쩔 수 없이 화가와 소녀일 수밖에 없는 것이다.

이야기는 이렇게 시작한다.

트레이시 슈발리에 장편소설 『진주 귀고리
소녀』의 표지.

어떤 가난한 집 딸이 가족을 부양하기 위해, 한 유명 화가의 집에 하녀로 들어간다.

그 집에서 그녀의 일은 우선 청소인데, 거기에는 화가의 작업실도 포함된다. 화가가 없는 시간에 '아무것도 건드리지 않은 것처럼' 청소를 해야 하는데, 여기서 소녀는 화가의 생활을 엿보게 되고, 나아가 화가의 작업을 엿본다.

그것은 지금까지 본 적이 없는 예술세계에 대한 첫 번째 눈뜸이자 충격에 가까운 감동이었다. 소설 속에서 일인칭의 화자인 소녀는 이렇게 중얼거린다.

"그는 다른 사람들과는 다른 방식으로 사물을 보는 것이다."

화가는 소녀에게 빛에 대해, 색깔에 대해 이야기한다. 그리고 물감을 만드는 일을 시킨다. 값비싼 물감 재료들을 다루는 일은 소녀에게 또 다른 하나의 예술세계에 입문하는 것이며, 화가에게는 작업의 동료를 얻은 것이 된다.

화가는 소녀의 청순함에서 깊은 영감을 느끼며 그녀를 최상의 모델로 생각한다.(이 대목은 바로 17세기 플랑드르 화파 사람들이 공통으로 가졌던 일상의 환희, 평범한 피조물에 대한 영광과 감사의 마음에 깊이 연관되어 있다.) 그는 그 소녀를 모델로 그림을 그리고 싶어진다.

그리고 그림이 되어 가는 사이, 아내의 귀걸이를 꺼내다 그녀의 귀에 달게 한다. 그러나 이들의 절제된 사랑은 주위의 시선과 신분의 차이 때문에 안타까운 눈빛의 교환으로만 표현된다.

그림이 완성된 후 화가의 가족들은 이들의 조용한 열애를 알게 된다. 그리고 소녀는 집으로 돌아온다.

정말로 오랜만에 나는 남자와 여자 사이의 이렇게 복잡하고 섬세한 감정의 흐름을 훔쳐보았다. 소설의 끝부분에서 화가가 죽고 난 후, 소녀는 화가의 죽음을 다른 사람에게서 듣는다. 화가가 임종할 때 침상 옆에 〈진주 귀걸이를 한 소녀〉를 갖다 놓았다고.

영화 〈진주 귀걸이를 한 소녀〉

2004년에 피터 웨버는 이 소설을 영화로 만들었다. 그는 감독으로서 이 영화가 처음이었다. 그 전까지는 TV드라마를 제작했었다. 거기에 프랑스 출신의 촬영감독 에두아르도 세라가 합세하여 아름다운 '그림 같은 영화'를 만들었다. 영화 전체를 통틀어 모든 장면들이, 정말로 모든 장면들이 한 장 한 장 아름다운 그림의 연속이었다. 특히 촬영감독은 최대한으로 자연광을 살려서 플랑드르 화가들의 빛과 페르메이르의 정밀靜謐을 재현해 냈다.

가장 중요한 주연 배우, '진주 귀걸이를 한 소녀'로 열연한 스칼렛 요한슨이라는 여배우는 바로 이전에 〈사랑도 통역이 되나요?〉라는 그녀의 첫 번째 작품으로 단번에 2003년 베니스 국제영화제와 영국영화아카데미(BAFTA)에서 여우주연상을 받을 만큼 운 좋고 감각 있는 배우다.

영화 〈진주 귀걸이를 한 소녀〉 포스터.

그래서 이 배우는 진주 귀걸이 소녀의 섬세하고 미묘한 내면의 표현을 절제하면서도 강렬한 눈빛을 뿜어내는 연기를 소화하는 데 그치지 않고 자신의 목소리를 낸다.

화가 페르메이르로 분장하여 소위 '내면의 연기'를 펼친 남자는 콜린 퍼스라는 배우로, 전작 〈러브 액츄얼리〉 또는 〈브리짓 존스의 일기〉 등으로 제법 알려진 인물이다.

영화는 소녀가 여러 가지 색깔의 채소를 칼로 써는 장면을 클로즈업시키며 시작된다. 서걱서걱 야채가 베어지는 칼질 소리를 상징적으로 강조하면서 영화의 날카로운 긴장과 비극적 결론이 암시된다.

그리고는 숨 고르기처럼 소녀가 집을 나와 델프트의 옛 시가지를 걸어, 하녀로 일하게 된 화가의 집을 찾아가는 동안, 이 이야기의 시대적 배경과 17세기 네덜란드인들의 일상과 분위기가 설명적이고 사실적으로 전개된다.

소녀가 처음 화가의 '빛'에 눈뜨는 장면을 영화는 이렇게 묘사한다. 아무것도 만지지 말고 청소만 하라는 명령에, 하녀는 덧문을 열고 유리창을 닦아야 할지를 망설인다. 사모님은,

"왜 더러워진 유리를 안 닦느냐?"

고 묻자 소녀는,

"유리를 닦으면 너무 빛이 강해질까 봐 그럽니다."

라고 대답한다. 첫 대면치고는 심상치 않은 대화가 오가는 것이다.

화가와 소녀가 몇 번에 걸쳐 서로를 훔쳐보는 침묵 속의 교감이 있은 후에, 둘은 색깔에 대해 이런 이야기를—아마도 처음으로—나눈다.

"저 구름들이 무슨 색이지?"

"하얀색이지요, 주인님."

"그리트, 넌 더 잘할 수 있어, 또 무슨 색이 있니?"

"… 푸른색도 약간 있고요, 음… 노란색도, 그리고 약간 초록색도 있네요!"

"그래 그리트, 사람들은 구름이 하얗다고 말하지만, 실제로 구름 속에서 하얀색은 찾기가 힘들지."

화가는 소녀의 속 깊이 감추어진 예술의 눈을 일깨운다.

다음에 화가는 소녀에게 물감 만드는 일을 시킨다. 물감을 만드는 재료들은 아주 귀하고 값비싼 것들이다. 그 재료들을 조심조심, 섬세한 손길로 다루는 장면은 두 사람의 조심스러운 접근을 아주 잘 묘사한다. 게다가 영롱한 빛을 발하는 물감 재료들의 맑은 색조는 마치 두 순수한 영혼의 아름다운 결합을 의미하는 듯하다.

영화의 압권은 두 사람이 사진기의 초기 단계 발명품인 카메라 옵스쿠라camera obscura를 번갈아 들여다보는 장면이다. 소녀는 렌즈를 통해 어두운 상자 안에 잡히는 형상을 보고 놀라며, 화가의 설명을 듣고 나서 그것이 왜 거꾸로 서 있는지, 왜 실물보다 작고 예쁘게 보이는지 알게 된다. 그것은 한 소녀가 정말로 전혀 새로운 세계에 눈을 뜨는 장면이다.

그리고 클라이막스.

화가는 "가장 그리고 싶은 하느님의 피조물"을 이젤 앞에 앉힌다. 그에게 그 일은 최상의 기쁨이자, 가장 큰 고통이다. 그림은 잘되지 않는다. 무언가가 절대적으로 빠져 있다. 그리고 소녀는 그 이유를 알 것 같다.

화가는 아내의 진주 귀걸이를 몰래 꺼내다가 그녀의 귀에 걸어야겠다고 생각한다. 그는 그림의 균형을 위해서라고 말한다. 소녀는 아직도 귓불이 뚫리지 않아, 귀걸이를 달 수가 없다. 화가는 소녀의 귀를 뚫겠다고 하고, 소녀는 그렇게 하라고 허락한다.

침묵의 고통 뒤에 소녀의 작은 귓바퀴에서 흘러내리는 한 방울의 붉은 피. 지극히 절제되었으되, 대단히 육감적인 표현이다.

이윽고 그림은 완성되고, 그림을 본 화가의 아내는 경악하여 비명을 지르며 울먹인다.

"이건 외설이에요!"

이 장면은 소설에는 없는, 영화감독의 대사이다. 머리칼 한 올도 표현됨이 없이 꼭꼭 감추어진 순백의 그림을 보고도, 여인의 본능은 남편의 깊은 애정과 그 애정이 극도로 절제된 표현을 그림에서 읽어낸다. 소녀는 원래 자기 집으로 돌아온다.

그리고 1년 후, 화가의 집에서 함께 일했던 동료 하녀가 찾아온다. 화가가 작은 포장으로 싸서 보낸 선물이 들려 있는데, 다름 아닌 진주 귀걸이가 들어 있다. 소녀가 그 선물을 펼쳐 보는 장면은 자신이 결혼식에 입을 웨딩드레스를 배경으로 하고 있다.

소설의 끝부분에 있는, 화가가 죽고 난 후 소녀가 다른 사람에게서 들은 이야기, 즉 화가가 임종할 때 그동안 간직했던 그림 〈진주 귀걸이를 한 소녀〉를 그의 침상 옆에 갖다 놓았더라는 이야기는 영화에서는 생략된다.

영화의 엔딩은 페르메이르 원화의 〈진주 귀걸이를 한 소녀〉를 오랫동안 보여 줌으로써 영화를 만든 사람들의 원화 해석이 크게 틀리지 않았음을 보여 주는, 그 소설 속 이야기들이 실화였다고 믿게 하는 명장면이었다.

소설을 영화화한 〈진주 귀걸이를 한 소녀〉가 개봉된다는 소식에 나는 약간 긴장했었다. 그림을 소설화한 『진주 귀고리 소녀』와 비교해 묘한 경쟁심에 사로잡혔기 때문이었다. 마치 내가 소설 『진주 귀고리 소녀』의 그리트라도 된 양, 이제 막 등장한 영화의 그녀에게 질투심이 일었던 것이다.

개봉 날, 영화관으로 가기 전, 평소 아끼는 책을 '모셔' 놓는 서가로 가소설 『진주 귀고리 소녀』와 마주했다. 살짝 고개를 돌려 나를 바라보는, 사로잡힌 듯, 사로잡는 듯한 소녀의 눈동자에 시선이 머물렀다. 그다음 코, 살짝 벌린 입술, 우측 턱선을 따라 귀, 그 귀에 매달린 영롱하다 못해 영원을 부르는 진주 귀고리에 시선이 고정됐다. 그러다 탄성을 질렀다.

'아아 소녀여, 진주 귀고리 소녀여, 소설이고 영화고 그림이고 다 떠나서 아름다운 그대로 인해 나는 얼마나 행복한가.'

영화는 감동적이었다. 그런데 일상에서 영원을 발견하게 하는 힘은 소설에 못 미쳤다. 그러나 소설이 그림의 영역을 확장했듯이, 영화 또한 소설의 영역을 확장시킨 것만은 확실했다.

영화관을 나오면서 나는 소설가 슈발리에게, 그리고 화가 페르메이르에게 속삭이고 싶었다.

"고마워요!"라고.

2012. 3. 28.

네덜란드인의
장사꾼 기질과 예술성

네덜란드 선원 헨드릭 하멜은 1653년 8월 16일 동인도회사의 상선 '스페르베르Sperwer(독수리)'호라는 배를 타고 대만을 떠나 일본의 나가사키로 가던 중 태풍에 난파하여 동료 선원 36명과 함께 제주에 표착했다.

처음 제주목사에게 끌려갔을 때, 그는 난파선에서 꺼내 온 포도주 한 병을 진상했다. 목사 이원진은 매우 좋아했다.

그러나 그는 불행하게도 서울로 압송되어 13년 동안 갇혀 지내다가 '약간의 돈을 모아' 배를 장만하여 1666년 9월 나가사키로의 탈출에 성공한다.

하멜은 이런 내용으로 자기가 조선에 억류되어 있던 13년 28일 동안의 '보고서'를 회사에 제출했다. 『하멜 표류기』라는 책으로 잘 알려진 이 기록은 한국을 유럽에 처음으로 알린 네덜란드 선원의 '출장 기록'이다. 지금도 가지고 있는 이 책(이병도 번역)을 나는 대학 시절 우연히 구

해 대단히 흥미 있게 읽었다.

『하멜 표류기』를 보면 네덜란드 사람의 기질이 아주 잘 나타나 있다.

하멜은 13년 동안이나 반半억류 상태로 있으면서 조선 관헌의 눈을 피해 당시 조선에 왔던 청나라 사신에게 귀향을 호소하고, 절치부심 돈을 모아 배를 사서 탈출에 성공하게 되는데, 이런 스토리뿐 아니라, 귀국하여 보고서를 제출한 것을 보아도, 그는 전형적인 화란인, 충실한 동인도회사의 회사원이었다.

그 보고서는 이 회사원이 억류되었던 13년 동안 놀고 있었던 게 아니고, 회사를 위해 정보 수집 활동을 하고 있었다는 증빙이기도 하며, 이것으로 그는 그동안 밀린 13년치 월급을 청구할 수 있었던 것이다.

그러나 그 책에서 더욱 놀라운 사실은, 하멜이 제주에서 서울로 압송될 때 서울에서 내려온 붉은 머리의 서양인 심문관을 만나는 대목이다.

얀 얀스 벨테브레[박연朴燕(또는 朴淵)]은 이미 하멜보다 26년 전에 조선에 표착하여 살고 있는 자기 나라 사람이었던 것이다. 세 사람이 함께 왔는데 둘은 병자호란에 출정해서 전사하고, 그 혼자 남아 조선 여자와 결혼하고 조선 이름도 얻어 살고 있었다.

네덜란드 국립고문서보관소는 1604년부터 1794년까지 연합동인도회사의 이름으로 동방 무역을 위해 출범한 모든 선박의 이름을 알파벳 순으로 정리한 문서를 보관하고 있는데, 이 문서에 따르면 그사이 4,700여 차례의 출항이 있었으나 무사 귀환은 3,500차례에 불과했다.

네 척 중 한 척은 돌아오지 못했다는 이야기다. 그렇게 위험한 항해를 하면서도 그렇게 오래, 줄기차게 항해를 계속한 걸 보면 동방 무역이 얼마나 수지맞는 장사였는지 짐작이 간다.

또 이 문서에는 연합동인도회사가 하멜의 표류기를 접한 뒤, 이 정보를 바탕으로 조선과 무역을 시도하기 위하여 1668년 '코레아Corea'호라는 배를 새로 건조한 것으로 나타나 있다.

하멜이 조선을 탈출한 것이 1666년 9월인데, 그가 나가사키와 바타비아(자카르타)를 거쳐 먼 항해 끝에 저희 나라에 도착한 후 보고서가 완성되는 시간을 감안한다면, 탈출 후 단 2년 만에 코레아호를 진수했다는 사실은 놀랍다. 그러나 이 배는 1679년 퇴역할 때까지 조선으로는 항해하지를 못했다.

또한 벨테브레(박연)가 타고 왔던 배도 이 문서에 '홀란디아'호와 '우베르케르크'호라는 동인도회사 배였던 것으로 기록되어 있다.

이렇게 철저히 기록을 남긴 네덜란드 사람들도 대단한 사람들이고, 이 국립고문서보관소라는 곳도 대단한 곳이다.

또 암스테르담 시장을 역임한 니콜라스 비첸Nicholas Witsen이 쓴, 아시아 지역의 정보를 수집한 책 『동북부 타타르인Noord en Oost Tartaryen』에 보면, 하멜과 함께 조선을 탈출한 여덟 명의 선원들 중 에보켄과 클레르크라는 두 선원의 제보에 따라,

> 조선의 동해안은 매우 아름다우며, 조선인들은 볏짚으로 선박용 로프를 만든다든가[새끼줄을 말함], 조선은 너무 가난해서 교역할 상품이 별로 없으며, 유일하게 거래할 만한 상품은 인삼[ginseng이라고 표현했다]뿐이다.

라고 상인으로서 교역 가능성을 체크하고 있다.

게다가 교역에 기본적으로 필요한 조선말 숫자 표현을 화란말로 기록했다. ana(하나), toel(둘), suy(서이), tasset(다섯), jaset(여섯), ahop(아홉), iael(열), somer(스물), swin(쉰), jirpeik(일백)… 이런 식으로.

네덜란드의 당시 인구는 200만이었다고 한다. 그런데 그들은 유럽 전체 선박량의 80퍼센트를 소유하고 있었다. 대영제국이 대해양국大海洋國으로 뜨기 훨씬 전이다.

그 후, 여러 해양 강국들이 미친 듯이 땅따먹기로 제국의 영토를 넓혀 간 것과는 달리, 화란인들은 그 배들로 동인도회사를 앞세워 세계 무역을 해서 엄청난 부를 축적했다. 도대체 인구의 절반인 100만 명이 아시아에 진출했었다니, 아시아 무역이 이들에게 얼마나 매력이 있었는지 웅변으로 설명해 준다.

나에게는 이곳 네덜란드와 벨기에에서 흔히 보는 흰색 바탕에 감청색으로 무늬를 넣은 자기 접시들, 그리고 섬유나 색칠한 나무 신발에서도 보이는 무늬와 색깔들이 우리의 청화백자靑華白瓷 대접을 똑같이 닮아 보인다. 심지어는 장식용이나 의식용으로 쓰도록 도자기로 만들어진 이들의 나막신도, 만든 방식은 청화백자 그대로이다.

실제로 '야키모노燒物 전쟁'이라고도 불리는 임진왜란이 일본인들의 조선 도자기에 대한 욕심에서 다분히 비롯된 것이고, 그때 조선에서 잡혀가 일본의 도조陶祖(도신陶神)가 된 이삼평李參平이 이즈미야마泉山에서 백토를 발견하여 일본에서 처음으로 백자를 구운 것이 1616년이며, 이 아리타야키有田燒가 네덜란드의 동인도회사에 의해 특히 호평을 받으며 유럽으로 대량 수입되어 비싼 값에 팔렸던 역사를 돌이켜 보면, 그런 연상은 무리가 아닐 듯도 싶다.

『하멜 표류기』의 내용 가운데 그들 일행이 조선을 탈출하여 나가사키에 도착했을 때 일본 관헌이 그들을 심문한 내용이 흥미롭다.

그들은 조선의 정세를 알기 위해 무려 60개의 심문 사항을 갖고 취조를 했는데, 나가사키의 조사관이 집중적으로 물은 것은 임란 이후 조선의 군사력, 무기 체계, 성채城砦의 구조, 그리고 교통, 통신, 지리에 관한 것들이었고, 그때 이미 그들은 조선을 침공하여 대륙 진출의 교두보로 삼기 위하여 우리의 정치·경제·문화·사회에 대해 방대한 정보를 축적하고 있었음을 알 수 있다.

한편, 네덜란드인들이 일찍부터 물에 익숙했다는 것은 또한 항해술에 밝았다는 이야기가 된다. 네덜란드의 어느 박물관에 가 보아도, 놀랍도록 풍부한 컬렉션은 모두 바다와 항해와 미지의 세계에 관한 것들이다.

나는 『하멜 표류기』의 저자가 네덜란드 사람이었다는 정도밖에는 이 해양국가에 대해 아는 바가 없었는데, 그들은 황금시대에 5대양을 상선으로 주름잡았고, 지금의 '뉴욕New york'이 그전에는 '뉴암스테르담New Amsterdam'이라고 명명될 정도로 영향력을 끼치던 사람들이었다.

이렇게 된 데에는 다른 해양국들과 분명히 다른 점들이 있다. 예컨대 스페인 사람들은 선교사를 앞세워 군대를 보냈다. 그것이 그들 식민지 통치의 방식이었다. 말하자면 그들의 무단통치는 철저히 종교로 위장되어, 식민지의 정신과 문화를 지배할 수 있었다.

그러나 네덜란드인들은 무역업자들을 보냈다. 혹자는 그것이 식민지 정책의 실패 원인이라고 하지만, 남아프리카에서 행한 경제 지배는 성공적인 것이었다. 혹자는 그들 정치의 부재를 말하지만, 천성이 장사꾼인 바에야, 정치 부재는 오히려 당연한 것이기도 하다.

이러한 그들의 장사꾼 전통은 아직 그대로 남아 있다. 암스테르담에서는 세계 각지에서 온 값싸고 좋은 물건들을 많이 볼 수 있다.

한국의 조미료가 일본 것보다 싸기 때문에 더 많이 팔리는 곳은 이곳

뿐이다. 슈퍼에 가면 일본제 아지노모토味の素와 나란히 한국제 미원味元이 전시되어 있다. 3분의 1 값이다. "내용물은 똑같다"라는 설명도 붙어 있다.

렌트카의 임대료는 유럽에서 이 나라가 제일 적게 먹힌다.

로테르담에서는 작은 구멍가게에서도 그들이 좋아하는 안남미安南米와 함께 일본 쌀 '야포니카'를 반값에 판다. 그것이 빵을 먹기 싫어하는 나에게는 얼마나 고마운 일이었는지 모른다. 식비를 절약하면서도 맛있는 밥을 지어 먹었으니, 모름지기 장사는 그렇게 해야 하는 것 아닌가.

그들은 소위 개발도상국에서 측량 기술자를 초빙하여 공짜로 공부시켰는데, 나중에는 그 나라에 측량용 항공기와 카메라와 자동지도 제작기와 항공사진 정밀판독기까지 팔게 될 날이 오는 것이다.

훌륭한 장사꾼이기 위해서는 절약과 근검이 최상의 모토이다. 더치페이Dutch Payment가 이곳에서 유래한 것은 그래서 우연이 아니다.

나는 금발의 미녀 두 명과 함께 시내에 나간 일이 있었다. 처음 네덜란드에 가던 도중에 비행기에서 알게 된 'KLM 네덜란드 항공'의 스튜어디스들이다.

길에서 그중 하나인 나탈리가 목이 마르다고 하니까, 전형적 더치Dutch 사람인 소니아도 뭘 좀 마시자고 했다. 거리의 오픈 카페에서 나는 맥주를 시키고, 둘은 콜라 한 병과 두 개의 스트로를 달래서 함께 마시고는, 한 병 값의 정확히 반액이 되는 동전 한 닢씩을 내놓는 것이었다. 나는 내심 놀라며 유심히 보았지만, 이것은 상당히 고소득층인 이들이 하는 것처럼 이 사람들 모두가 그렇게 하는 당연한 지불 방식이었던 것이다.

이 천성적인 상인의 후예들은 모두 외국어에 능통하고, 외국인에게 관대하다.

유명한 『안네 프랑크의 일기』에서도 알 수 있듯이, 2차대전의 광기 속에서 유태인에게 가장 너그럽게 대하고 그들을 감싸 준 것도 네덜란드 사람들이었다.

암스테르담 시민의 90프로가 영·불·독어 중 하나는 알아듣는단다. 시내에 다니다가 초등학교 어린이들에게 길을 물어도 틀림없이 영어로 대답이 돌아온다. 세계를 상대로 살아가야 한다는 것을 어렸을 적부터 가르치는 것이다.

그리고 그들의 돈에 대한 개념은 한국 '또순이' 열 명을 합쳐 놓은 것만 하다. 자연스런 결과이지만, 이 깍쟁이들에게는 엄청난 부호도 많다. 로열 더치 쉘Royal Dutch Shell(석유), 필립스Philips(전기·전자), KLM(항공) 등은 세계적인 거대 기업들이다.

그들의 도시들은 이와 같은 상인 기질로 해서 일찍이 시민사회가 확립된 까닭에 다른 나라의 것들과 다른 점이 많다.

이 나라에는 파리나 런던 같은 대도시dominant city가 없다. 암스테르담과 로테르담과 헤이그는 비슷한 크기, 비슷한 문화 수준이고 가까운 거리에 있어서, 적당한 인구분포가 이루어져 있으며, 국가 전체로 보아도 지역 간의 격차는 없는 편이다.

북부의 새로운 간척지 엠멘Emmen 지방에 남쪽으로부터 인구를 유입하려는 노력이 기울여지고는 있지만, 그것이 다른 나라처럼 세상의 종말이 온 듯한 인구 폭발 때문이기보다는, 새 간척사업Polder Works의 개발 촉진을 위한 정책적 배려 때문인 것으로 보인다.

인구 이야기를 하자면 또 할 말이 많다.

네덜란드 사람들 아이 많이 낳는 것은 정말 알아주어야 한다. 대여섯은 작은 편이고, 일고여덟도 흔하고, 아홉이나 열인 가정도 어렵지 않게 만난다. 우선 종교적인 이유가 있겠고, 또 무엇보다도 그 상인 기질 때문에도 그렇고, 땅이 좁아서라도 되도록 많이 낳아, 해외로 많이 내보내야 하는 것이다. 보통 같으면 땅이 좁다는 이유로 산아제한을 하자고 들 텐데도, 이들의 판단 기준은 무언가 다르다.

그래서 그런지 집들의 폭이 아주 좁다.

옛날에는 집이 도로에 면한 넓이에 따라 세금을 매겼단다. 방들도 좁다. 그래서 건축에서 '최소 공간 연구'는 세계적이다. 특히 계단 폭이 좁다. 그래서 모든 집은 지붕 용마루나 전면 벽에 도르레가 달려 있다. 큰 짐은 이것으로 올린다. 큰 짐을 위해 넓은 계단을 항상 비치하는 것보다는 무척이나 합리적인 생각이다.

시민사회가 확립된 때문에 인구가 많은지, 인구가 많아서 시민사회가 확립되었는지는 잘 모르겠으나, '사람과 사람이 모두 평등하다'는 생각은 투철하다. 중앙집권적 절대군주가 군림했던 다른 나라의 도시와 달리, 모든 사람이 평등하다는 시민사회의 기본 정신이 이들 도시와 건축의 저변에 깔린 모럴이다.

그들의 건축은 파리나 로마의 기념 건축물들만큼 유명하지 못하고, 그들의 도시는 건축의 역사에 언급된 적이 없다. 그러나 이 나라가 유명하지 못한 것은 잘못된 일인 것 같다. 이들이 이룩한 미美의 가치 기준은 인간적이고 과장이 없고, 그러나 질이 높다.

말을 바꾸자면 빈Wien 스타일의 모뉴멘털리티와는 전혀 무관한, 생활의 높은 정신이 그 바탕에 넓고 깊게 깔려 있는 것이다.

우리의 일반적인 생각으로는 상인 기질과 예술은 거리가 먼 것으로 되어 있다. 독일에서와 같은 악성樂聖도 프랑스에서와 같은 문호文豪도 그들에게는 없다. 그러나 그들 시민정신과 개인적 모럴이 사람들로 하여금 예술이라는 것을 생활 속으로 끌어들이는 방법을 가르친 것 같다.

암스테르담 콘서트 헤보는 가장 정통한 고전 해석으로 이름 높다. 그것은 카라얀이 고집했던 자기 나름의 자유분방한 베토벤 해석과는 큰 차이가 있다.

암스테르담의 국립미술관이나 시립미술관, 또는 로테르담의 보이만스 반 뵈닝겐 미술관을 보면, 수준 높은 컬렉션임을 한눈에 알게 된다. 이 사람들이 가장 자랑스럽게 이야기하기는 반 고흐와 렘브란트지만, 암스테르담 국립미술관의 전위예술에 대한 관심도는 놀라운 것이다.

내가 의문스럽게 생각하는 것은, 이들이 가진 상인 기질과 예술 애호 정신의 공존, 그리고 고전과 전위의 조화이다. 동양인들—아니 나 자신—의 '상인 기질'이라는 고정관념에는 잘못된 데가 있다.

그리고 우리의 고전과 전위라는 시간 개념은 우스꽝스러운 것이다.

1974년 3월에 위에 쓴 나의 글이 「장사꾼 기질과 예술성」이라는 제목으로 『공간』지에 실렸을 때 김수근 선생이 나를 부르시더니, "어이, 장사꾼이 뭐냐? 좀 고상한 말 없어?"라고 하셨다.

내 기억에 내가 대답하기를, "이것은 '예술성'을 강조하는 이야기이기 때문에 오히려 대조적으로라도 좀 저속한 듯 표현하는 게 좋을 듯했다."는 것이었는데, 김 선생은 더 이상 별말씀이 없으셨다. 그 바쁜 분이 이것을 읽었다는 사실, 그리고 이런 글 제목 하나 가지고 신경을 썼다는 것이 신기하기도 하고, 그래서 그 에피소드가 아직도 기억에 남아 있다.

1997년 7월에 『타임』지는 2000년의 밀레니엄을 준비하는 특집으로 「최고의 시대」라는 기획기사를 실었다. 새로운 세기와 새 밀레니엄을 기다리면서 인류의 미래를 걱정하는 뜻에서, 역사적으로 세계 경제와 문화를 통틀어 인류 역사상 최고의 호황 시대가 언제였을까를 정리한 기사였다.

사실 그런 의문은 21세기를 바라보며 우리가 늘 가져 왔던 것이기도 했다. 인류는 언제 가장 행복했을까? 그리고 어디서?

원시시대의 메소포타미아?(거기는 아담과 이브의 낙원이었다고 믿어지는 곳이다) 중세기의 유럽?(그때 거기 사람들은 하느님에게만 매달리면 행복하지 않았을까?) 아니면 중국의 요순시대堯舜時代? 또는 조선의 영·정조 시대?

『타임』지의 결론은, 17세기 이후 인류가 최고의 호황을 누린 여섯 개의 황금기 가운데 1위는 최장기간의 경기 호황을 누린 '네덜란드의 17세기'였다. 영국이 대제국을 건설하기 훨씬 전부터 중상주의重商主義의 패자霸者로서 5대양 6대주를 지배한 네덜란드 사람들의 17세기는 그들에게 민족 역사상 경제적으로, 문화적으로 최고의 황금기였다.

그 전성기인 1580년부터 1680년 사이의 100년은 그들에게 문화예술 사회로서도 절정기였다. 스페인에서 벗어나 독립을 쟁취하고, 가톨릭의 영향에서 벗어나 개신교, 특히 칼뱅이즘의 자유분방한 시민사회의 분위기 아래서 네덜란드에는 위대한 화가들이 잇달았다.

시민사회의 낙천성과 자부심을 반영하는 한편, 중산층의 미술 기호에 부합하는 화가들, 즉 렘브란트, 루벤스, 얀 페르메이르, 얀 스테인, 피터르 더 호흐 등으로, 내가 어려서부터 좋아했던 플랑드르 화파의 화가들이다.

네덜란드 사람들은 일찍부터 세계를 돌아다니며 큰돈을 벌었고 견문을 넓혔다. 17세기에 네덜란드는 종교전쟁과 독립전쟁으로 40년 이상을 전화戰禍 속에서 보내야 했다. 그리고 동시에 동서양의 중개무역으로 유럽 최대의 부국으로 떠올랐다.

전쟁을 겪으면서 그들은 과거의 가치관에서 탈피했고, 새롭게 얻어진 풍요로 인해 현재의 삶을 최대한으로 향유하자고 주장하게 되었다. 이 같은 현상은 부유하고 안목 있는 중산층을 두텁게 형성하게 만들었고, 개인주의가 전통주의의 자리를 대신 차지하게 했다.

그와 같은 발상의 전환 속에서 그들은 새로운 일상의 중요성을 발견했다. 그리하여 과거에는 그림의 대상으로 간주되지 못했던 풍경화, 정물화, 시민의 초상화가 그림이 된다는 것을 알게 되었다. 서양 역사상 처음으로 화가가 일상의 희로애락에 눈을 돌린 것이 이때였다.

신화, 종교, 영웅의 역사 같은 구시대의 상투적인 주제들 대신에, 아이의 머리에서 이를 잡는 어머니, 허리를 구부린 채 옷을 만드는 재단사, 편지를 읽는 처녀, 피아노를 치는 어린 소녀, 아침 단장을 하는 여인, 양파를 다지는 처녀, 엄마의 치맛자락을 잡고 선 아이, 돌팔이 의사, 술잔을 든 뚱쟁이 여인, 그리고 진주 목걸이를 한 소녀 들이 그들 그림에서 '있는 그대로' 주인공으로 등장하기 시작한 것이다.

서양미술사에서 이것은 특별한 의미를 갖는다. 이 17세기의 장르화가 개인적 일상의 사실적 재현이었을 뿐만 아니라, 삶의 교훈을 상기시

키는 어떤 알레고리, 또는 상징의 기능을 했다는 것이다.(츠베탕 토도로 프, 『일상예찬』)

이를테면 절제·정숙·검약 같은 것이 미덕이 되고, 사치·방탕·허영이 악덕이 됨을 선언하는 의미가 있는 것이다. 그리고 그것은 또한 종교화 이상으로 하느님의 창조하심을 찬미하는 의미가 있는 것이다.

나아가 이러한 '삶의 예찬'은 음탕한 주흥酒興을 묘사할 때에도―예 컨대 렘브란트의 유명한 〈사스키아와 함께한 자화상〉―그것을 삶의 환 희와 충일充溢로 해석하는 것이다.

> 일상의 재현을 가능케 했던 애초의 도덕적 명분은 뒷전으로 밀려나고, 일
> 상적 미덕을 발견한 화가들은 이제 그 미덕을 규정하는 입법자가 된다.
> 시선의 혁명을 통해 사물이 미학적 찬미의 대상일 뿐만 아니라, 윤리적 찬
> 미의 대상임을 이 시기의 화가들은 입증했다.
> 아름다움이란 세상 모든 존재 속에 고루 스며들 수 있다는 사실을 그들은
> 발견했던 것이다.
>
> ─츠베탕 토도로프

네덜란드 회화 전문가인 토레 뷔르제는 이렇게 말한다.

> 옛날에는 신神과 군주를 위한 예술을 했었다. 그러나 이제 인간을 위한 예
> 술을 할 시기가 되었던 것이다.

여기에 덧붙여 헤겔이 한 말을 명심해야 할 것 같다.

네덜란드 회화처럼 평범하고 범속해 보이는 대상을 주제로 한 예술작품을 만든다는 것은 네덜란드가 아닌 다른 나라에서라면 생각도 못 했을 일이다.

이것이 내가 네덜란드 사람들의 기질, 그리고 상업주의와 연관한 예술적 안목의 독자성 따위에 관해 깊이 느낀 점들이었다. 그때 김수근 선생께 여기까지 설명을 할 수 있었더라면 하는 아쉬움이 남는다.

장사꾼으로 성공하면 예술에도 눈이 뜨인다. 어느 한 분야에서 최고의 경지에 도달하면 다른 것들에도 높은 안목을 갖추게 되는 것이다.

네덜란드 사람들이 일찍부터 세계를 항해하면서 여러 가지를 눈여겨보아 온 오랜 경험은 고스란히 축적되어, 그들로 하여금 오늘날 아무도 갖지 못한 훌륭한 미술품들을 알아볼 수 있는 안목을 길러 주었다. '알아본다'는 것은 자신들이 그것을 감상하고 즐길 줄 알게 되었을 뿐만 아니라, 남들에게도 즐거울 수 있음을 알게 해 줄 수 있는 것이고, 그것이 바로 투자가치이며, 훗날 큰 재산 가치를 가져다줄 것도 알아챈다는 뜻이 된다.

내가 네덜란드 사람들에 관련하여 하고 싶은 이야기는 이것이다.

2012. 3. 28.

그녀에게 말해 봐

스페인의 명감독 페드로 알모도바르Pedro Almodovar의 〈그녀에게〉—영
어로는 〈Talk to her〉, 스페인어 원제는 〈Hable con Ella〉(우리말로 하자면
'그녀에게' 또는 '그녀와 말해 봐' 정도?)—라는 영화가 아주 짧게 상영되고
는 끝이 나 버린 걸 알고 나는 그게 너무 아쉬웠다.

그래서 얼마 동안 나는 만나는 사람마다 붙들고 "이 영화를 보았느
냐? 안 보았다면 DVD를 사서라도 꼭 보아라."고 조르고 다녔다. 이미
영화는 끝이 난 다음이었지만, 어떤 이는 DVD를 사서 보았다기도 하
고, 또 다행히 얼마 후 짧게나마 재상영이 결정되어서 못 본 사람들이 다
시 볼 기회도 있었다.

영화에는 공연히 눈물을 자주 흘리는 남자 주인공이 나온다.

그는 멋쟁이이고, 기자이고, 사회적으로 어느 정도 성취를 이룬 남자
이지만, 매사 아주 센티멘털해서 이 사람은 나타나는 장면마다 눈시울
을 붉히며 영화의 분위기를 착 가라앉힌다.

영화 〈그녀에게〉 포스터.

이 기자는 어떤 여자 투우사를 취재하다가 우연한 일로 그녀의 사생활 속에 뛰어들게 되고, 드디어는 그녀와 사랑에 빠지지만, 투우장에서 당한, 일면 의도된 부상으로 그녀는 식물인간이 되고 만다. 그녀에게 회복의 가능성은 전혀 보이지 않는다. 그럼에도 그 남자는 걸핏하면 눈물을 줄줄 흘리면서 병상을 지킨다. 그리고 드디어는 다시 일어나지 못하고 세상을 떠나는 연인을 응시하며 비탄에 잠긴다.

또 다른 주인공 남자는 아주 밝다.

그러나 그도 사실 그다지 밝을 형편은 못 된다. 그 역시 몰래 혼자 좋아하던 예쁜 발레리나가 식물인간으로 누워 있다. 그녀를 간호하기 위해 그는 간병인을 자원하여 병상을 지켜야 하는 슬픈 처지이다. 그럼에도 그는 항상 웃고 쾌활하다.

그는 알아보지도, 알아듣지도 못하는 상대를 두고 계속 이야기를 한다. 남자는 무표정한 애인을 바라보며 자신의 이야기들을 알아들을 것이라고 확신하고 있다. 그래서 이 영화 제목이 '그녀와 말해 봐'이다.

그러면서 지극정성으로 '연인'을 돌본다. 이야기를 해도 너무 진지하고, 마사지를 해도 너무 정성이다. 그러면서도 밝다. 조금도 구김살이 없다. 어쩌면 이 남자 쪽이 훨씬 더 슬프다.

거기에 브라질의 유명한 음유시인 가수 카에타누 벨로주Caetano Veloso가 등장해 〈구구구구 비둘기Cucurrucucu Paloma〉를 노래한다. 마치 아무런 감정도 없는 사람처럼, 아주 맥빠진 사람처럼, 허공을 응시하며, 아무런 제스처나 표정의 변화도 없이, 느릿하게, 그러나 처절하게 '슬픈 비둘기'를 부른다. 그가 노래하는 카페의 카운터에 함께 둘러앉은 청중들도 하나같이 무표정하다.(이들은 이 영화 감독의 친구들이란다.)

이 슬픈 비둘기una paloma triste는 혼자 창가에 날아와 앉았는데, 노래를 불러도, 이야기를 해도 알아듣지 못한다. 그러나 그는 이 비둘기가 죽은 애인의 환생이라고 생각하며 노래한다.

그녀도 그랬었다. 노래를 불러도, 이야기를 해도 알아듣지 못했다.

밤마다 그녀는 울기만 한다네. 아무것도 먹지 않고 울기만 했다네.

그녀 때문에 얼마나 괴로워했던가. 죽을 때까지도 그녀의 이름을 쉬지 않고 불렀다네.

사람이 살지 않는 집, 열려 있는 문에 매일 아침 한 마리 비둘기가 날아와 구슬피 우네.

그 비둘기는 다름 아닌 그녀의 혼령이리.

비둘기여 이제는 울지 말아라. 돌이 된들 사랑이 알아줄 것인가.

중간중간에 삽입된 피나 바우슈 안무의 현대무용이 상징적으로, 우화적으로 이런 상황의 인간 심리 상태를 섬세하고 우아하게 묘사한다. 초장의 〈카페 뮐러〉와 마지막 빈센트 아미고의 기타 반주에 맞춘 〈마즈루카 포고〉는 특히 압권이다.

거기에 주인공이 난쟁이가 되어 애인의 몸 속으로 걸어 들어가는 우화 「애인이 줄었어요Shrinking Lover」를 감독이 직접 써서 삽입한 것도 상징적이다. 여주인공의 무용 선생인 카타리나 역의 제랄딘 채플린(찰리

채플린의 딸)의 가장 인간다운 연기는 슬픔을 감추느라 애쓰는 절제된 연기로 사람을 더욱 슬프게 만든다.

그런 것들은 모두가 이 감독의 용의주도한 제작 의도에서 표출된 문화적 배경들로서, 보는 사람들을 자연스럽게 그런 몽상적인, 비극적인, 그리고 드디어 절망적인 분위기로 끌고 간다.

이 영화는 그래서 사실 아주 슬픈 영화다.

두 사람의 남자가 전혀 가망이 없는 짝사랑을 하는 슬픔과 아픔을 그렸다고 하지만, 두 사람은 대조적이다. 그러나 슬픔과 아픔에는 차이가 없다. 다만, 한 사람은 늘 울고 있고, 한 사람은 늘 웃고 있다.

짝사랑이란 비극이다. 더구나 그것이 전혀 이루어질 가망이 없는 사랑일 때 비극은 절정에 이른다.

나는 주인공이 연인을 임신시켰다는 혐의를 믿지 않는다. 그가 도망친 것은 범죄를 인정해서가 아니라, 연인이 소생할 수 있다는 실낱 같은 가능성에 기대를 걸었기 때문일 수도 있다. 그것은 나 혼자의 생각이다. 그래서 나는 이 영화가 남들보다 더 슬프다.

거기에 영화음악을 담당한 알베르토 이글레시아스Alberto Iglesias가 또 다른 아름답고 비장한 음악들로 나를, 관객을 계속해서 울린다.

누가 그랬다. 이 가을에 우아하게 울고 싶으면 이 영화를 보라고.

2003. 9. 30.

위대한 피츠카랄도

오래전에 인상 깊게 보았던 한 영화가 늘 나의 뇌리에 어른거리며 떠나지를 않아, 도대체 그게 무슨 영화였을까 궁금해하던 차, 지난 주말 저녁에 그 오랜 의문이 풀렸다.

원제 〈피츠카랄도Fitzcarraldo〉라는 영화를 나는 사실 오래전에 분명히 보았는데 웬일인지, 술을 마시고 보았는지, 비몽사몽 졸면서 보았는지, 뚜렷하지 않으나 광기 어린 주인공이 아마존강 하구에서 거대한 배 한 척을 산 너머로 끌어 올려 다른 강으로 옮겨 놓고, 그 배에 유럽에서 온 오페라단을 초청하여 선상 연주를 시키면서 달랑 혼자서 관객이 되어 오페라 감상에 빠져 있던 환상적인 장면, 그 알맹이만이 뚜렷이 머리에 남아 있었던 것이다.

브라이언 스위니 피츠제랄드라는 이름의 아일랜드계 주인공은 남미 페루의 아마존강 부근 마나우스와 아키토스를 오가며 고무, 제빙 따위, 특정하지 않은 이것저것 돈 되는 일에 손대는 사업가이다. 이름이 피

영화 〈피츠카랄도〉 포스터.

츠제랄드지만 이곳 원주민과 스페인 이주민들은 그를 스페인 말투로 '피츠카랄도'라고 부른다.

영화는 그와 그 애인이 엔리코 카루소의 오페라를 구경하기 위해 남미에서부터 배를 타고 이탈리아에 오는 장면으로 시작한다.

사람이 아무리 오페라에 미쳤어도, 카루소라면 적어도 1900년 초반일 텐데, 오늘날 초음속 여객기로도 20시간 이상이 걸릴 대륙 간 여행을 몇 날 며칠을 걸려 배를 타고 바다를 건너 구경하러 간다는 것, 그나마도 오페라의 시작 시간에 도착을 못해서 수위에게 빌다시피 연주장에 들어가 마지막 장면을 겨우 조금 보고 감격에 겨운 얼굴로 나오는 장면부터가 과연 엄청난 사건을 예고하는, 영화의 심상찮은 시작이다.

그는 아마존강 하구, 그가 사업하는 그 오지에 오페라하우스를 짓고 유럽에서 오페라단을 초청하여 자기가 그렇게 좋아하는 오페라를 그곳 친구들에게도 들려주는 것이 평생의 꿈이다.

"아직 신의 창조 작업이 끝나지 않은" 원시의 오지, 거기 가 살면서 오페라에 미쳐 그런 꿈을 꾼다는 사실부터 이 스토리는 지극히 비현실적이고 몽환적이다. 한마디로 그는 미친 자, 아니면 모자라거나 천재이거나 둘 중에 하나인 광기의 소유자이다. 서구 문명사회가 도무지 바람직하지 않다는 감독의 생각이 이런 광인, 기인, 비사회적인 인간을 만들어 냈다.

우선 이 영화 주인공의 우스꽝스런 외모와, 불빛을 내뿜는 안광眼光에서부터 그 광기는 소름이 끼쳐지듯 관객에게 전달되어 온다. 클라우스 킨스키라는 이 괴상한 배우는, 실은 내가 오래전에 그 미모를 사모해 마지않던 아름다운 여배우 나스타샤 킨스키의 아버지 되는 사람이다.

어떻게 보면 그녀가 〈테스〉에서 보여 준 광적인 사랑 이야기의 리얼한 연기와, 실제로 그녀가 로만 폴란스키, 마르첼로 마스트로야니, 밀로스 포만 등 감독들과 벌인, 사랑에 미친 여자 같은 사랑 이야기가 그 아버지인 바로 이 배우에게서 연유한 것인지도 모르겠다는 생각이 들 정도다.

그래서일는지 이 배우는 자기 자신의 성격도 유별나서, 감독과 스태프들과 조용조용 사이좋게 작품을 만들어 나갈 인품이 못 되어 허구한 날 감독과 싸우고 헤어지지만 어쩔 수 없이 사과를 하고 다시 촬영장으로 돌아오는 개성파이자 천재형 괴짜라고 한다.

실제로 이 영화에서도 베르너 헤어조크 감독은 처음에 클라우스 킨스키를 주연배우로 점찍고서도 그 괄괄한 성격 걱정 때문에 다른 배우를 캐스팅했다가 마음을 바꾸었다는 이야기가 전해진다.

베르너 헤어조크Werner Herzog 감독, 이 사람 역시 '광기 어린 감독'이라는 평을 듣는 사람이다. 1942년 생이니까 나와 동년배이지만, 도대체 어린 시절 시골에서 살아 열두 살이 되어서야 영화라는 것을 처음 보았다는 사람이 나이 열다섯에 시나리오를 쓰고, 스무 살에 노동해서 번 돈으로 첫 단편영화를 만들고, 스물여섯에 〈사인 오브 라이프〉라는 영화를 만들어 베를린영화제 은곰상을 받았으니, 한마디로 괴짜이자 천재라고밖에는 말을 할 수가 없는 사람이다.

1975년에 〈아귀레, 신의 분노〉라는 작품으로 '새 독일 영화New German Cinema'의 기수 가운데 한 사람으로 평가를 받았으나 동시대의 파스빈더, 슈트라우프, 빔 벤더스 등의 진보적인 노선과 달리 그의 영화 분위기는 오히려 시대착오적이라 할 만큼 낭만적이다.

예컨대 〈아귀레, 신의 분노〉에서 스페인 장군인 아귀레는 자신이 신神이라는 과대망상에 빠져, 미쳐 가면서도 남미 아마존의 밀림으로 군대를 몰아넣어 식민지의 무한정한 확장을 고집하다가 죽는 영웅인데, 그는 헤어조크가 만들어 낸 헤어조크적 영웅이며, 사실 이 모험담의 주인공은 헤어조크 자신이다.

그 자신이 아귀레처럼 살았으며, 아귀레의 이 광기는 자신에게는 고독과 고립을 초래할 뿐인데, 이것은 헤어조크 감독과 배우 킨스키에게 공통되는 인간적 특질들인 것이다.

〈아귀레, 신의 분노〉를 찍는 동안 두 사람은 사사건건 충돌했다.

정글의 열기 속에서 서서히 미쳐 가는 주인공 아귀레처럼 스태프와 배우들도 감독의 고집과 강요 때문에 육체적 한계에 달해 있었다.

킨스키는 마침내 영화를 포기하겠다고 선언했고, 감독은 킨스키의 머리에 권총을 들이대며 "영화를 찍을래? 내 총에 죽을래?"라고 소리치며 싸웠고, 동물들처럼 으르렁거리며 다시 촬영을 시작했다고 한다.

이 감독과 이 배우는 서로를 가장 존경하고 필요로 했으면서도 동시에 서로를 죽도록 미워했다. 헤어조크는 이 영화 〈피츠카랄도〉를 촬영하는 동안에도 킨스키를 육체적 한계까지 몰아넣고 그의 광기 어린 에너지를 카메라에 잡으려고 했다.

그런 과정에서 두 사람은 정말로 서로를 "죽이겠다"며 음모를 꾸미기도 했다. 그때 아마존의 원주민 엑스트라들도 킨스키의 괴팍한 성질에 질려 헤어조크에게 킨스키를 대신 죽여 주겠다고 제안을 했다는 믿지 못할 이야기도 전해진다.

훗날 킨스키가 죽은 후에 헤어조크는 킨스키와 평생 나눈 우정과 증오의 이야기들을 담은 다큐멘터리 필름을 만들었다.

제목은 〈나의 사랑하는 악마My Best Fiend〉였다.

나는 어렸을 적부터 약골에다 영악해 빠진 성품으로, 성장하면서도 주변 사람들에게 모범생으로만 보이기를, 잘했다는 이야기만 듣기를 바랐다. 그런 연고로 나에게는 광기니, 열광이니, 천재니, 모험이니 하는 단어들은 정말로 남들의 이야기이자 머나먼 다른 세상의 전설이었다. 내 평생 그런 단어들은 내 사전에 없었다.

그렇기 때문이었을까, 나는 남들조차도 그런 단어에 연유되는 걸 싫어했다. 착실한 '공돌이'로 훈련된 범생이, 나 '학삐리'는 "천재형의 기인" 같은 인물들을 가까이하지 않으려 했고, 그런 사람들을 믿지도 않았다.

그런데 이 영화의 감독과 주인공들이 펼쳐 보이는 이 말도 안 되는 소위 '장중한 그로테스크의 미학'이 왜 지금 이렇게 나를 설레게 하는 걸까?

나는 그런 것이 부족해서 늘 암벽등반이니, 태평양 횡단이니, 술 마시다 죽는, 그런 것들을 꿈꾸었을까?

꿈꾸는 자만이 산을 움직일 수 있다. 나는 그런 꿈이 없었다.

그런 나는 그 못난 모범생의 말년에 와서야 마지막으로 딱 한 번 큰 사고를 치고 싶은 꿈을 꾼다.

2012. 3. 28.